KB236814

조선비록
헐크기담

조선비록 혈기담 1

초판 1쇄 찍은 날 2011년 7월 11일
초판 1쇄 펴낸 날 2011년 7월 20일

지은이 | 민소영
펴낸이 | 서경석

편집부장 | 권태완
책임편집 | 박우진
편집 | 주소영 · 어정원

펴낸곳 | 도서출판 청어람
등록번호 | 제1081-1-89호
등록일자 | 1999. 5. 31
어람번호 | 제 8-0024호

주소 | 경기도 부천시 원미구 심곡2동 163-2 서경B/D 3F (우) 420-822
전화 | 032-656-4452   팩스 | 032-656-4453
http://www.chungeoram.com
E-mail | chungeoram@chungeoram.com

ⓒ 민소영, 2011

ISBN 978-89-251-2563-3 04810
ISBN 978-89-251-2562-6 (SET)

조선비록

헤르기담

민소영 장편 소설

1

도서출판 청어람

조선비록
혈기담
서장

조선비록

혈기담

바람이 몰아닥쳤다. 장지문을 겹으로 꼭꼭 닫아두어도 추운 날에 지금 온 방의 문이 뚜껑이라도 연 듯 훤히 열려 있다.

바람에 밀려드는 구름이 달을 삼켰다. 온 세상을 들썩거리며 쑤시는 바람은 거세었고, 그 속에 차가운 칼날을 세웠다.

지금, 땅은 얼어붙어 돌처럼, 숲의 나무들은 고슴도치 등 같은 나뭇가지만 남은 지금, 그 누구도 은혜도 적선도 베풀 생각이 없는 지금, 이 추위에 맨몸으로 던져진 것이다.

소년은 흰 이마를 짚었다. 굳은 피가 이마에서 부스러져 떨어졌다. 얇은 어깨와 가슴은 이미 피투성이였다. 식어가는 피가 서늘한 비린내를 풍겼다. 자그만 손이 옷자락을 잡았다. 소년은 옆에 앉은 소녀의 작은 머리를 안아 가슴에 묻었다.

"보지 마."

어머니는 어디로 갔을까. 방금 전까지 옆에 있었던 것 같은데 어디론가 사라지고 없었다. 아버지를 부르러 간 걸까, 아니면 찬모를 부르러 간 걸까. 만약 둘 다 찾지 못한다면 어찌 될까. 걱정은 꼬리에 꼬리를 물며 어두운 곳으로 달음박질치고 있었다. 어머니는 결정적인 일에는 머뭇대다 다른 사람을 슬그머니 쳐다보며 물러나곤 했다. 그런 그녀가 두 사람을 찾지 못한다면 끝이다.

명문가 도련님들이었고, 또 권력자들의 후계자이기도 하고, 다른 권력자의 사위이기도 하다. 감출 수도, 감춰지지도 않을 것 같았다. 대감, 참판, 판서, 온갖 벼슬의 이름이 춤추었다. 그들의 힘은 어느 정도일까. 그들의 힘에 더욱 힘을 주는 이들은 어느 정도일까. 주저앉고 엉엉 울었으면 좋으련만 그건 소용도 없었고, 그 소용없는 일을 하고 안심할 만큼의 성정도 되지 못했다. 그것마저도 못하니 정말 할 수 있는 일이 아무것도 없었다.

"애들아."

소년이 돌아보았다. 마당에 아버지가 있었다.

"아버지!"

아버지가 다가와 소년의 머리에 손을 얹고 소녀를 안았

다. 소녀는 작은 강아지처럼 아버지의 품으로 파고들었다.

"그래, 쉿, 쉿."

갓난아이를 달래듯 어르고 달래던 아버지는 방 안을 보았다. 치워진다고 치워질 꼴이 아니었다.

"어떻게 된 거냐."

한마디, 첫 한마디가 너무도 어렵다. 너무도 큰일이라 첫 한마디, 입으로 말해 인정하는 바로 그 순간이 너무나 두렵다. 그러나 일단 말하기만 하면 술술 나올 것이다.

"그……."

소년이 중얼거렸다.

"…귀입니다."

"귀라니, 무슨 소리냐?"

"혈귀."

소년이 말했다.

"혈귀입니다."

한양, 혈귀

먹처럼 검은 밤하늘에 별이 하얗게 빛났다. 구름 한 점까지 말끔하게 씻어낸 맑은 밤이었다. 슬슬 열기가 오르는 늦봄이지만 밤에는 아직 냉기가 남아 서늘했다. 삽살개가 머리를 바닥에 박고 쿵쿵대며 돌아다녔다.

"오늘 나타날 것 같습니까?"

유준이 묻자 포교는 고개를 저었다.

"글쎄요."

포교도 앓아누운 상관 대신 끌려 나온 상관의 막내 동생 앞에서 일이 벌어지길 바라지는 않았다. 일은 기괴해도 너무 기괴했다.

이 기괴한 일을 가장 먼저 당한 사람은 서소문 쪽에서 식점을 하는 김씨라는 사람이다. 이른 새벽으로, 그녀는 안방에 기대어 죽어 있었다. 나이도 나이고 가슴병도 있던 사람이라 의원도 다녀가지 않았다. 아들은 대충 구색을 맞추어 장례를 치르고 어머니를 묻었다.

그런데 다음날부터 근방에 동네 개 몇 마리가 처참한 상태로 길바닥에 놓여나기 시작했다. 잡아 찢겨 있었다. 사람들이 호랑이가 나타났다며 불안해하자, 유준의 큰형인 송유문 종사관은 어영청을 통해 사냥꾼들을 소개받아 추적하게 했다. 사냥꾼들은 발자국을 보더니 짐승이 아니라 사람이라고 했다. 거기다 놀랍게도, 발의 크기로 보아 덩치가 무척 작은 여자라고도 했다.

─사람이 왜 이런 짓을 합니까.

포도청으로서는 당혹스러운 사실이었다. 사냥꾼 대장은 자기도 모르겠다며 말했다.

─하지만 흔적은 거짓말을 하지 않습니다. 사실만을 말하지요. '그럴 리 없다'는 믿음이 오히려 사람의 판단을 흐리지요.

그러나 그들도 며칠간 누가 그런 짓을 했는지 알아내지 못했다. 그렇게 닷새가 되던 날 그들의 숙소로 쓰개치마로 얼굴을 가린 소녀가 달려들어 와 자기 집 돼지를 뜯어 먹는 흉악한 자가 있으니 어떻게 해달라고 울며불며 매달렸다. 같이 있던 송유문의 부하 남옥병 포교는 포수들과 함께 그곳으로 달려갔다.

"그곳에서 흙투성이 옷을 걸친 노파를 잡게 되었습니다. 처음에는 그저 평범한 노파라 생각해서 사냥꾼 하나가 잡으려 했는데, 노파가 그냥 노파가 아니었습니다. 힘이 장사였지요. 노파의 팔에 잡힌 사냥꾼 팔이 그대로 부러졌습니다. 노파가 내는 소리도 사람 소리가 아니었습니다. 마치 흙을 뱃속에 가득 넣고 우는 소리 같았습니다. 간신히 노파를 잡아끌고 왔는데, 제가 보니 이미 산 사람이 아니었습니다. 시체가 살아서 돌아다니는 것 같았습니다. 옥에 넣었지만 힘이 어찌나 장사인지 잠깐 만에 옥문을 부수었다지 뭡니까. 족쇄를 채워 두었는데… 다음날 갑자기 죽었습니다."

햇살이 비껴들자 온몸이 검게 물들더니 숯처럼 새카맣게 되어 사라졌다. 포졸이 남 포교를 데리고 들어왔을 때 옥 안에 놓여 있는 것은 옷더미와 그 아래에 수북하게 쌓인 재였다.

"며칠이 걸린 거요?"

"이레입니다."

"이레… 이레인가."

"그 일이 시작이었습니다. 어느 부잣집 하인이 당하고, 어느 집 부인이 당하고, 그렇게 몇 번을 당했습니다. 그들 중 몇이 다시 살아나 집으로 돌아왔습니다. 모두 그 주모 김씨와 똑같은 증상을 보였습니다. 다른 점이라면, 점점 재가 되어 사라지는 날이 빨라진다는 게지요. 마지막 사람은 사흘이었습니다. 일어나자마자 피가 도는 건 무엇이든 입에 넣으려 했습니다. 그중 반은 사람도 공격했습니다. 공격받은 사람은 다행히 목숨은 건졌지만 상처가 심하게 곪아 치료하는 데 오래 걸렸습니다. 일이 그리되자, 일단 그런 증상을 보이며 세상을 뜬 자가 나오면 그들의 시신을 태우라는 명령이 내려왔습니다. 그리한 뒤로는 괜찮았습니다. 재가 돌아오진 않았으니까요. 그러나 이미 소문이 다 퍼지고 말았습니다. 소문이 사람들 사이로 흘러가면 사람들은 그 안에 자기들 나름대로 생각하는 것을 하나둘 더 던져 넣기 시작합니다. 그러면 별것 아닌 소문이라도 강처럼 거대해져 참이든 거짓이든 다 집어삼켜 제 몸인 듯 흘러가지요."

"그냥 돌림병일 수도 있지 않습니까."

"네, 돌림병이 맞는 듯합니다. 병에 걸린 사람이 그 병을 옮기고 다니는 겁니다. 하지만 너무 흉한 병이지 않습니까."

갑자기 개가 컹컹 짖으며 달리기 시작했다.

유준이 말을 타고 그 뒤를 쫓았다. 개는 골목길을 빠르게 달리며 다방골로 향했다. 유준은 말 등에 바짝 엎드려 주변을 살폈다. 통금 시간이라 사람들은 하나도 보이지 않았다. 개가 길모퉁이로 방향을 틀며 크게 짖어댔다.

유준은 활을 들어 개가 짖는 방향을 겨누고 활시위를 놓았다. 화살이 핑, 소리를 내며 어둠을 꿰뚫었다. 어둠 안에서 큰 고함 소리가 들리더니 머리를 산발한 사내가 튀어나와 달려들었다. 안장에 달린 가방의 끈이 끊어져 바닥으로 굴렀다. 들어 있던 대나무 통이 떨어지며 그 안에 든 것이 튀어나왔다.

유준의 흰 개가 사내에게 뛰어들었다. 사내는 몸을 휘저어 개를 집어 던지고 도망쳤다. 유준은 말을 몰아 그 뒤를 쫓았다. 사내는 갑자기 방향을 틀어 담을 훌쩍 넘었다. 길을 따라갈 수밖에 없는 유준은 지붕과 담벼락을 밟고 가로질러 가는 사내와 계속 멀어질 수밖에 없었다. 금방 지붕들 너머로 사라지며 놓치고 말았다. 유준은 말고삐를 당겨 세우고 처음 공격을 받았던 곳으로 돌아갔다.

마침 도착한 남 포교가 흩어진 그림을 주워 펼쳐 보고 있었다. 유준은 말에서 내려 그가 건네주는 그림을 받아 들었다.

"어두워 잘 보이진 않습니다만, 그런 눈으로 보아도 훌륭한 그림들이군요. 그런데 개는 무엇을 쫓아갔던 겁니까?"

"그게……."

그때 옆의 나무 아래에서 묵직하고 컴컴한 것이 튀어 올라왔다. 환도를 뽑을 틈도 없이 남 포교는 그대로 떠밀려 나동그라졌다. 그 머리 위로 이가 딱딱 부딪쳤다.

유준이 말안장에서 활을 집어 활시위를 쟀다. 남 포교는 발로 그자를 걷어찼다. 유준이 쏘아올린 화살이 날아가 그자의 목을 꿰뚫었다.

"괜찮소?"

"물리지는 않았습니다."

남 포교는 앞에 엎드려 꿈틀대고 있는 사내를 보았다. 사람의 옷을 걸치고는 있었지만 사람이 아니었다. 눈은 붉게 타오르고 목구멍 속에서 진흙이 끓어오르듯 괴이한 소리가 나왔다. 순간, 그의 눈이 더욱 시뻘게지더니 남 포교를 향해 달려들었다. 성난 고양이가 달려드는 것 같았다. 남 포교는 환도로 그 머리를 후려쳤다. 유준이 활시위를 재고 당겼다. 화살이 사내의 이마에 꽂혔다. 두 번, 세 번 연거푸 화살이 날아가 그를 꿰뚫었다. 마지막 화살이 괴인의 가슴을 뚫으며 괴인은 뒤로 나동그라졌다.

"둘이오."

유준이 말했다.

"둘이요?"

유준은 시체에 다가가 그 입술을 들어 올렸다. 이가 뭉툭했다.

"이자는 혈귀는 아니오."

"혈귀요?"

남포교가 물었다.

"들어본 적은 있을 거요."

"압니다. 제가 혼인할 무렵에 일이 터져 다들 신부 단속을 해야 한다고 난리를 쳤지요. 그러나 저는 혈귀라는 것은 임란이나 호란 때 사람들이 지어낸 것이라고만 생각했습니다."

"전란에는 모든 사람이 혈귀, 걸귀가 돼요. 물리지 않아도 죽지 않아도 그리되는 세상 아닌가."

"걸귀는 또 뭡니까?"

"혈귀한테 물린 자가 제대로 혈귀가 되지 못하면 죽어서 걸귀가 되는 거요. 이렇게. 독이 적은 혈귀에게 물리면 이레, 독을 많이 품은 혈귀에게 물리면 사흘 안에 되살아나서 눈에 보이는, 피가 도는 것이라면 무엇이든 잡아 삼키려 하다가 그 생기가 마르면 죽소."

"귀신이라면, 무당의 일인 겁니까?"

"아니, 의원의 일이오. 병이니까."

"나을 수도 있는 거군요."

"모든 병이 낫는 건 아니지."

갑자기 개가 벌떡 일어나 으르렁거렸다. 유준이 말고삐를 틀어쥐었다. 개가 으르렁대며 당장에라도 쏘아져 나가려는 듯 꼬리를 꼿꼿하게 폈다. 유준은 활을 꽉 쥐며 말했다.

"다녀오겠소."

"아니, 같이 가야 합니다."

개가 다시 짖었다. 유준은 남 포교가 말리든 말든 말에 올라타며 활을 돌려 잡았다.

개가 하얀 유성이 쏘아져 나가듯 내달리기 시작했다. 유준은 그 뒤를 쫓아갔다. 개는 모퉁이를 돌고 다리를 건넜다. 말발굽이 우두두 소리를 내며 그 뒤를 따라갔다. 순라를 도는 포졸 몇이 달리는 유준을 발견하고 고함을 질렀다.

"멈추시오!"

그때 개가 멈칫대더니 방향을 틀었다. 유준도 말고삐를

당겨 그쪽으로 말을 돌려세웠다. 모퉁이 너머에 흰 옷자락이 보였다. 개가 짖어대자 사내가 두 팔을 벌렸다. 어둠 속이라 얼굴은 잘 보이지 않았다.

"워, 워."

나지막한 목소리였다. 사람인가? 아니다. 그렇다면 개가 반응할 리 없지 않은가. 개는 사람을 보지 못한다. 역시나 개가 더 크게 짖었다.

유준은 활시위를 재고 사내를 겨냥했다. 사내가 고개를 드는 순간에 유준은 활시위를 놓았다. 화살이 사내에게 박혔다. 맞췄다고 생각하는 순간에 화살은 사내의 손에 들려 있었다. 유준은 다시 화살을 뽑아 겨냥했지만 사내는 사라지고 없었다.

개가 주변을 빙글빙글 돌다가 다시 꼬리를 세우고 달리기 시작했다. 유준은 그쪽으로 향했다.

곧 인가가 끊어지며 습지대와 우거진 풀밭이 나타났다. 지대가 습해 집들이 들어서지 않은 것 같았다. 늘어진 버드나무가 풀어헤친 머리카락처럼 음산하게 흔들렸다. 부스럭거리는 소리가 들렸다. 유준은 활시위를 당겨 그쪽을 겨냥했다.

"워, 워. 그만 거두어주시오."

굵직한 목소리와 함께 우거진 풀 속에서 다시 사내가 나타났다. 개가 그를 향해 뛰어들었다. 사내가 몸을 뒤틀어 개의 목줄을 낚아채 위로 던져 올렸다. 개의 몸이 허공에서 하

얗게 타올라 사라졌다. 개가 잔상만 남기고 사라지자 사내
는 두 팔을 벌렸다.

"해치지 않소."

"무슨 짓을 한 건가?"

"당신 술법을 깼소. 처음부터 알고 있었소. 진짜 개가 아
니더군."

"어떻게?"

"나처럼 오래 살면 모르는 게 없어지오."

역시 사람은 아니다.

"혈귀인가."

"그렇긴 하오만, 지금 나는 볼일이 있어서 가는 것뿐이
오. 해치지 않으니 그냥 보내주시오. 그 걸귀는 나와는 상관
없소. 내가 옮긴 게 아니오."

"정말인가?"

"정말이오. 나는 아무나 물지 않소."

"그럼 왜 이곳에 있는 건가?"

"볼일이 있어 가는 길에 혈귀에게 습격당한 사람을 보았
소. 아직 깨어나지 않은 상태였지. 대체 누가 그런 짓을 한
것인지 그 정도는 알아야 했소. 그래서 근방을 뒤지고 있었
소."

"왜 알려 하는 건가?"

"함부로 사람을 해치고 다니면 사람들이 무서워 떨기만
하겠소? 아니오. 이 세상은 사람이 다스리는 곳이오. 결국

누가 사람을 해치는지 알아내려 할 테고, 특히나 나라를 다
스리는 자들은 더욱 그럴 테지."

"그대가 그러지 않았다는 걸 어찌 아는가?"

"나는 사람 피를 마시지 않소."

"혈귀는 사람 피를 마시지 않으면 안 된다는데."

"길을 잘못 든 자가 그리되는 거요. 술이나 도박 같은 거
지. 사람이 세상을 뜰 정도로 마실 필요도 없고, 또 몸에 상
처를 내서 마실 필요는 더더욱 없소. 하지만 사람의 자제력
이란 금방 동나지. 혈귀는 더더욱 빨리 동나. 그래서 힘들
뿐."

"그럼 누구 짓인가?"

"나도 알고 싶소."

유준은 활을 내렸다. 그가 안심하고 한숨을 내쉬는 소리
가 들렸다. 유준은 빠르게 활을 올려 활시위를 놓았다. 화살
이 날아가 사내의 옷을 뚫으며 살에 박혔다.

"무슨 짓이오!"

"물어볼 게 있다."

"이런 짓을 하고도 물어보나! 윽, 대체 활에 무엇을 바른
건가?"

"그냥 화살이면 그대 같은 자들은 반죽에 송곳을 꽂은 듯
금방 아물지 않겠는가. 혹시나 싶어 미리 준비해 왔다."

화살이 뽑혀 나와 바닥에 나동그라졌다.

"물어볼 게 있으면 어서 물어보시오. 더 화가 치밀기 전

에. 더 화가 치밀면 네 목부터 물어뜯을 것 같군."

"송임이라는 이름을 알고 있나?"

"뭐라?"

사내가 나른하게 중얼거렸다.

"송임이라……."

그리고 그는 하, 하고 웃음을 터뜨렸다.

"그 사람이 당한 지는 이십 년도 넘지 않았나."

"그분을 문 혈귀를 찾고 있다."

"모른다."

"아는 것 같군."

다시 활시위를 당겨 쏘았다. 사내가 급히 몸을 틀었다. 화살이 날아가 개울로 떨어지며 참방 소리가 났다.

유준은 다시 화살을 뽑았다. 사내가 갑자기 몸을 틀어 어둠 속으로 녹는 듯 사라지더니 유준의 말 옆으로 불쑥 나타났다. 유준은 화살을 쥐고 휘둘렀다. 화살이 사내의 옷자락을 뚫었다. 그러나 그의 팔이 화살을 움켜쥐어 부러뜨리고 말의 목을 한 방 쳤다. 유준은 미처 예상하지 못했다. 말이 놀라 날뛰며 개울을 향해 뛰어들었다. 사방으로 물과 진흙이 튀어 올랐다. 간신히 말을 진정시키고 나니 사내는 이미 사라지고 없었다. 바닥을 노려보았지만 핏자국은 하나도 보이지 않는다.

유준은 후, 하고 길게 한숨을 내쉬고 말을 몰아 둑으로 올라왔다. 돌아오니 남 포교가 부하들을 시켜 시신을 수습하고 있다가 유준을 보았다. 유준은 두 팔을 들어 보였다.

"놓쳤네. 미안하오."

"괜찮습니다. 도련님은 종사관 나리가 막무가내로 끌어내서 억지로 나오신 것 아니십니까. 도련님이 책임지실 일이 아닙니다. 그런데 어떻게 생긴 자인지는 보셨습니까?"

"키가 아주 크고 목소리가 굵더군."

얼굴을 한 번이라도 보았다면 금방 그려서 남 포교에게 건네줄 수 있었을 것이다. 그러나 어두워 보지 못했다. 송임의 이름이 나왔을 때 정말로 알고 있어서 그리한 것인가, 아니면 단순히 유준의 주의를 끌기 위해 그런 말을 한 것인가. 둘 다일 수도 있고 둘 다 아닐 수도 있고, 둘 중 하나일 수도 있다. 그러나 유준을 해칠 생각은 없었던 것 같다. 정말로 작정하고 달려들었으면 유준은 무사하지 못했다.

"하지만 화살을 맞았소."

"화살이요?"

"그래. 어두워 핏자국이 보이지 않은 건지 찾지 못했지만, 그 자리로 가면 핏자국이 있을지도 모르겠소. 운이 좋아 찾는다면 그 자국을 따라 한번 가보시오."

"네, 알겠습니다. 그런데 도련님, 도사이십니까?"

"잔재주요."

"송유문 나리는 잡학에 능하다고만 말씀하셨기에 그런 줄 알았습니다."

"따지자면 잡학이지. 이 나라에서 성리학을 빼면 머릿속에 넣어두어야 할 학문이 무엇이 남는가. 밖에서 쓸모가 있든 없든 과거에 급제하고 벼슬길로 나갈 근본이 되지 못한다면 다 쓸데없는 것. 형님에게는 적당히 말해주시오.”

유준은 남 포교에게 인사를 하고 자리를 나섰다. 동쪽 하늘이 환해지며 푸른 하늘 위로 흰 햇살이 번지더니 해가 불쑥 튀어 올랐다. 사방에서 그림자가 휙휙 솟아오르고 닭들이 울기 시작하며 개와 소, 돼지들도 덩달아 울었다.

흰 종이 한 장이 유준의 말 근처로 날아왔다. 유준은 말에서 내려 그 종이를 집어 들었다. 기가 잔뜩 죽은 흰 삽살개가 끙끙대며 나타났다.

“괜찮다. 네 탓이 아니다.”

유준은 개의 털을 쓸어주었다. 손가락이 털을 쓸어내리며 개가 점점 희미해지더니 사라졌다. 유준은 종이를 펼쳤다. 그 위에 흰 삽살개가 그려져 있었다. 유준은 그 그림을 말아 대나무 통에 넣고 뚜껑을 닫았다.

며칠 뒤, 유준은 다시 집으로 찾아온 남 포교를 만났다.

다행히 아버지가 출타 중일 때였다. 유준은 남 포교가 그자를 찾은 것이라 생각하며 기대를 품었지만 남 포교는 그일로 온 것이 아니었다.

“그 괴이한 일이 다시 일어났습니다.”

“이번엔 어디입니까.”

“교하 근방입니다. 다녀와야 할 것 같은데, 종사관 나리

보다는 도련님과 같이 가는 편이 나을 듯 싶어서 폐를 무릅쓰고 이리 왔습니다.”

“형님이 허락하셨습니까?”

“천천히 받도록 하지요.”

유준도 시끄러운 큰형을 달고 가고 싶지는 않았다.

“그렇다면 해 저물기 전에 출발합시다. 저녁나절 전에 도착해야 할 겁니다, 그들은 저녁에 기승을 부리니. 양기를 피하고 음기를 찾아드는 자들이오. 그리고 그 전에 잠시 기다려 주시오. 같이 가야 할 사람이 있소.”

유준은 갓을 꺼내 머리에 썼다.

“하지만 도련님, 아무나 데리고 갈 수는 없습니다.”

“아니, 귀신 붙은 자요. 같이 가면 많이 유용할 것이오.”

조선비록

헐리기담

교하

조선비록

혈기담

그날 늦은 오후 마을의 길 끄트머리에서 두 사내가 나타났다. 낯선 사람을 보는 일 자체가 진귀한 시골 마을이라 다들 담벼락에 들러붙어 빨간 호랑이라도 나타난 듯 그들을 지켜보았다. 문오도 옆에 새 떼 같은 동생들을 거느리고 그들을 보았다. 두 사람 중 하나는 오래전 마을을 떠났던 문오의 사촌형이었다. 같이 온 사내는 나이는 들어 보였지만 눈빛은 밝고 형형했으며 어깨는 청년처럼 꼿꼿했다. 반쯤 센 눈썹은 위로 힘껏 뻗어 있어 독수리 같은 인상이었다.

"큰아버지, 저 왔습니다."

아버지는 오랜만에 보는 조카를 반갑게 맞이했다. 그들은 잠시 이야기를 나누다가 안으로 들어갔다. 동생들이 호기심에 문 앞에 들러붙었지만 아무 말도 듣지 못했다. 어머니가 나와 동생들을 잡아다가 마당에 던지고, 방 안의 아버지가 큰 소리로 문오를 불렀다.

"어이, 문오야! 이리 좀 와봐라!"

"저 말씀이십니까?"

"그래, 너. 너다. 어서 와, 이놈아. 우리 집에 오(五)가 너 하나밖에 더 있느냐. 아, 빨리 못 와!"

"네, 네, 아버지."

문오는 안으로 들어갔다. 사촌형은 자리를 뜨고 아버지와 낯선 손님 둘밖에 없었다. 손님은 아버지와 마주 앉아 그 형형한 눈을 들어 들어오는 문오를 보고 있었다. 아버지는 문오를 앉히고 어깨를 두드렸다.

"이 아이입니다요. 올해 열여덟입지요. 머리야 봉두난발이지만, 이게 또 사내다워 보이지 않습니까!"

"다른 아이는?"

"밑으로 열둘, 열넷 되는 아들들이 더 있소이다. 이놈 위로 둘은 다 장가갔고요. 더 어린 아이가 좋소?"

"아니오. 어차피 몇 년 지나면 똑같지요. 그리고 그 또래 아이들은 너무 사나워서 난처합니다."

목소리가 무척 굵고 부드러웠다. 조금만 목에 힘을 주어도 북처럼 큰 목소리가 날 것 같았다.

"마음에 드신다면 채비를……."

손님은 고개를 저었다.

"별 채비할 거 없습니다. 옷만 입혀 보내십시오."

"그래도 행색이 이러면 좀 곤란하지 않습니까."

"가면서 제가 꾸며주겠습니다. 그런 걱정은 조금도 마십시오. 하인을 구하는 것도 아니요, 머슴을 구하는 것도 아닙니다. 귀하게 데려갈 테니 아무 걱정하지 마십시오."

"네, 그러면 뭐 감사하고요."

손님은 아버지 앞에 묵직한 돈 주머니를 놓았다.

"내일 우리 집 하인이 쌀과 피륙을 놓고 갈 것입니다. 농사짓는 집안에 아들 하나 빼가는 것이 얼마나 큰일인지는 압니다. 그러니 이 정도는 당연한 일이라 여기십시오."

문오는 아버지를 보며 물었다.

"저, 무슨 일인지 여쭈어봐도 되겠습니까?"

"왜? 내가 어련히 알아서 하지 않겠느냐."

"아무리 아버지시라도 이건 제 일이잖아요. 무슨 일인지는 당연히 알아야 할 것 아닙니까. 이러니 꼭 제가 팔려가는 것 같지 않습니까."

아버지의 주먹이 문오의 머리를 후려쳤다.

"지금이 자식 잡아먹을 정도로 흉년도 아니고, 그리고 아무리 굶어도 내가 자식을 팔아먹을 애비로 보이냐. 걱정 마라. 이분이 지금 사윗감을 구한다는구나."

손님의 이름은 김낙천. 한참 떨어진 교하 지역에서 왔다고 했다. 어린 딸이 하나 있는데, 시집갈 나이가 된 건 아니지만 아들이 병약하니 튼실한 사위가 들어와 집을 돌봐주었으면 좋겠다는 것이다.

손이 귀한 집의 자식을 데리고 데릴사위로 들일 수는 없는지라 물어물어 적당한 집을 찾은 것이 문오의 집이었다. 사촌형은 아는 객주에서 소개를 받았다고 했다.

하필이면 왜 우리 집이냐고 묻자, 아버지는 까마득하게 예전에는 이 집도 제법 지체있는 가문의 후손을 조상으로 둔 적이 없지는 않았으니 바로 그 핏줄을 찾아 여기까지 온 것임이 분명하다고 했다.

"그건 아닌 것 같습니다."

"애비 말을 못 믿는 게냐? 왜 이리 의심이 많으냐."

"세상에는 누가 봐도 미심쩍은 일이란 것도 있는 겁니다, 아버지."

"살아도 내가 더 오래 살았단다. 내가 봐서 괜찮으면 괜찮은 거니 그냥 따라, 이눔아."

그러나 앞에 쏟아진 돈에 정신이 혼미해진 아버지를 제하고는 누구나 이상하게 여길 일이다. 문오야 집에 돈이 오는 마당에 싫다고 투정 부릴 만한 처지는 아니었다. 가난한 집의 중간에 낀 아들은 언제 어디로 보내질지 아무도 모른다. 거기에 이 정도 보답을 받고 갈 수 있는 기회도 흔치 않다. 그러나 이상한 건 이상한 것이다. 문오의 집은 부유하지도 않거니와 내세울 것 하나 없는 시골 농부 집안에 불과하다. 문오 역시 키 크고 얼굴만 좀 멀끔하지 소문날 정도로 대단한 것도 아니다.

저녁, 문오는 김낙천과 단둘이 이야기를 하게 되었다. 무릎을 꿇고 앉은 문오를 앞에 두고 김낙천이 물었다.

"글은 아나?"

"모릅니다."

"셈법은?"

"그런… 건 쓸 일이 없어서 모릅니다."

김낙천은 기대하지 않았던 듯 실망하지도 않았다.

"그렇다면 배울 것이 많을 거네. 하지만 몇 년 안에 다 배워야 할 터이니 열심히 해야 될 거야."

"명심하겠습니다."

"그리고 떠나기 전에 나하고 약속해 줄 것이 있네. 반드시 지켜줘야 하네."

"말씀하십시오."

"혼인 전은 물론이요, 혼인하고도 오 년간 집을 찾지 말게나. 자네 아버지에게도 그리 말 해두었네. 자네도 따라주면 좋겠어. 아니, 반드시 해주어야 하네. 이것만은 지켜줘야 해."

김낙천은 문오가 고향 생각에 자리를 뜨거나 일을 게을리 할까 봐 걱정하는 것 같았다. 누구나 생각할 만한 일이다. 그러나 당장 혼인을 올려주겠다 약조하지는 않는 것을 보아 하니 믿을 만한 사람인지 충분히 확신하고 싶어하는 것이다.

"자네도 궁금한 것이 있으면 물어보게."

"아는 것이 하나도 없는데 물어보아 봤자 나중에 기억나지도 않을 것 같습니다."

"너무 긴장하지 말고 편하게 생각해. 그렇게 몸을 사리면 내가 더 불편하지 않나."

"저, 그러면 제 색시가 될 분에 대해 여쭙고 싶습니다."

"아직 어리네. 정식으로 혼례를 치르려면 좀 기다려야 할 거야. 그래도 자네가 잘 돌보아주고 살갑게 해주면 혼례 치르기 전에 정이 들 거네. 부부란 것이, 아무리 부모가 정해준다 하더라도 결국 자기들끼리 정붙이고 살아야 행복하게 살 수 있는 것 아닌가."

"잘 알아두겠습니다. 앞으로 잘 부탁드립니다."

"그래, 잘해보세나."

다음날 해 뜨기도 전에 출발했다. 겨울이 덜 가신 이른 봄이라 새벽은 온몸이 곤두서게 추웠고, 해가 떠도 내내 쌀쌀맞았다. 김낙천은 여각에 묵지 않고 가는 대로 가다가 밤이 되면 불을 피우고 노숙을 했다. 하루 이틀이 되자 노숙에 익숙하지 않은 문오는 금방 피곤해졌다. 그렇게 닷새 정도 벌판과 산을 넘어 가다가 울창한 숲 속으로 난 길로 들어갔다. 봄을 이르게 맞이하는 나무들은 싹이 돋아 주변으로 연한 녹색 안개가 일어난 듯 보였다.

"오늘 해 저물 무렵에 마을에 도착하게 될 거야."

"다행입니다."

닷새째 노숙을 하니 몸이 쑤시지 않는 곳이 없었다.

"정말로 더 궁금한 거 없나?"

김낙천이 어깨너머로 고개를 돌리며 물었다.

"해 저물 무렵에는 다 알게 될 테니 괜찮습니다. 괜한 호기심을 부리면 오히려 더 나쁩니다. 앞서 생각해서 짐작하면 좋은 것도 좋아 보이지 않고 나쁜 것도 구분하지 못하게 된다 했습니다."

"자네는 좀 지나치군."

"네?"

김낙천이 손을 저었다.

"좋은 점이라면 좋은 것인데, 어찌 보면 자네는 지나치게 물어보는 게 없어. 하지만 도착해서 그러지는 말게. 물어볼 건 물어보고 해달라고 할 건 해야 하네. 알겠나?"

"알겠습니다."

"새벽 효(曉)에 아침 흔(昕), 그렇게 효흔이네."

문오는 처음에 김낙천이 무슨 말을 하는지 몰랐다가 조금 뒤에야 깨달았다. 김낙천은 지금 딸의 이름을 말해준 것이다.

"…저기, 제가 마음에 안 들면 어쩝니까?"

"혼인하는 당사자들이 맞춰가야지. 배필이란 원래 부모가 정해주는 거 아닌가. 그런 걸로 겁을 먹으면 안 되네. 그러면 이 조선 팔도에 정붙이고 살 부부가 하나도 없을 거네.

게다가 효흔이는 착한 아이니까 괜찮아."

"착한 것과 마음에 들지 않는 사람을 남편으로 맞이하는 것은 다른 문제입니다. 제가 마음에 들지 않아도 성격이 착해서 참는다면… 참 힘든 일이 될 겁니다."

"자네는 역겨울 정도로 여자들이 싫어할 만한 사내는 아니니 걱정 말게. 여자애들은 조그마할 때야 멋있는 사람이 좋다 하지만, 크면 또 달라. 자기들이 멋대로 할 수 있는 남편을 더 좋아하지."

"…칭찬, 감사합니다."

"자신감을 가지게. 겁을 먹으면 사람이 더 하찮아 보이는 법이네. 집에서 키우는 개도 손님이 개를 무서워하면 더 짖지. 자, 허리를 펴고 당당하게 보여. 나도 사내네. 어떻게 해야 사내가 사내처럼 보이는지는 알고 있어."

마을로 가는 산길은 두 사람이 간신히 지나다닐 정도로 좁고 가팔랐다. 옆으로는 개울이 흘렀고, 개울물에 젖은 바위는 붉게 번들거렸다. 맑은 물 옆에 노란 꽃이 피어 물 위로 그림자를 비추었다. 나무 틈으로 비껴드는 햇살이 물 위로 부서지며 바위 위로 투명한 그물을 던져 출렁였다. 굵은 나무들이 비탈에 뒤엉켜 금방이라도 숲 속에서 호랑이나 표범이 튀어나올 것 같았다. 어느덧 하늘이 붉게 기울어가며 햇살이 노랗게 가라앉았다.

숲이 잘려 나간 듯 탁 떨어지며 벌판이 나타났다. 짧은 싹으로 덮인 벌판은 넓고 평평했다. 이른 진달래가 숲 여기저기 분홍색 꽃무리를 만들었다.

김낙천은 마을을 향해 난 논두렁길을 걸었다. 옆으로 맑은 물길이 흐르며 논과 밭을 촉촉하게 적셨다. 산등성이 옆으로 넓은 저수지도 보였다. 아름답고 고요한 마을이었다.

한참 걷자 마을이 자리 잡은 비탈이 가까워져 오며 노란 초가지붕들 사이로 난 넓은 길 끝에 푸른 기와를 얹은 커다란 집이 보였다.

"저 집이네."

김낙천이 가장 큰 집을 가리켰다.

"네?"

"저 집이라고."

돈 좀 있는 집일 거라 생각하고는 있었지만, 집은 문오가 상상했던 것보다 훨씬 더 컸다.

문오는 두려움이 밀려들었다. 이 정도 부잣집에서 시골 마을 한번 훑으면 몇 두릅은 나올 문오 같은 청년을 데리고 온 이유는 뭐란 말인가. 더 좋은 집안에서 더 좋은 청년을 데리고 올 수도 있을 것이다. 그런데 왜 하필 그렇게 흔해빠진 사내 중의 하나인 문오인가.

대문으로 들어가자 마르고 키 큰 여자가 나와 허리를 숙였다. 얼굴이 갸름하고 안색이 창백했다. 길이가 긴 연회색 저고리에 앞치마로 푸른 치마를 바짝 매고 있었다.

"이 집 찬모(饌母)인 부안댁 곽씨라네. 이보게, 효흔이는?"

"안에 있습니다."

"신랑이 왔으니 나오라고 해라."

"신랑… 이요?"

"그래, 신랑. 내가 말하지 않았는가."

신랑이라는 말에 곽씨는 문오를 훑어보았다. 눈에 보이는 것을 삽시간에 빨아들이듯 훑고 얼굴에 나타난 표정은 경멸, 무시, 분노 등등, 하나같이 못마땅하다는 표정이었다.

문오는 하찮아서 죄송합니다, 라며 사죄라도 드려야 할 것 같았다. 찬모는 팔을 내밀며 말했다.

"들어오시지요."

문오는 찬모가 이끄는 대로 따라갔다. 그녀는 안뜰로 들어서 중문을 통과해 커다란 버드나무가 그림자를 드리운 별당으로 데리고 갔다. 별당 앞에는 작은 못이 하나 있었다. 깊은 듯 물이 검었다. 그 위로 처마가 비쳤다.

문오는 대청마루로 올라가 커다란 장지문 앞에 섰다. 대청마루를 덮고 있던 들장지는 모두 들려 처마 밑에 붙어 있었다. 문오는 무릎을 꿇고 앉았다가 장인이 허벅지를 치자 얼른 제대로 앉았다. 키가 큰 곽씨가 옆에 앉으며 말했다.

"몇 살이십니까?"

"열여덟입니다."

곽씨의 얼굴이 세 번 장가간 홀아비라도 본 듯 변했다.

"열여덟… 열여덟… 이라…….'

열여덟이 무슨 문제란 말인가. 열여덟이면 봄싹처럼 파릇

한 청춘이 아닌가. 문오는 억울한 마음까지 들었다.

"문이나 열게, 곽씨."

주인이 책망하듯 말하자 곽씨는 가볍게 한숨을 내쉰 다음 말했다.

"아씨, 문 엽니다. 앉아 계세요."

그리고 곽씨는 장지문을 열었다. 창 앞에 놓인 수틀이 보였다. 수틀 위에 바늘과 실더미가 얹혀 있었지만 수를 놓은 흔적은 없었다. 되는대로 모아다 장식해 둔 것 같았다. 고개를 너무 높이 들었는지 소녀의 얼굴 대신 꽃과 새를 그린 병풍이 보였다. 문오는 침을 삼키고 천천히 고개를 내렸다.

그린 듯 고운 소녀였다. 자그마한 얼굴에 눈은 구슬처럼 크고 맑았다. 작은 코와 입술도 앙증맞고 귀여웠다.

"처음 뵙겠습니다."

"제 서방님이십니까?"

"아직은 아닙니다."

"안에서 들었습니다. 올해 열여덟이시라지요?"

"그렇습니다."

소녀의 작고 귀여운 턱이 살짝 올라갔다. 그리고 큰 눈을 감더니 대단한 선언을 하듯 말했다.

"소녀는 올해로 열한 살 됩니다."

"네."

네, 다 크셨군요.

열여덟과 열한 살, 말이 일곱 살 차이지 열여덟 피 끓는 청년에게 이 열한 살 아이는 애벌레나 다름없었다. 게다가 열한 살이라고는 하지만 열 살도 되어 보이지 않았다.

"안사람이 혼사를 서둘러서. 허허허."

아무리 그래도 이건 너무 급한 게 아니냐는 말이 절로 나왔다. 여기로 오면서 그저 색시 될 분에게 큰 흠이 있겠거니 하고만 생각했다. 제일 두려웠던 것이 그것이다. 색시가 이상할까 봐 두려운 것이 아니라, 문오가 잘못 처신해 가뜩이나 자기 처지에 기가 죽어 있을 여자가 상처 입을까 봐 두려웠던 것이다. 그러나 이런 문제일 줄은 상상도 해본 적이 없다.

"저 애 위로 아들이 하나 있는데, 몸이 아주 약하지. 안사람이 매일 약을 지어 먹이고는 있네만 차도가 없더군. 지금 아들아이는 요양 차 절에 가 있네."

"실망하셨습니까, 제가 너무 작아서?"

효흔이 부루퉁하게 물었다.

"아닙니다. 어차피 애들은 다 크는 것 아닙니까. 제가 이리 보여도 올해 열한 살이신 색시님보다 어수룩하니 많이 가르쳐 주면 감사하겠습니다."

그러며 고개를 숙이자 장인이 웃으며 말했다.

"일단 둘이 차차 친해져 보거라. 시간은 넉넉하니 말이다."

지나치게 넉넉한 것이 문제였다.

✱

　문오는 다음날부터 일을 배우고 공부를 시작했다. 다 큰 사내가 어린아이나 배울 것부터 시작하게 되어 부끄러웠지만, 지금 안 배웠다간 영영 배우지 못하게 되니 안 할 수가 없었다.

　효흔에게 가장 많이 배웠다. 어린아이인 효흔은 장부 정리에서부터 주판, 셈법 등 장사와 관련된 지식을 모두 잘 알고 있었다. 거기에 글공부까지 도와주었다. 특히나 셈은 굉장히 빨라서 손가락 몇 번만 움직이면 복잡한 계산도 금방 해내었다. 문오는 효흔이 아무리 가르쳐 주어도 셈을 몇 번이나 틀렸다.

　“정말로 잘 아는구나.”

　문오는 무조건 칭찬을 해야 아이들에게 잘 보일 수 있다는 걸 알고 있었다. 역시 효흔은 금방 우쭐해졌다.

　“아버님이 장사를 하실 때 옆에서 배웠습니다.”

　“장사?”

　“네. 한양 운종가에서 크게 장사를 하셨습니다. 몇 년 전에 장사를 접으시고 이곳으로 오셨습니다.”

　“큰 장사를 하시다가 왜 여기로 온 거니?”

　“효서가 아파서요. 사람 많은 곳을 피해야 한다 하시며 이 시골에 집을 짓고 들어오셨답니다. 조용하고 공기가 맑은 곳입니다. 효서의 건강에 아주 도움이 될 거라 하셨습니다.”

"그렇구나. 효서는 무슨 병이니?"

"특별히 병이 있는 건 아니지만 몸 자체가 약해 자그만 병도 효서에게는 큰 병이 된다 합니다. 그래서 이렇게……."

"저런, 저런. 저, 효서는 올해 몇 살이니?"

"열넷이라 합니다. 궁금하십니까?"

"가족이 될 건데 벌써 석 달째 못 보았잖니. 늘 이런 거야?"

"봄이면 늘 그렇습니다. 어머니는 날이 풀리기 직전에 절로 가셔서 거기서 여름을 보내시고 여기로 오십니다."

"그럼 거의 반년이나 밖에 계시는 거야?"

"늘 그러시는 건 아닙니다. 게다가 아버지가 그러시길, 어머니도 요양이 필요하다 하셨습니다. 그래서 두 사람 다 같이 절에 있는 것이 좋다 하셨습니다. 제가 보기에도 그렇습니다. 어머니는 집에 계시면 무척 아픈 얼굴을 하시거든요."

"아픈 얼굴?"

"늘 이런 얼굴로 마당을 노려보십니다. 의원이 그게 울증이라던가 하는 거라고 하였습니다."

"그래?"

문오는 장모와 효서가 보름이나 한 달 정도 있으면 올 거라 생각했다. 그러나 그 절에서 아예 중이 되기라도 한 건지 올 기미도 없었다. 서신이 오고 가는 것도 아니요, 그렇다고 이 집의 주인인 김낙천이 그 절로 오고 가는 것도 아닌 것 같았다. 애초에 이 집에 없었던 사람들인 것 같았다.

문오는 효흔이 불쌍해 보였다. 저렇게 어린데 어머니로부터 아무것도 배우지 못하고 보살핌도 받지 못한다. 물론 효흔은 호화로운 옷을 입고 아이에게 어울리지 않는 값진 노리개를 차고 있기도 했다. 그렇게 온갖 호사를 누리지만 아이에게 가장 정성을 쏟아야 할 어머니가 딸아이를 버려두고 사라져 있는 것이다. 문오를 이렇게 신나게 가르치는 것도 순전히 어머니가 옆에 없어서 그러는 것 같았다. 늘 저렇게 턱을 들고 으스대며 다녀도 속으로는 외로운 것일지도 모른다.

"마을 구경 좀 시켜줄래?"

"네?"

"여기 와서 배우기만 해서 이 근처에 무엇이 있는지도 모르겠구나. 네가 좀 보여주면 좋겠구나."

효흔은 얼굴을 붉혔다.

"네, 그리하도록 하겠습니다. 어서 나가십시오."

문오는 효흔의 비단 운혜를 찾아 신겨주었다. 효흔이 그런 문오를 물끄러미 보았다.

"왜 그러니?"

"아닙니다."

효흔은 운혜를 신은 두 발을 들어 꼼지락거리며 들여다보았다.

"얼른 가자."

효흔은 섬돌 위에 발을 얹고 일어났다.

"네."

그리고 방긋 웃었다. 앙증맞은 옷을 입은 자그마한 소녀가 그렇게 웃으니 정말로 귀여웠지만, 역시 여자로 보이기에는 무리가 있었다. 차라리 한 오 년 안 보는 게 나을 듯싶었지만, 지금 처지로서는 그럴 수도 없다.

처음 올 때는 아직 춥던 날씨가 이제 완전히 무르익어 여름이었다. 잎은 녹색으로 여물었고, 풀은 길고 뻣뻣해졌다. 논의 벼는 크게 자라 벼꽃을 피우고 감나무마다 단단한 녹색 열매가 맺혔다. 대추나무 가지마다 굵은 대추알이 주렁주렁 열려 연녹색 보석처럼 반들거렸다.

효흔은 그 사이로 뛰어다니며 여기는 무엇이고 저기는 무엇이고, 이 집은 무엇이고 저 집은 무엇인지 설명했다. 숲으로 둘러싸인 섬 같은 곳이어도 다른 마을과 별다를 바 없었다. 사당, 서낭당, 커다란 느티나무 한 그루, 그 아래 오래된 평상이 놓여 있었다. 효흔의 집에는 조상을 모신 사당은 없었지만 터주를 모신 갈색 항아리는 꿀풀 꽃이 무리 지어 피고 조팝나무가 우거진 뒷마당에 짚 모자를 쓰고 있었다.

"부안댁 아주머니가 이 터주는 잘 모셔야 한다고 하셨습니다. 특히 우리 집은 이사를 온 집이라 이 터주님에게 잘 보여야 앞으로도 잘산다고 하셨지요. 이리 와보십시오."

효흔은 뒷문을 열고 노란 양지꽃이 난 길을 올라갔다. 숲길이 벼랑처럼 가팔랐다.

“밤에 이 근방에는 호랑이가 나오기도 한다 합니다.”

“호랑이가?”

“네. 지금 여름이지 않습니까. 여름에는 괜찮습니다만, 겨울이면 호랑이가 나올지도 모른다 하셨습니다. 거기에 이 산과 벌판은 도깨비들도 많다 하셨어요.”

“이상한 터구나.”

“네, 그래서 부안댁 아주머니가 터주님을 잘 모셔야 한다 하셨어요.”

비탈이 너무 가팔라 문오는 효흔을 집어 들었다. 비탈을 타고 내려가니 마을 어귀로 돌아오게 되었다. 효흔은 길게 하품을 하더니 어느새 문오의 어깨에 턱을 찰싹 붙이고 졸기 시작했다.

부안댁이라고도 불리는 곽씨가 대문 앞에서 그들을 기다리고 있었다. 기운 햇살은 풀이든 바위든 사람이든 따스하게 만들건만, 그녀만은 저녁 햇살을 받고서도 새벽빛을 받은 듯 차갑기만 했다. 그렇게 석상 같은 여자여도 그 손끝이 만드는 음식은 굉장히 훌륭했다. 평범한 재료도 상 위와 입 안에서 신천지를 만들어냈다.

“아기처럼 그리 안겨 있으면 어쩝니까. 내려오세요.”

곽씨가 그리 말하자 효흔이 눈을 게슴츠레 떴다. 문오는 효흔을 내려주었다. 곽씨가 효흔이 내미는 손을 잡았다.

“오늘 뭐하고 놀았어요?”

“논 거 아니야. 서방님을 가르쳤어.”

곽씨가 문오를 보며 웃었다.

"들어오세요. 식사 준비해 놓았습니다."

그리고 그녀는 직접 대문을 열고 문오를 안으로 들여보내 주었다.

며칠 뒤, 문오가 별채의 대청마루에 앉아 있는데 효흔이 앞에서 얼쩡대기 시작했다. 할 말이 있는 듯 보였지만, 정작 눈이 마주치면 놀란 꿩처럼 금방 사라졌다.

그것으로 끝이 아니었다. 문오가 뜰의 연못에 있으면 갑자기 나타나 돌을 던져 댔고, 마루에 앉아 있으면 마당의 풀을 뜯어댔다. 대추나무를 보고 있으면 단풍나무 나뭇가지를 흔들어댔고, 단풍나무 옆으로 가면 이번에는 감나무에 들러붙었다.

"왜 그러니?"

이 정도면 의도를 알아채 주지 못하는 것도 도리가 아닌 것 같아 물었다. 효흔이 두 손을 모아 잡고 말했다.

"저, 시간 되십니까?"

"될걸?"

"저, 그럼 저하고 나들이 나갈 수 있으십니까?"

"아마도 갈 수 있겠지."

"정말이지요?"

효흔이 마침 부엌에서 나오던 곽씨에게 달려가 치마에 답삭 붙었다.

"가주신대, 가주신대!"

"거봐요. 청하면 들어주실 거라 했잖아요. 어서 가서 채비를 하세요."

"응!"

효흔은 곽씨의 치마에서 떨어져 나가 자기 방으로 들어갔다. 문오는 효흔을 보낸 곽씨에게 물었다.

"부안댁, 효흔이 어디로 가자고 저러는 겁니까?"

"경인사입니다."

"경인사? 거긴 무슨 일로 가는 거죠?"

"마님을 뵈러 가는 겁니다."

문오는 등이 뻣뻣해졌다. 드디어 그 수수께끼 같은 장모를 만나게 되는 것이다.

"내일 아침 일찍 가시면 됩니다. 채비는 제가 해드리겠습니다. 반나절 정도만 가면 되는 가까운 거리랍니다. 두 분이서 오붓하게 다녀오세요."

"저는 길을 모릅니다. 여기 와서 이 마을을 벗어난 적이 없잖습니까."

"청지기에게 가르쳐 드리라 할게요."

불려온 청지기가 이리 가고 저리 가고 요리 가면 됩니다, 라며 지도를 그려주며 설명해 주었지만, 언덕 두 개를 넘고부터 문오는 머리로 길을 잃고 헤매고 있었다. 청지기는 포기하고 그리다 만 지도를 주었다.

"애기씨가 잘 아니 가자는 대로 가십시오."

“믿어도 됩니까?”

“부안댁하고 두어 번 다녀온 적이 있는데다, 길을 정말로 잘 찾으시는 분입니다. 탐라에 흘려두고 와도 알아서 올라오실 걸요.”

“그래도 길을 잃으면 어쩝니까. 길잡이 하나 붙여주십시오.”

“마님이 싫어하십니다. 안 돼요.”

“절 앞까지만 데려다 주면 됩니다. 그러면 모르실 거 아닙니까.”

“다른 분이라면 몰라도 마님은 속일 수 없습니다. 안 됩니다.”

청지기가 완강하게 나와서 문오는 포기하기로 했다.

다음날, 아침 일찍 일어나 채비를 했다. 곽씨가 출출하면 먹으라고 주먹밥, 강정과 약과, 거기에 곶감까지 보자기에 돌돌 말아 당나귀 등에 얹어주었다. 절에 보낼 음식도 바구니에 담겨 매달렸다. 효흔은 곽씨가 작게 만들어준 쓰개치마를 들고 나왔다.

“그건 필요없을 것 같은데.”

“아녀자가 밖에 나들이를 가면 반드시 해야 합니다. 내외의 법을 지켜야지요.”

“……”

그건 아녀자가 하는 거지 아기가 하는 건 아니다, 하고 말하면 일 년간 미움받을 것 같아 참았다.

문오는 당나귀 등에 효흔을 앉히고 고삐를 쥔 다음 집을 나섰다. 지도를 펼쳐 보았지만 이미 지도는 지도가 아니라 먹이 흘러간 종잇조각으로 변해 있었다. 효흔이 그 지도를 빼앗아 바구니 사이에 끼웠다.

"이런 거 필요없어요. 저만 믿으시면 됩니다. 거기다 먼 거리도 아닙니다. 그러니 서방님도 여기 타십시오."

"아니. 나는 말을 못 타."

"당나귀하고 말은 다릅니다. 그냥 앉아만 가시면 됩니다. 어서 타십시오."

문오는 당나귀 등에 탔다. 효흔이 앞에 앉아 당나귀를 몰았다. 처음에는 제법 의욕있게 몰았으나, 해가 높아지고 날이 따뜻해지자 꾸벅꾸벅 졸기 시작했다. 쓰개치마가 아래로 풀썩 떨어졌다.

"쉬었다 갈까?"

효흔이 벌떡 일어났다.

"아닙니다. 어서 가야지요.

햇살이 뜨거워져 효흔의 몸이 따끈따끈해져 있었다. 바위와 땅이 달아올랐고, 언덕 너머에서 밀려드는 구름이 환한 햇살에 하얗게 빛났다. 효흔은 피곤한지 눈에 띄게 헤롱대고 있었다.

"어머니께선 네가 가면 좋아하시겠지?"

효흔은 고개를 저었다.

"어머니는 제가 찾아가면 화내십니다."

"왜?"

"대놓고 역정을 내지는 않으신데, 피로해하십니다. 그래서 지난번에도 절 앞까지 갔다가 그냥 왔습니다."

"딸이 오면 반갑지 않은 어머니가 어디 있겠니?"

"아뇨. 어머니는 효서만 챙깁니다. 매일매일 절에 찾아가 아들을 낳게 해달라 빌었대요. 좋다는 건 다 가져다 먹었을 테지요. 시집온 지 얼마 되지도 않으셨을 텐데 참 부지런도 하셨습니다."

효흔은 물끄러미 문오를 보았다.

"왜 그러니?"

"저는 아내만 아끼는 남편을 가지고 싶습니다."

물을 마시던 문오는 쿨럭, 하고 내뱉었다.

"갑자기 그런 말은 왜 하는 거니?"

"물론 제 부모님은 기러기처럼 사이좋은 부부이긴 합니다. 그래서 저도 저만 아끼는 남편과 살고 싶습니다. 저는 임금님의 아바마마이신 선왕 마마 같은 지아비는 정말로 정말로 싫습니다. 하나만 좋아하면 될 것을, 하나를 좋아하다 다른 하나를 좋아하면 원래 좋아하던 분을 잊으면 될 것을, 왜 내치고 죽입니까? 그러니 저는 저만 좋아하시는 서방님이 좋습니다."

부인 셋 중 둘을 쫓아내고 한 명의 입에는 사약을 부어준 선왕 숙종을 말하는 것이다. 사약을 받은 희빈 장씨가 악녀 중의 악녀라 하지만, 문오는 여자 취향이 한번 바뀌면 천지개벽을 하듯 바뀌는 지아비를 둔 여자들 마음이 이해가 가기도 했다. 싫으면 그냥 밀쳐 두면 되지, 왜 굳이 쫓아내고 죽이고 다시 또 쫓아내는가. 지금 상감의 모친인 숙빈 최씨도 궁에서 쫓겨나 들어오지도 못하고 생을 마감하지 않았는가. 자식이 없다고 쫓아내고, 아들이 있으면 위세를 부릴지 모른다며 쫓아내고, 그냥 마음에 안 든다고 내치고. 이런 남자이니 희빈이든 중전이든 숙빈이든 행여나 버림받을까 봐 안달복달한 것이 이해가 된다. 여자 취향이 일관되면 비위라도 맞추겠거늘 그것도 아니다. 매번 극과 극이다. 어느 날은 현모양처의 얌전한 여자가 좋고, 어느 날은 요염한 여자가 좋고, 어느 날은 착하고 씩씩한 여자가 좋고. 그러다 다 필요없으니 다른 중전을 들여 버린다.

"그런데 그건 왜……."

"저는 서방님이 어떤 분인지는 모릅니다. 게다가 서방님도 제가 좋아서 여기 온 게 아니지 않습니까."

"그건 또 무슨 소리야?"

"저와 서방님은 부모님들이 맺어주신 거지 서로 좋아서 여기 이 자리에 있는 게 아닙니다. 제가 좋아서 여기로 오신 거라면 저만 보고 살라 하는 게 당연하지요. 하지만 아니잖아요. 제 나이를 생각한다면, 제가 다 크기도 전에 서방님이 다른 여자를 좋아하게 될 수도 있습니다. 아니, 이미 떠나오신 고향 마을에 좋아하는 여인이 있을지도 모르고요. 게다가 저 역시 크다 보면 다른 남자가 좋아질 수도 있지 않겠습니까. 사람 마음은 자기 자신도 어찌할 수 없는 것이고."

"우리는 부부가 될 거야. 그렇게 정해졌어."

"하지만 서방님 마음대로 정한 게 아니지 않습니까. 저는 제가 먹고 싶은 것을 먹지 못하게 해도 화가 납니다. 하지만 서방님은 좋아하는지 좋아하지 않을지도 모르는 저와 혼인 하는 것입니다. 마음에 없다면 아주 싫으실 겁니다."

"너는 내가 싫니?"

"아직 모르겠습니다. 하지만 서방님도 그러실 거 아닙니까."

"그……."

"엉덩이도 가슴도 작은데 이런 제가 여자로 보이시지는 않을 거 아닙니까. 서방님 또래의 사내들에게야 기방의 기생들이 더 예뻐 보일 테고."

"기생 본 적이 있기는 하니?"

"당연히요. 치마를 이렇게 부풀리고 가슴엔 이렇게 무거운 노리개를 달고 머리에는 저만 한 가채를 올렸더군요."

"나는 본 적도 없다."

보는 데만도 돈이 드는 기생을 시골 남자 문오가 볼 수 있을 리 없다. 문오가 본 사람 중 가장 예뻤던 사람은 마을에 놀러 온 남사당패에 있던 아이다. 한동안 참 설레었는데, 나중에 남사당패에는 남자밖에 없다는 말을 듣고 며칠 동안 밥도 먹지 못했다.

"정말 없습니까?"

“그래.”

“그럼 그런 여자들을 보고도 그리 말씀하실 수 있을지 의문이군요. 정말로 예쁩니다.”

“몇 년 지나봐야 안다지만, 그렇게 지레 겁을 먹을 필요는 없지 않니.”

“네?”

“너는 행여 내가 너를 좋아하지 않을까 봐 겁이 나는 것뿐이라구.”

효흔의 얼굴이 앵두처럼 빨개졌다.

“그런 거 아닙니다!”

“상관없는 사람이라면 그 사람이 너를 좋아하든 말든 괘념치 않겠지. 하지만 좋아해 주면 좋겠다는 사람이 너를 좋아하지 않으면 화나지 않겠니. 너는 화내는 게 겁이 나서 그러는 것 같구나.”

“마음이란 게 그렇지 않다고 합니다. 다른 사람이 좋아지면 가눌 수가 없다고 해서…….”

“그게 너일 수도 있잖아.”

“하지만 저, 저는…….”

“그리고 예뻐야 사랑받는 건 아니란다. 물론 사랑한다고 사랑받을 수 있는 것도 아니지만.”

“그럼 어찌해야 합니까?”

“그건 봄이 오고 가을이 오듯 자연스러운 거야. 애쓴다고 되는 것도 아니고 몰아낸다고 몰아내지는 것도 아니야. 그냥 물이 흘러들어 와 차듯이 마음이 차는 거다.”

“마음이 차는지 차지 않는지는 어찌 알게 되옵니까?”

“사람이 달리 보이기 시작할 거란다. 하지만 그건 그때 가서 생각하자, 우리.”

효흔의 볼이 부어올랐다.

“억울합니다. 서방님은 어른이라 지금 다 아는데 저는 이제 열한 살이라 알고 싶어도 알아지지 않고. 너무 오랫동안 그런 걸 몰라왔던 것 같습니다.”

날이 불판처럼 뜨거워져 이글거렸다. 벌판에 보라색 조개나물이 가득 피어 있었다. 곰취의 꽃대도 벌써 올라 있다.

효흔은 꽃이 가지고 싶다 말했지만, 문오가 ‘하나만 꺾자’ 하자 부루퉁해졌다.

“왜 하나만 가져야 합니까?”

“꽃도 꽃으로 태어난 이유가 있단다. 네가 꺾으면 그 애들이 태어난 이유를 방해하는 거 아니겠니.”

효흔이 지평선을 가리켰다.

“그럼 서방님, 저걸 가지고 싶습니다.”

바위 옆에 예쁜 담홍색 꽃이 피어 있었다.

“어머니가 좋아하시는 꽃입니다. 효서도 좋아해요. 가지고 가면… 아닙니다, 아니에요.”

“왜?”

효흔은 고개를 저었다.

“서방님 말이 맞습니다. 꽃도 꽃이 태어난 이유가 있겠지

요. 열매를 맺을 것을 기대하고 태어났을 텐데, 제가 꺾어
가면 그걸로 끝이지 않습니까. 그럼 너무 가엾습니… 어
라?"

꽃 핀 바위 너머로 얇은 너울이 연기가 피어오르듯 날려
올라왔다. 녹색 옥가락지를 낀 흰 손이 너울을 휘감아 당겼
다. 손짓 하나하나가 두루미의 날갯짓처럼 아름다웠다. 효
흔이 넋을 놓고 보았다.

"선녀입니다."

"설마……."

효흔이 가자고 졸라대서 문오는 당나귀를 몰아 그쪽으로
갔다. 전모를 쓴 여인이 보였다. 나비와 모란을 그려 넣은
전모는 얇고 흰 너울로 감고 있었다. 희고 예쁜 손이 그 너
울이 바람에 날릴 때마다 다스리며 당겼다. 그 뒤로 너울을
감은 전모 몇 개가 둥근 접시처럼 떠올랐다.

"기생들입니다, 서방님."

효흔의 곱실거리는 머리털이 다 일어서는 것 같았다. 곽
씨가 잘 땋고 동백기름까지 발라준 머리카락이 여기저기서
튀어나왔다.

선두의 기생은 붉은 저고리에 보라색 치마를 감았고, 그
밑으로 살짝 단속곳이 보였다. 문오와 효흔을 발견한 그 기
생이 손을 들었다. 뒤따라오던 기생들과 당나귀가 멈추었
다.

선두의 기생은 아이들을 가르칠 만한 퇴기의 연배였다.

그래도 머리는 아주 검었고 입술은 연지를 바르지 않아도 도톰하고 붉었다. 턱이 처지지도 볼살이 빠지지도 않아 아직 젊어 보이고, 이목구비가 그린 듯 선명했다.

"외유 나온 아버지와 따님이신가요? 남매간 같지는 아니한데."

선두의 기생이 말을 걸자 효흔이 다시 머리털을 세웠다. 동생 기생들이 웃으며 거들었다.

"서방님이 결혼을 참 일찍 하셨나 봐요. 열넷에 장가가셨나. 어머나, 아직도 볼이 붉은 동자시네."

"따님 얼굴 좀 보라지. 귀엽기도 해라. 아기 다람쥐 같네. 거기에 저 조그만 쓰개치마 보시오."

"언니, 너무 놀리지 마우. 머리카락이 일어났네. 자기 아버지 홀릴까 봐 저러는 건가?"

다들 새 떼처럼 지지배배 떠들다 웃었다.

"저는 이분의 색시입니다!"

효흔이 고함을 지르자 잠시 조용해졌던 기생들이 곧 더 크게 웃었다. 다들 재미있어서 웃는 것이었지만, 효흔은 부끄러워서 얼굴이 붉어졌다. 선두의 기생이 동생들을 말리고 효흔을 달랬다.

"알겠어요. 미안해요, 어린 색시님. 우리는 서방님을 홀리려 이러는 게 아닙니다."

큰 기생은 당나귀에서 내려 그들에게 다가왔다. 아름다운 고양이가 다가오는 듯 가볍고 우아한 걸음이었다.

“달도 취하게 하는 취월(醉月)이라 하옵니다.”

“우문오라고 합니다.”

문오도 얼른 내려오며 말했다. 취월의 눈이 가늘어졌다. 문오가 자신을 공손하게 대하는 것에 무척 놀라면서도 기뻐하는 것 같았다.

“여기로 춤 연습을 나왔답니다. 이 아이들은 제가 가르치는 동생들이랍니다. 한양에서 여기까지 배를 타고 올라왔지요. 잠시 놀다 갈 겁니다.”

“근방에 나루터가 있는 줄은 몰랐는데요.”

“조금만 내려가면 된답니다. 이 근방 물이 무척 푸르고 깊지요. 그 옆에 우거진 오리나무 숲을 낀 커다란 습지가 있는데, 그곳에 사는 학과 두루미는 곱고 희답니다. 이런 좋은 날에 가면 그곳에 사는 새와 짐승, 나비와 벌들, 꽃들이 모두 우리를 반깁니다. 두 분은 어디로 가십니까?”

“경인사로 가고 있습니다. 저, 어딘지 아십니까? 잘 가고 있는지 몰라서요.”

취월이 나긋한 손짓으로 산등성이를 가리켰다.

“이대로 죽 올라가기만 하면 된답니다. 산에 있는 절이 늘 그래서 밖에서는 보이질 않습니다. 일주문 앞에 서기 전까지는 어디에 무엇이 있는지 모르지요.”

그리고 취월은 효흔을 보았다. 효흔은 이제 온몸이 붉어져 있었다. 취월은 여우같은 여자였다. 그러나 요사스러운 여우가 아니라, 탐스럽고 긴 꼬리를 치렁치렁 늘어뜨린 아름다운 암여우였다. 효흔은 우물쭈물거리다 문오가 툭 치자 간신히 말했다.

"감사합니다."

취월은 전모를 감은 너울을 들고 고개를 저었다.

"좋은 분들이라 저도 만나 기쁩니다. 사내들이든 여자들이든 우리를 보면 일단 하대부터 합니다. 넋을 놓지만 우습게 보지요. 하찮은 남자일수록 그렇답니다. 하지만 나리는 아니에요."

"나리라니요, 가당치 않습니다. 저는 그리 신분이 높은 처지가 아닙니다."

"아뇨. 당연히 받을 만하십니다. 게다가 아씨도 훌륭하게 크실 것 같습니다. 정말로요."

문오는 취월의 눈에 슬픔이 차오르다 사라지는 것을 보았다. 우물 위로 떨어진 빗방울이 그린 동그란 자국처럼 그 슬픔은 문득 보였다 사라졌다.

"왜 그러십니까?"

"생각나는 동생이 있어서 그렇습니다."

"동생이요?"

"네. 인연이란 사람의 마음대로 되지 않고, 그 흔적 역시 마음대로 남지 않지요. 지우고 싶으면 깊어지고 깊어지길 바라면 잊히지요. 그 아이도 그리 남아 있습니다."

취월은 저고리 아래로 손을 내렸다.

"이렇게 뵈었으니 선물을 드리고 싶군요."

취월은 저고리 밑으로 늘어진 노리개를 풀었다. 향갑과 방울이 붙어 그 밑으로 봉술이 풍성하게 늘어진 값비싸 보이는 물건이었다. 취월이 재주 좋게 매듭을 풀자 향갑과 방울이 분리되었다. 방울은 아무 소리도 나지 않았다.

취월은 향갑은 효흔에게, 방울은 문오에게 건네주었다.

"언니, 그거 언니가 오랫동안 가지고 있었던 거 아니우?"

동생 기생이 놀라며 말했다. 문오는 방울을 도로 주며 급히 말했다.

"아닙니다. 처음 뵌 사이에 이게 무슨……."

"그걸 주신 분이 말씀하시길, 이건 서로서로 빌려주는 물건이라 하였답니다. 제가 그 물건이 필요할 일이 있어 받았고, 그분께서 말씀하시길, 그 물건을 전해 드려야 할 분을 만나면 저절로 알게 될 거라 하셨습니다. 오늘이 되니 알겠군요. 가지십시오."

그리고 취월은 반듯하게 인사를 하고 하인을 불러 당나귀 등에 탔다.

"한양으로 오게 되거든 취월을 찾는다 말씀하면 누구라도 알려줄 겁니다."

"저기, 아닙니다. 이거 도로 가지고 가십시오."

감사 인사를 하는 것도 어느 정도 받을 만한 물건을 받았을 때나 할 수 있다. 문오는 이런 패물은 들고 있기만 해도 다리가 굳었다. 그러나 취월은 고개를 가로젓고 전모의 너울을 내려 얼굴을 가렸다. 동생 기생들이 취월을 따라 차례

차례 인사를 하고 길 아래로 내려갔다.

"받아야 할 것 같습니다."

효흔이 말했다.

"너무 값진 것이잖니."

"값의 문제가 아닙니다. 왠지… 받아야 할 것 같습니다, 서방님. 그러지 않으면 안 될 것 같습니다. 왠지……."

효흔은 향갑 노리개를 보았다. 은은한 향이 풍겨 올라왔다. 문오는 취월이 준 방울을 보았다. 손가락 마디 하나 정도의 크기로, 흔들어보았지만 안이 텅 빈 듯 소리가 나지 않았다.

문오는 기생들이 길 끝으로 사라지는 것을 보았다. 넘실거리는 취월의 너울 뒤로 기생들이 웃거나 떠들며 따라가다 취월이 뭐라 말하자 그들만 아는 말로 감창을 했다. 효흔이 갑자기 문오의 발을 걷어찼다.

"거 보십시오. 기생들을 보니 서방님도 홀리시지 않습니까."

"……."

취월의 말대로 개울을 지나 숲 사이로 난 길을 따라가다 보니 어느 순간 일주문이 눈앞에 서 있었다.

경내로 들어가자 팔작지붕을 얹은 대웅전이 넓게 자리를 펼치며 그들을 맞이했다. 절 주변에 소나무들이 울창하게 자라 있었다.

효흔은 당나귀에서 내려 주변을 둘러보았다. 참새들이 처마 밑에 앉아 있다가 효흔이 오자 까맣게 날아올라 숲 속으로 도망갔다. 제비들이 처마 밑에 지어둔 집으로 빠르게 들어와 새끼들을 품기 시작했다.

광대뼈가 굵게 튀어나온 비구니가 나와 그들을 맞이했다. 뜰의 여신도들도 몇 보였다. 그중 부인 둘이 양옆에 딸들을 달고 이야기를 하다가 그들을 보았다. 효흔이 그중 하나를 쏘아보았다.

"아는 사람이야?"

"우리 집 친척입니다. 종종 우리 집에 오곤 하십니다. 옆에 저년을 달고 말이죠."

문오는 놀라서 얼른 효흔의 입을 막았다. 효흔이 가리킨 여자아이는 키가 크고 늘씬했다. 아이 어머니가 효흔을 보고 웃었다.

"인사 안 드려도 되니?"

"저년들한테는 안 해도 됩니다."

문오는 다시 효흔의 입을 틀어막았다. 경내에서 이 무슨 말버릇이란 말인가. 옆의 점잖은 스님이 들을까 무서웠지만, 이미 들은 듯 노려보고 있었다. 문오는 서둘러 사과를 하고 물었다.

"저기, 교하에서 온 박씨 부인을 찾습니다. 아드님과 같이 있습니다."

"압니다. 그런데 오늘은 유모하고 같이 안 왔군요. 아무리 친인척이라 한들……."

그러며 탐탁지 않다는 듯 문오를 보았다.

"아, 네. 그게… 곽씨가 사정이 있어서……."

"그래도 그렇지 다 큰 남자하고 오다니요. 여긴 여승들이 기거하는 곳입니다."

여승은 별당으로 가보라 한 다음 그들을 버리고 자리를 떴다.

별당은 절의 구석에 있었다. 다섯 칸짜리로 제법 컸고, 그 뒤로 소나무 숲이 우거져 있었다. 효흔이 문오의 손안으로 자신의 손을 밀어 넣었다.

"어머니이십니다."

그리고 살문이 활짝 열린 방을 가리켰다.

옷궤 하나 놓인 단출한 방 안에 젊은 부인이 앉아 있었다. 장모 박씨인 것이다. 아들인 효서가 그 무릎에 머리를 얹고 있었다. 문오가 섬돌 근처까지 갔을 때에야 그녀가 고개를 들었다. 놀랄 만큼 젊었다. 스물대여섯이나 될까. 나이가 많았던 장인을 생각해 그 정도 되었을 거라 혼자 착각한 것이다. 첫째 아이인 아들이 열네 살이니 어머니가 일찍 혼인했다면 서른 안팎이 되어야 했다.

"앉게."

장모가 말했다. 맑고 단정하지만 새벽 우물처럼 차가운 목소리였다.

문오는 누님뻘밖에 안 되어 보이는 부인을 장모라 부르려니 입이 붙어서 떨어지질 않았다. 푸른 치마에 덮인 무릎 위에는 그 아들, 효흔의 오빠 효서가 잠들어 있었다. 여자처럼 희고 고운 얼굴이었다.

장모가 물었다.

"어찌 들어왔나?"

"네? 그냥 들어왔습니다."

"그래?"

박씨는 문오와 효흔을 번갈아 살핀 다음 효흔에게 말했다.

"효흔아."

"네."

"밖에 매희가 있더구나. 놀다 오렴."

"그, 그게… 싫습니다."

효흔의 얼굴이 울상이 되었다.

"네가 언니니 그 아이의 말버릇이 건방지거나 마음에 안 들면 고쳐 주어야 하지 않니. 다녀오렴."

효흔이 문오를 보았다.

"금방 데리러 갈 테니 어머니 말 들어."

"네."

효흔은 풀이 죽어 느릿느릿 별당을 떠났다.

박씨 부인이 청결한 목소리로 말했다.

"앉게나. 이렇게 인사하게 되어 미안하네. 내가 자리를 너무 오래 비웠어."

"아닙니다, 장모님."

"아이가 아프면 모든 세상이 일그러지는 법이네. 나도 세상이 그렇군."

무슨 병일까? 그러나 장모 옆의 소년은 그다지 아파 보이지 않았다. 흰 얼굴이기는 했지만 병자처럼 창백하지는 않았다. 그냥 피부가 흰 것 같다. 팔다리는 가늘었지만 제대로 먹지 못해 비쩍 마른 것은 아니다.

"자네는 내 딸아이와 혼인할 남자고, 이미 정해졌으니 바꿀 수도 물릴 수도 없지. 일단 우리 집 사람이 되기로 정했으니 지금부터 우리 집 사람이야. 사위라 하지만 양자나 다름없는 위치가 될 거네."

"과중하지만 최선을 다하겠습니다."

"보게. 나는 사람 본성은 정해져 있다고 생각하는 사람이야."

자기도 모르게 고개를 든 문오는 부인의 얼굴과 정면으로 마주쳤다. 얼른 고개를 돌리려 했지만, 그 눈에 사로잡힌 듯 꿈쩍도 할 수 없었다. 부인의 눈은 문오의 온몸 구석구석, 핏줄 하나하나, 머리털 한 올까지 송두리째 훑었다.

경계심. 그렇다. 경계심이었다.

"본성이란 건 언젠가는 드러나게 되어 있네. 감추려야 감추어질 수가 없어. 언제고 드러낼 때가 오는 법이야. 그래, 터가 사람을 정한다고는 하지. 좋지 않은 곳에 너무 오래 있으면 아무리 좋은 사람이라도 어느 정도 일그러지게 되어 있으니 말이네. 하지만 그게 전부는 아니란 걸 나는 아네.
아무리 고생해도 좋은 사람은 좋고, 아무리 좋은 환경에서
자라도 악한 사람은 악하지. 왜 그렇겠나. 다 정해져서 그런
거야.”

그리고 부인은 눈길을 내려 아들의 이마를 닦았다. 곱고
판판한 이마였다.

“자네가 좋은 사람이면 좋겠네. 그리고 자네가 우리 효흔
이를 아껴주면 좋겠군. 아니, 약속해 주게.”

“그런 약속은 할 수 없습니다.”

박씨의 손이 멎었다.

“효흔이를 좋아하면 제가 좋아서 좋아하는 것이고, 약
속을 해서 아끼는 것이 아니라 아껴주고 싶어서 아끼는
겁니다. 그러니 그런 약속은 해드릴 수 없습니다. 장모님
을 위해서도 장인어른을 위해서도 아닙니다. 그냥 제가
그리하고 싶고 효흔이에게도 그게 좋다면 그리할 겁니
다.”

“그렇다면… 내가 더 할 말은 없는 게로군.”

박씨의 손이 아들의 이마를 더듬었다. 아들이 아니라 강
아지나 새끼고양이를 쓰다듬는 것 같았다.

“이 아이를 가지느라 참 많이 애썼다네. 팔도에서 아들 낳
는 법이란 법은 다 알아왔을 게야. 시집온 지 얼마 되지도
않았을 땐데, 어머님은 정말로 성화셨지. 겨우 한 달이 지나
자 눈치를 주시고 두 달이 지나자 역정을 내시더니, 석 달이

지나자 아직도 아이가 없느냐 성화셨어. 열여섯의 어린 나는 정말 그러려니 했네. 그러다 드디어 이 아이가 생겼지. 세상 다 얻은 듯 좋더군. 드디어 어머님이 나를 귀여워해 주시고 남편도 시댁도 좋아할 거라, 이제 드디어 그 댁 식구가 될 거라 생각했지. 열 달 동안 나는 세상에서 제일 행복했고, 제발 아들이기를 빌었지. 그리고 아들이더군. 이런 아들."

그러나 그 귀한 아들은 꿈쩍도 하지 않는다. 옆에 제부가 될 남자가 처음으로 찾아와 앉아 있는데도 아이는 일어날 생각도 없는 듯했고 박씨도 깨우지 않았다.

그때 담 너머에서 요란한 소리가 터졌다. 살쾡이 두 마리가 뒤엉킨 듯 굉장했다. 까무러치는 것 같은 여자아이 비명이 들리더니, 이어 효흔의 고함 소리가 들렸다. 효서가 눈을 떴다. 구슬처럼 투명한 연푸른색이었다.

문오는 순간 목이 꽉 막혀왔다. 여태 알아온 것과 완전히 어긋난 것을 보았을 때, 너무나 현실과 동떨어진 것을 보았을 때, 놀라움보다 먼저 사람의 머리를 휩쓸고 지나가는 것은 두려움이다.

"가보게."

박씨가 효서의 얼굴을 향해 고개를 숙였다.

다시 비명 소리가 들려와 문오는 일어나며 그쪽을 보았다. 다시 돌아볼 엄두가 나지 않았다. 한 걸음 떼려 했지만 발이 바닥에 붙은 듯 꿈쩍도 하지 않았다. 발이 푹 꺼지고 무릎과 허벅지, 그리고 온몸이 바닥으로 빨려 들어가는 것 같았다.

너덧 걸음 정도 나가자 갑자기 발밑의 무게감이 사라졌다. 넘어질 뻔했지만 간신히 몸을 가누며 튀어나가듯 달려 나갔다. 대웅전 뒤에서 효흔과 매희가 엉겨 붙어 싸우고 있었다. 아니, 붙어 있는 것은 효흔이었고, 매희는 효흔을 떼어내려 하며 비명을 지르고 있었다.

"효흔아!"

문오가 달려들어 효흔을 떼어냈다. 효흔은 손톱을 세워 들고 매희에게 달려들려 했지만 문오는 꽉 안았다.

"그만둬, 효흔아. 이게 무슨 짓이니!"

"저 계집애가!"

"절 안이야. 그렇게 싸우고 싶으면 다음에 자리를 마련해 줄 테니 지금은 참아."

"그건 그때 가서 생각하십시오! 지금 저년의 머리를 뽑아놓을 겁니다!"

문오는 행여 누가 들을세라 얼른 효흔의 입을 틀어막았다. 효흔이 놀라서 입을 다물었다.

매희의 어머니가 달려와 엉망이 된 딸을 보고 기겁했다.

"아니, 이게 무슨 일이니! 효흔이 너, 매희에게 무슨 짓이니?"

매희가 울음을 터뜨리며 어머니 치마에 매달렸다.

문오는 급히 사과를 했다.

"죄송합니다."

문오는 효흔에게 사과를 시키려고 했지만 효흔은 문오의 팔에 축 늘어져 꿈쩍도 하지 않았다.

매희 어머니는 매희의 눈물범벅인 얼굴을 치마로 닦아주고 효흔을 쏘아보았다.

"여자애 행실이 이게 뭐야! 이러다 흉이라도 지면 어쩌려고! 이 볼 봐! 머리! 세상에나, 여기 상처가 났잖아!"

"죄송합니다."

문오가 다시 사과했지만 매희 어머니는 들은 시늉도 하지 않고 울먹이는 딸을 감싸 안고 자리를 떴다. 문오가 자신을 소개할 필요도 틈도 없었다. 매희 어머니는 문오가 마치 하인이라도 되는 듯 깨끗하게 무시한 것이다.

문오의 팔에 매달려 있던 효흔이 훌쩍훌쩍 울기 시작했다. 흙바닥이 효흔이 흘린 눈물로 흥건하게 젖어들었다.

문오는 효흔을 안아 들었다. 효흔은 문오의 목을 안고 끕끕 대며 울었다.

문오는 근처 개울가로 가서 모래톱에 효흔을 앉히고 얼굴을 닦아주기 시작했다. 찬물로 씻는 동안 발갛게 익었던 얼굴도 가라앉았다. 얼굴은 대충 깨끗해졌지만 곱슬머리는 새집처럼 엉망이었다. 댕기를 풀고 머리를 대충 다듬어보려 했지만 풀자마자 머리가 산처럼 부풀어 올라 속수무책이었다. 결국 문오는 땋는 것을 포기하고 효흔의 머리 중간을 댕기로 묶었다.

"그 계집애 잘못입니다."

그리고 효흔은 딸꾹질을 했다.

"그 애가 시비를 건 거예요."

"괜찮아."

문오는 효흔의 양 볼에 손을 댔다. 찬 계곡물에 볼이 식어 얼음처럼 차가웠다.

"나도 화가 나면 어쩔 수 없는 경우가 있더라. 너는 나보다 더 어리니 별수있겠니. 하지만 다음부터는 화가 나면 눈에 안 보이는 곳을 꼬집거나 때려. 그게 안 되면 머리채만 잡고 흔들어라. 오늘처럼 얼굴에 상처를 내면 아무리 매희 잘못이 크다 하더라도 네가 더 혼나게 된단다."

문오는 발갛게 익은 효흔의 코를 잡았다 놓았다. 빨개진 효흔의 눈이 웃었다.

"죄송… 합니다."

"아니, 그전에 왜 그렇게 화가 났는지 그 이유는 알아야겠구나. 왜 그랬니?"

"매희가… 서방님더러 하인이냐 그래서 제 서방님이라 그랬습니다. 그랬더니 서방님더러 돈 주고 사온 서방이라지 않습니까. 그러지 않으면 누가 저 같은 계집애, 우리 같은 집에 장가올 거냐고. 분명 제가 좋아서 있는 게 아닐 테니 어느 날 밤 돈을 챙겨 도망가 버릴 거라고……."

"정말?"

"네."

문오는 한숨이 나왔다. 어린아이끼리 하는 말에 책을 잡고 싶지는 않았다. 어차피 아이들은 자기가 하는 말이 상대방에게 어떤 상처를 주는지 깊게 생각하지도 않고 이해하지도 못한다. 자기 위주로만 생각하기 때문이다. 매희의 어머니가 격없이 흘린 말을 매희가 주워듣고 효흔에게 말한 것이다.

"저는 싫습니다."

"뭐가?"

"서방님께서 제가 싫어도 돈 때문에 제 옆에 있다면, 그건 정말 싫습니다. 말해주세요, 제가 커도 제가 예쁘지 않다면 그러면 그냥 그때 말해주십시오. 저는……."

그리고 다시 고개를 떨어뜨리고 울기 시작했다.

"그럴 리가 있겠니."

"네?"

"네가 커서 예쁘지 않을 리가 있겠니. 걱정 마."

"하지만 매희는 저더러……."

"그게 다 투기심에서 그러는 거다. 보렴. 매희는 너보다 어린데 낼모레 시집갈 아이처럼 나이 들어 보이지 않니. 십 년이 지나봐라. 넌 소녀처럼 고와도 그 아이는 쉰 호박죽처럼 늙어 보일 거다."

"정말… 그렇게 되는 건가요?"

그건 문오도 자신할 수 없었지만, 어차피 십 년쯤 지나면 이 말을 아예 잊을 테니 무슨 말인들 못할까 싶었다. 문오는 효흔의 눈가에 맺힌 눈물을 닦아주었다.

"집으로 돌아가자."

"벌써요?"

"이만 할 일은 다 끝난 것 같구나. 그러니 어서 가자."

문오는 눈치가 없는 사람이 아니었다. 애초에 이 자리에 와야 하는 것은 그가 아닌 박씨였다. 비명 소리가 났을 때, 그녀는 담담하게 앉아 문오 등을 떠밀었을 뿐이다. 효서는 저리 애지중지하면서 효흔은 이리 내팽개쳐 두니 아무리 아들과 딸이라지만 너무하지 않은가. 아니, 효서를 애지중지하는 것인지 아닌지도 모르겠다. 지금 장모는 그 아이가 행여나 옆에서 사라질까 봐 안절부절못하는 것으로 보일 뿐이다. 그것은 자식을 사랑하는 것이 아니다. 자식에게 외로움과 두려움을 의지하는 것에 불과하다.

"어머니께 인사만 드리고 바로 가자."

"네."

문오는 효흔을 안아 올린 다음 절로 향했다. 효흔은 그 어깨에 코를 묻고 찰싹 붙었다.

"그 계집애, 사실 제가 부러워서 그런 겁니다."

"왜?"

"분명 돼지처럼 못생기고 허름한 남자가 제 서방님이 될 거라 생각했는데, 서방님이 너무 훤칠하고 잘생기셔서 분이 나서 그런 겁니다. 그 계집애가 속으로 뭐라 생각하든 서방님은 제 거잖습니까."

웃음이 나왔다. 어린아이 말이지만 이번에는 기분이 나쁘지 않았다. 효흔은 문오의 목을 꽉 끌어안고 볼을 비볐다.

"지금 그렇게 생각하니 신이 납니다."

문오는 효흔의 등을 두드렸다. 효흔의 목 안에서 작은 웃음소리가 터졌다.

조선비록
보름달
혈기담

조선비록

헐기담

해가 짧아지고 바람이 식으며 금방 가을이 되었다. 벼이
삭이 꽉 여물자 논은 하인들과 소작농들의 손에 추수되고
탈곡되어 곳간에 들어갔다. 달이 차오르며 사람들도 흥청거
리기 시작했다.

부안댁 곽씨가 가장 바빴다. 그 정교한 손이 건드리면 모
든 재료에서 기적처럼 진수성찬과 요리가 완성되었다. 곽씨
는 엿기름 가루로 식혜를 만들고, 강정을 만들기 위해 찹쌀
을 빻고 절구로 반죽을 찧었다. 반죽을 펴서 말리는 동안 효
흔은 방문 옆에 붙어 다 되기만 기다렸다. 강정을 끓는 기름
에 넣어 튀겨 엿물에 담가 다시 콩과 잣, 깨 등을 묻히는 것
은 곽씨 아래 여종의 몫이었다. 강정이 다 식자 곽씨가 바구

니에 몇 개 담아 효흔에게 주었다. 효흔은 그것을 들고 와 문오의 방 앞에 놓았다.

"저도 도왔습니다. 드십시오."

"뭘 했는데?"

"에, 그러니까, 바구니에 정리하는 것을 도왔사옵니다."

바구니에 정리하며 입에 넣는 일도 했을 것 같았다. 볼이 강정 가루 범벅이었다. 문오가 손가락으로 그 입을 닦아주었다. 효흔이 깜짝 놀라 소매로 입술을 닦았다.

"그럼 옷이 더러워지잖니."

"괘, 괜찮습니다. 제가 그만 결례를 범했습니다."

"얼른 우물 가서 씻어."

"아닙니다."

효흔이 조르르 달려가다 바닥에 데굴데굴 굴렀다. 워낙 세게 넘어져 문오가 놀라서 달려가니 효흔은 벌건 이마를 문지르고 있었다. 문오는 효흔을 들어 올렸다.

"괜찮아?"

"정말 괜찮습니다."

"피 냄새가 여기까지 풍겨온다. 정말 괜찮아?"

"아, 부엌에서 나는 냄새일 겁니다. 피 안 납니다."

효흔은 이마를 문질렀다.

"조심해라. 나는 얼굴에 상처 난 여자는 싫거든."

"정말로 조심하겠습니다!"

문오는 효흔을 바닥에 내려놓았다. 효흔은 거북이처럼 엉금엉금 걸어가기 시작했다.

보름달이 빈틈없이 꽉 차고 한 해 중 가장 풍요로운 추석의 밤이 되었다. 문오는 태어나서 처음으로 고향을 떠나 맞이하는 추석이라 들뜨기도 했지만 허전하기도 했다. 고향의 가족들 생각이 났다. 집에서는 밭 갈고 논 갈고 김매다가 추수철 되면 추수하며 일하는 것밖에 없었지만, 이렇게 멍하니 앉아 아무 일도 하지 않고 있으니 오히려 그 바쁜 날들이 그리웠다.

명절날이니 이 집 친척들이 몰려올 것도 걱정이 되었다. 어디에 사는 누가 오는지 정도라도 가르쳐 주면 좋겠는데 다들 까맣게 무시하고 있다. 효흔에게 물어볼 수도 없고, 장모는 추석 며칠 전에 돌아와서 첫날 인사 한 번 하고 바로 안채에 박혀 있으니 말도 하기 싫었다. 장인은 출타가 너무 잦아 물어볼 시간을 맞추기 어려웠다. 장모보다야 장인이 낫지만, 그 역시 그다지 편한 사람은 아니었다.

추석 당일 아침, 문오는 아침부터 긴장하며 기다렸다. 그러나 차례상이 나가고 해가 기울어도 김낙천의 집을 찾아오는 친인척은 하나도 없었다. 한양 산다는 매희의 가족이 놀러 와 효흔의 속을 뒤집어놓았다.

"왜 오는 겁니까? 왜!"

매희네가 마을 어귀에 나타나자 효흔은 머리를 쥐어뜯으며 성을 냈다. 문오가 효흔이 너는 시집을 간 거나 마찬가지이고 그럼 어른이니까 점잖게 대해야 한다고 어르고 달래야 했다.

"왜 어른이 되면 참아야만 합니까. 억울합니다."

"애는 참을 수 없기 때문이란다. 그러니 참아야지."

"손해 보는 것 같습니다. 손해를 볼 수는 없습니다. 절대로요."

결국 효흔은 뒤돌아서 매희 가족을 맞이했다. 문오는 효흔을 들어 올려 방향을 바꾼 다음 인사를 하게 했다.

매희는 반년 사이에 키가 더 크고 얼굴은 정말 아가씨 티가 났다. 그 매희 옆에는 처음 보는 재국이라는 소년이 있었다. 두 살 터울의 오라비라 했다. 재국은 어깨가 넓어 풍채도 좋고 목소리도 굵었다. 매희 어머니 말로는 아버지를 닮은 거라 했다.

달빛이 진해지자 아이들 모두 달맞이를 나갔다. 효흔은 자기는 이미 어른이니 어른 여자들과 함께 달맞이를 가겠다고 우기다가 문오에게 들려 나갔다. 유치한 아이들과 놀지 않겠다며 튕겨댔지만 일단 아이들 틈에 놓아두자 금방 흥분해 볼을 붉히고 뛰어다녔다. 문오는 잠시 지켜보다 집으로 돌아왔다. 안채가 환하게 밝혀져 있었다. 박씨는 그 안채의 주인이었지만 안주인의 일은 거의 하지 않았다. 하인들을 다스리는 것도, 부엌이나 곳간에 대해 신경 쓰는 것도 모두 곽씨와 청지기의 일이었다. 곳간과 뒤주 열쇠조차 곽씨에게 있었다.

안채의 문이 열리며 박씨가 나와 앉아 하늘을 보았다. 달을 보는 그녀의 얼굴은 눈처럼 차갑고 하얗다.

문오는 안채로 갔다. 겹겹이 집을 휘감은 담 사이로 난 중문을 지나자, 안뜰을 내려다보는 누마루가 나왔다. 박씨는 대청마루 가운데에 앉아 달을 보고 있다가 문오가 오자 고개를 숙였다.

"무슨 일인가?"

"장모님도 나가서 달구경 하시지요."

"효흔이가 그래달라 하던가?"

"아니, 아닙니다. 그저……."

박씨가 빙그레 웃었다.

"같이 놀아주라는 겐가? 이런, 사위한테 어미 교육을 받는군."

비웃는 듯 하는 말이 문오를 당황하게 했다.

"아닙니다. 제가 할 수 있는 게 있고 없는 게 있지 않습니까. 같이 좀 놀아주십시오. 장모님이 절에 계실 때 효흔이는 매일 장모님을 기다렸습니다. 효서는 제가 봐드리겠습니다."

순간 박씨의 눈이 굳었다.

"무슨 말이신가?"

"몸이 약하다고 들었습니다. 그러니 행여나 자리를 비웠을 때 탈이 날까 봐 그러시는 거 아닙니까. 제가 잘 지켜봐드리겠습니다."

"그럴 필요 없어."

"저도 곧 가족이 될 텐데, 잘 돌보겠습니다. 믿어주십……."

말이 끝나기도 전에 장모가 방으로 들어가 문을 쾅 하고 닫았다.

문오는 어안이 벙벙해서 장모가 닫은 문을 바라보았다. 시선이 느껴져 돌아보니 뒤에 효흔이 있었다. 문오가 손을 내밀자, 효흔은 머뭇대다 그 손을 잡았다. 문오는 작고 차가운 손을 잡고 걷기 시작했다.

"어머니한테 달이 밝다고 말씀드리려고 왔습니다."

효흔이 말했다.

"그래."

"달구경 하시라고, 효서는 제가 돌보겠다고 하려고… 효서하고도 오래 이야기를 못해서, 그래서……."

"어머니가 나가고 싶어하시지 않는구나. 그냥 가자."

마을 입구 나무 근처에 아이들이 모여 있었다. 매희는 아이들 틈에 섞여 있었다. 눈에 확 뜨이는 아이였다.

"그러고 보니 매희 아버지는 오지 않았구나."

"매일 아주 바쁩니다. 온다 하더라도 곽씨 아주머니하고만 만나고 그냥 가는 날도 많습니다."

"곽씨 아주머니하고?"

"네, 뒷산에서 만나고 그냥 가는 날이 있거든요. 한양에서도 그랬고, 여기서도 종종 그럽니다. 왜 그러시느냐 물어보면, 아주머니는 일 때문이라고만 하실 뿐입니다. 그래서 이제는 안 묻습니다."

문오는 안채를 돌아보았다. 나뭇잎 끄트머리가 노랗게 물들어가는 나무들 틈으로 창문이 보였다. 창문이 조금 열리며 문틈으로 연푸른색 눈이 보였다. 효서였다.

바로 그때였다.

딸랑.

방울소리가 났다.

문오는 가슴을 보았다.

다시 딸랑.

흔들지도 흔들리지도 않았는데 방울 스스로 울고 있었다. 문오는 가슴의 방울을 잡았다. 그러자 그 소리가 잠잠해졌다. 문오는 다시 안채를 보았지만 벌써 문이 닫혀 있었다. 문오는 방울을 흔들어보았다. 아무 소리도 나지 않았다. 효흔이 그 방울을 보았다.

"왜 그러는 겁니까?"

"나도 모르겠다. 저기, 효흔아, 그때 받은 향갑은 어쨌니?"

"아주머니가 어린아이가 차고 다니는 게 아니라 하시며 가지고 가셨습니다. 아직 달거리… 죄송합니다. 그, 그… 뭐더라. 그걸 하지 않은 어린 여자아이가 향이 강한 것을 차고 돌아다니면 안 된다고 해서. 저, 죄송합니다. 이런 부끄러운 말을… 저기……."

"알았어."

문오는 효흔을 난처하게 하고 싶지 않아 말을 돌렸다.

"안 졸리니?"

"좀 졸립니다."

"그래, 들어가서 자자."

문오는 효흔을 데리고 별채로 갔다. 곽씨 대신 이불을 펴고 효흔이 옷을 갈아입도록 잠시 자리를 비켜준 다음 들어와 효흔을 눕혔다. 효흔은 문오가 이불을 올려주자 금세 눈을 감고 잠들었다.

문오가 효흔의 방에서 나오자 별당 밖에서 곽씨가 기다리고 있었다.

"다른 아이들은요?"

곽씨는 마을을 가리켰다.

"마을 아이들은 자기 집으로 돌아갔고, 손님들은 객사에 잠자리를 봐드렸습니다. 서방님도 들어가 주무십시오."

"알겠습니다."

문오는 효흔이 잠든 방의 문을 보고 돌아섰다. 곽씨가 그런 문오를 보고 있었다.

"혹시 하실 말씀이라도 있는 겁니까?"

"네, 잠시만 이야기… 할 수 있을까요?"

"하십시오."

"자리를 좀……."

"아, 알겠습니다. 달이 밝은데 그냥 걷지요."

두 사람은 뜰을 벗어나 마을 바깥으로 난 길을 걸었다. 사람들은 밤늦게까지 흥청거리느라 아직도 마을 곳곳이 환했다. 달맞이 나간 여자들의 노랫소리가 들려왔다.

곽씨가 말했다.

"방금 보았습니다."

"보았다니요?"

"마님께 아씨와 함께 가셨던 거요. 아씨가 너무 풀이 죽어 계셔서 나서지 못하고 여기 와서 기다리고 있었습니다."

"말을 하시지."

"아뇨. 두 분이 같이 계시는 편이 나을 듯싶어 그리했습니다. 서방님, 아씨는 제 딸이나 마찬가지인 분입니다. 그래서 주인나리가 아씨의 신랑감을 그렇게 구하신다 할 때 저는 무척 화가 나기도 했습니다."

"그렇게… 라니요?"

"서운해하지 마십시오. 저도 그저 그런 여자라 아씨의 신랑감이 귀하게 자란 도련님이었으면 좋겠다고 생각했거든요. 하지만 시골로 내려가 자식 많은 집의 가운데 즈음에 있는 아들로 데리고 올 거라 하니 화가 치밀었지 뭡니까."

"다 그렇게 생각할 겁니다."

곽씨는 고개를 저었다.

"하지만 이제는 생각을 바꾸었습니다. 만석지기 부잣집이나 정승댁 장남이라도 서방님처럼 아씨를 귀하게 대해주시지는 않을 겁니다. 제가 생각이 참 좁았습니다."

"뭘요."

"아씨를 잘 부탁드립니다. 그리고… 서방님이 믿을 만한

분이라는 걸, 훌륭한 분이라는 것도 알게 되었으니 나리께
도 그리 말씀드리겠습니다."

"네?"

"나리가 서방님을 잘 봐달라 하셨거든요. 일단 제가 살피
고 좋지 않은 분 같으면 말씀드리겠다고 했습니다. 나리는
제 말을 믿어주기로 하셨고요. 여태 살펴보니 서방님은 좋
은 분입니다. 그중 가장 좋은 점은 아씨를 진심으로 아껴주
시는 거고요."

곽씨가 늘 주변에 있었던 이유를 짐작하고는 있었다. 문
오도 김낙천이 정말로 아무 생각도 없이 일단 데리고 오기
만 하고 끝낼 거라 생각하지 않았다. 아는 집안의 아들도 아
니고 미리 약조가 된 것도 아니다. 감시당했다고 생각하니
기분이 좋지는 않았지만, 김낙천의 입장에서 생각하면 당연
한 일이기도 했다.

그때 집 안에서 곽씨를 불렀다. 부엌에서 일하는 계집종
이 또 제대로 일을 못하고 그녀를 찾는 것이다. 곽씨는 먼저
가보겠다고 말한 다음 돌아갔다.

문오는 하늘을 보았다. 강한 달빛이 하늘을 쪽빛으로 밝
히며 산과 벌판을 섬세하게 매만졌다. 문오는 돌아가려 등
을 돌렸다.

그때 귀뚜라미 소리가 들리기 시작했다. 올 가을 처음 듣
는 귀뚜라미 소리다.

그제야 문오는 근방에 연못이 있는데도 개구리 소리 한번

듣지 못했고, 집의 기둥이나 처마, 나무에서 매미가 울지 않았다는 것을 깨달았다. 매미가 없는 것도, 개구리가 없는 것도 아니었다. 풀을 헤치면 여치가 튀어 올랐고, 기둥과 나무에 매미가 붙어 있었다. 연못은 분명 개구리가 몇 마리나 있었다. 그러나 그들은 그 집 안에서 절대로 울지 않았다.

절대로.

*

봄과 여름이 은근하고 기척없이 다가와 '아, 여름이구나' 하고 온다면, 가을과 겨울은 한 발 한 발 성큼성큼 문 앞으로 온다.

어느 날 문을 열어보면 뜰의 나뭇잎이 모두 지고, 다음날 문을 열면 연못이 얼어붙어 있다. 며칠 뒤 다시 문을 열면 흰 눈이 소리없이 흘러내리며 논과 밭, 마을의 지붕을 덮고 있다.

금방 동지가 되고 설이 되며, 문오는 열아홉이 되고 효흔은 열두 살이 되었다. 문오는 그새 더 컸지만 효흔은 돌멩이처럼 그대로였다. 효흔은 기둥 앞에 서서 곽씨에게 작년보다 얼마나 컸는지 재보라고 했고, 곽씨는 적당히 '한 뼘이나 컸습니다' 하며 둘러댔다. 효흔은 곧이곧대로 들었으나 작년과 같은 치수의 본으로 옷을 재단하는 곽씨를 보고 삐쳐버렸다.

“소젖이요?”

정월 대보름이 지난 다음날 곽씨가 소 뒷발에 차이는 사고가 났다. 소가 새벽에 갑자기 울부짖어 문오가 놀라서 달려가 보니 곽씨가 발에 차여 날아가고 있었다.

“그러니까, 소젖을 짜러 들어가셨다는 겁니까?”

“네.”

“소간이라도 빼러 간 줄 알겠습니다.”

“제가 사람으로 둔갑한 여우랍니까. 소간은 왜…….”

“소젖보다야 그게 더 믿을 만합니다. 그건 그렇고, 소젖은 왜…….”

“아씨가… 소젖을 먹으면 키도 커지고 그… 뭐더라. 그… 궁녀들이 상감마마의 눈에 들기 위해 소젖을 먹었는데, 그러면 피부도 고와지고 키도 커지고… 그… 뭐더라… 그…….”

가슴도 커지겠고, 겠지. 문오의 여자 형제들도 그건 알고 있었다.

“효흔이는 그걸 대체 어디서 들었답니까?”

“그런 말을 주워올 아이라면 매희뿐이지요.”

“그렇게 싫어하더니, 그런 말은 참 잘도 주워듣는군요.”

“그 또래 아이들이 다 그렇죠, 뭐.”

“그래도 송아지가 먹어야 할 소젖을…….”

“저도 그렇게 말씀드렸는데, 한 모금 정도는 나누어 줄 거라 하셨습니다.”

"꾸짖기라도 하셨어야죠. 송아지 먹을 것을 빼앗아서는 안 된다고요. 게다가 부안댁이 큰일 날 뻔하지 않으셨습니까."

"안 된다고 했더니 아씨가 직접 짜겠다고 하시지 뭡니까. 그래서 제가 나간 겁니다."

"다음부터는 그냥 고기를 먹으면 된다고 하십시오."

"저도 그리 말씀드리긴 했는데, 고기는 많이 먹어보았지만 이 모양이니 그 말은 틀렸다고 하시지 뭡니까."

"그냥 제가 말해보겠습니다."

문오는 효흔의 방으로 갔다. 효흔은 고양이처럼 몸을 웅크리고 화로 앞에 앉아 있다가 문오가 들어오자 갑자기 풀썩 쓰러졌다.

"잡니다. 나중에 뵙겠습니다."

"방금 전까지는 앉아 있었잖아."

"이제부터 잘 예정입니다. 아녀자의 방에 외간남자… 아니, 정혼자라 하나 아직 혼례를 올리지 않은 사이이니 내외를 해야 마땅합니다."

나는 남자인 게 맞다만, 너는 그냥 애기이지 않느냐 라고 말했다가는 내후년까지 문오에게 화가 나 있을 것 같아 그만두었다.

"소젖은 송아지가 먹어야……."

효흔이 머리카락 밑까지 빨개졌다.

"어차피 시간이 지나면 크는 거 아니니. 느긋하게 기다리면 저절로 크게 되어 있단다.”

“하지만!”

효흔은 벌떡 일어나 고개를 들었다. 곽씨가 사냥꾼들로부터 받아온 토끼가죽으로 안을 댄 털배자 차림이었다. 배자 아래로 장인 김낙천이 얼마 전에 출타했다 사온 노리개가 달랑거렸다. 효흔은 아이였지만 차림새만큼은 어른 여자보다 호화로웠다.

“이렇게 느릿느릿 커서 언제 시집을 가겠습니까!”

크든 안 크든 네가 열다섯 살이 되면 혼례를 올리는 거라는 말은 그다지 위로가 되지 않을 것 같았다.

“아직 많이 남았어. 네 나이 때의 일 년은 어른의 십 년보다 더 많은 일을 벌어지게 한단다.”

효흔은 고개를 흔들었다.

“아니, 아닙니다. 다른 여자아이들은 벌써 이만큼 크는데 저는 누가 봐도 너무 작습니다. 예전에는 신경 쓰지 않았습니다. 하지만 이제는… 저 혼자만 생각해서는 아니 되지 않습니까! 이대로 열다섯이 되어 혼례를 올리면 다들 서방님을 가엾게 여길 것입니다!”

“클 거야.”

“아닙니다! 아버지가 말씀하시길, 할아버지께서 정말로 작았다고 합니다! 할머니도 작으셨대요! 그러니 저도 분명 안 클 겁니다!”

“장인어른은 크시지 않니.”

“그러니까 제가 클 것을 아버지가 한꺼번에 커버리신 겁니다.”

“그게 말이 되… 아니다, 아니야. 나는 너무 어른 같은 여자는 싫다.”

“네?”

“나는 키가 작고 어려 보이는 여자아이가 좋구나. 그러니 나는 그냥 네가 그대로 작으면 더 좋을 것 같구나. 너무 걱정하지 마.”

“하지만 다른 사람들이…….”

“다른 사람이 그렇다 하더라도 나는 어려 보이는 여자가 더 좋다니까.”

“…….”

효흔은 금방 볼이 발그레해졌지만, 갑자기 입술을 내밀며 노려보았다.

“효흔아?”

“지난번에 기생들하고 만났을 때는 안 그렇지 않으셨습니까!”

“앗, 그건 말이다.”

“역시 거짓말이군요! 저를 달래려고 거짓말을 하시는 건 더 싫습니다. 나가십시오! 싫어요! 정말 싫습니다, 서방님!”

그리고 다시 굴러다니며 울기 시작했다. 앙앙거리며 나가라고 하니 문오는 별수없이 나와야 했다. 문밖에 있던 곽씨가 고개를 저었다.

어린아이 기분이 천지개벽과 맞먹게 뒤죽박죽 변한다는 것 정도는 아는 문오는 효흔의 일은 곽씨에게 맡기고 바깥채 쪽으로 나왔다.

바람이 무척 차고 맑았다. 담 밖이 소란스러워지며 하인 몇이 들어와 장인을 찾았다. 장인은 섣달부터 내내 집에 있었다.

"무슨 일이오?"

문오가 오자 하인들이 조용해지더니 서로 눈치를 보았다. 그중 하나가 나서서 말했다.

"호랑이가 내려온 것 같다고 합니다. 눈 위에 발자국이 나 있어서요. 득이가 발견했다며 알려왔습니다."

득이라면 머슴 소년이다. 문오보다 이 집에 두어 달 먼저 와서 일하고 있었다. 문오가 가장 불편하게 생각하는 일꾼 중 하나였다. 문오와 출신은 비슷한데 하나는 사위고 하나는 머슴이니 녀석의 눈초리 끝에는 항상 바늘이 달려 있었다.

"달리 본 건 없소?"

"네, 서방님. 하지만 종종 있는 일이니 크게 걱정하지는 마십시오."

"종종 일어나도 일어날 때마다 걱정해야 하는 일 아닙니까."

"아직 사람이 당한 적은 없거든요."

"언제고 당할 일이잖소. 조심하는 게 좋지."

“원, 걱정도.”

하인들이 슬슬 웃기 시작했다.

“그냥 정탐하러 내려온 것 같습니다. 서방님이 제일 조심하십시오. 호랑이가 내려오면 가장 마지막으로 마을로 들어온 사람을 노린다고 합니다.”

그러나 웃는 모습을 보니 문오를 놀리려고 그런 말을 하는 것 같았다. 이 마을은 옆으로 울창한 숲과 습지를 끼고 있는데다, 돼지나 소 같은 가축들이 많아서 호랑이나 표범이 사냥 나오기 좋은 곳이었다. 산짐승들도 사람을 그다지 무서워하지 않았다.

“무슨 일이냐?”

안채의 문이 열리며 장인이 나오자 하인들 모두 허리를 숙이고 이야기를 시작했다. 문오는 지켜보다가 안채의 살문 하나가 열려 있는 것을 보았다. 창턱에 효서의 머리가 나와 있었다. 효서는 문오를 보다가 마주치자 급히 안으로 들어가 창을 닫았다. 문오는 가슴 아래에 있던 방울을 건드려 보았다. 탁 소리만 날 뿐 그날처럼 울리지 않았다.

밤, 이불을 펼치던 문오는 밖에서 기척 소리가 들려와 문 쪽으로 갔다.

“곽씨입니까?”

조용했다. 문오는 문을 열었다가 흠칫 놀라 뒤로 물러났다. 푸른 눈동자가 문오를 보고 있었다.

"효서니?"

방 안에서 번져 나오는 불빛에 아이의 흰 얼굴이 보였다. 그려 박아놓은 듯 무표정한 얼굴이었다.

문오는 문을 닫고 들어가고 싶었지만 손이 떨어지질 않았다. 그러다 곧 자신을 탓했다. 이 아이가 대체 문오에게 무슨 짓을 했단 말인가. 늘 방구석에 앉아만 있을 뿐 문오에게 무례하게 군 적도, 거칠게 대한 적도 없다. 오히려 이 집의 젊은 일꾼들이 문오를 깔보고 거칠게 대했다. 효서에게 문제가 있다면 평범한 사람과 아주 다른 눈동자를 가지고 있다는 것뿐이다. 그건 사람들에게 해를 끼치는 게 아니다. 보는 사람이 익숙해지기만 하면 된다. 게다가 알고 보면 가엾은 아이가 아닌가. 어머니 박씨의 관심과 보살핌을 한 몸에 받고 있다 하지만, 저 또래 아이들은 서당에 나가 공부를 하거나 일을 배우며 친구도 사귀고 뛰어다녀야 한다. 애지중지 보살펴 준다 하더라도 저 또래 소년이 즐거워할 삶은 아니다.

"춥다. 들어올래?"

예상하지 못했던 말을 듣게 되자 효서가 오히려 놀랐다.

"효서야?"

소년의 푸른 눈이 깜빡였다.

"늦었다. 들어올 게 아니라면 추우니 네 방으로 돌아가렴. 데려다 줄까?"

"그 정도도 걷지 못하는 건 아닙니다. 그래야 할 정도로 어리지도 않고요."

처음으로 효서의 목소리를 들었다. 기괴하거나 무서울 거라 생각했던 자신이 바보같이 생각될 정도로 너무 평범한 목소리였다. 얼굴이나 눈 색이 특이할 뿐이지 평범한 아이이지 않은가. 문오는 웃으며 말했다.

"그럼 와서 앉아. 이 밤중에 온 거라면 할 말이 있어서겠지. 굳이 지금 오지 않으면 안 되는 이유가 있을 시간이니."

효서는 문오가 가리키는 방 안을 물끄러미 보았다. 잠시 뒤, 효서는 소리도 없이 그곳에 앉아 있었다. 그림자가 움직이는 듯 소리없는 움직임이 문오를 놀라게 했다. 문오는 허리에 있는 방울에 손을 가져갔다. 아직 울리지도 흔들리지도 않았다.

문을 닫으려던 문오는 눈발이 흩날리자 잠시 넋을 놓고 하늘을 보았다. 나무와 담, 뜰, 섬돌, 지붕, 모든 것을 부드럽게 감싸 안으며 눈이 쌓여갔다.

"가족 있으십니까?"

"응. 멀리 있지만."

"만나지 않기로 약조하고 오셨겠지요?"

"그래."

"보고 싶지 않으십니까?"

"당연히 보고 싶지. 하지만 이제부터는 여기가 내 집이고 이 집 식구가 내 가족이잖니."

"우리 집을 진심으로 받아들일 수 있으십니까?"

"까다롭게 그렇게 다그치지 마. 그런 건 아무도 장담할 수
없는 거잖아."

하나둘 날리던 눈이 점점 많아지며 떡가루처럼 쌓여 사방
을 희게 채워갔다. 눈이 모든 소리를 집어 먹는 것 같았다.
그리고…….

방울이 울었다.

문오는 방울을 잡았다. 방울은 작은 새나 짐승처럼 손바
닥 안에서 떨었다.

갑자기 효서가 어깨를 잡았다. 병약하다는 소년의 손목
힘이 아니었다. 나무뿌리에 단단히 틀어 잡힌 듯 힘이 아주
강했다.

"형님, 저!"

짧고 다급한 외침이었다. 피하라고 당기는 것 같았다. 벽
위에서 무언가가 기어올라 왔다. 사람 머리 같았다. 저게 뭐
야, 하는 순간에 갑자기 빠르고 묵직한 것이 문오를 향해 달
려들었다. 문오는 몸을 당기고 팔을 휘둘렀다. 팔이 돌에 부
딪친 듯 엄청나게 아파왔다. 머리 위로 울부짖는 소리가 들
려왔다. 짐승 소리도 사람 소리도 아니었다. 진흙으로 가득
한 뱃속을 긁어내는 듯 끔찍한 소리였다. 몸을 뒤틀다가 문
에 부딪쳤다. 문살이 와드득 부러지며 문오의 몸이 쏟아졌
다. 어깨에 불타는 듯 통증이 일었다. 문오는 팔을 보았다.
팔이 피로 흥건했다. 순간 목이 물어뜯겼다.

"효서야!"

답이 없었다. 뭐든 팔에 잡히는 것을 찾다 보니 호롱불이 잡혔다. 문오는 호롱불을 통째로 휘둘렀다. 기름 잔이 빠져 바닥으로 굴렀다. 불이 이불에 붙었다. 불길이 치솟아 눈앞이 시뻘겋게 타올랐다. 등을 내리누르던 묵직한 무게가 불길에 놀라 펄쩍 뛰어올랐다. 문오는 피를 흘리며 주변을 둘러보았다. 불길이 방을 뒤덮고 있었다. 문오는 벽장을 열어젖히고 이불을 꺼내 불 위로 던졌다. 불이 이불에 먹혀 꺼지며 연기가 피어올랐다.

문오는 무너진 문을 돌아보았다. 컴컴한 그림자가 문 앞에 들러붙어 문오를 보고 있었다.

방울이 더 강하게 미친 듯이 울기 시작했다.

딸랑! 딸랑! 딸랑!

온 세상을 향해 흔들어대고 있었다. 비명을 지르듯, 절규하듯 문오의 귀가 아플 정도로 세게 울렸다.

문오는 주먹을 꽉 쥐고 그 괴물을 보았다. 불이 번지는 어둠 너머에 있는 것은 분명 사람이었다. 그 눈이 붉게 물들어 타오르고 있었다. 새빨간 피로 눈동자를 채운 것 같았다. 문오를 물어뜯은 입가에서 피가 흘러내려 바닥으로 뚝뚝 떨어졌다. 피가 흥건하게 바닥에 고였다. 피 범벅이 된 괴물의 입술이 뒤틀리며 흰 이가 보였다.

"효흔아, 효서야!"

장인의 고함 소리가 들렸다. 난리가 났으니, 아버지가 달려오는 게 당연할 것이다. 효흔이 아버지가 부르는 소리를 들은 듯 건넌방 문이 열렸다. 피 냄새가 자욱한 가운데, 두꺼운 가죽을 찢는 것 같은 울부짖음이 터졌다. 문오는 급히 괴물을 잡았다. 품 안에서 으르렁거리는 소리가 나며 문오의 팔이 또 물어뜯겼다. 불에 닿은 듯 뜨거웠다. 떠밀리며 문오의 몸이 허공으로 붕 떠올랐다. 피가 튀어 올랐다. 허공으로 번지는 핏방울 너머로 희게 칠한 지붕을 받친 서까래가 보였다. 기둥이 보였다. 기둥 위에 흰 덩어리가 붙어 있었다.

문오는 눈을 부릅떴다. 흰 덩어리가 고개를 들었다. 효서의 얼굴이었다. 순간, 그 흰 덩어리가 문오를 향해 뛰어들더니 침입자를 향해 박혔다. 침입자의 몸이 펄떡대가 갑자기 잠잠해졌다.

사방이 고요해지자 문오는 고개를 들었다. 효서가 앞에 있었다. 침입자의 몸이 나동그라져 있었다.

"아씨!"

곽씨의 목소리였다. 놀라 달려온 것 같았다. 곽씨는 황급히 올라와 건넌방 문을 열었다. 활짝 열린 건넌방 안에 효흔이 창백한 얼굴로 앉아 있었다.

"괜찮으세요?"

"난 괜찮아."

효흔이 달려와 문오를 잡았다.

"피가……."

"그래."

"피가……."

"괜찮아."

그게 뭐냐고 묻고 싶었다. 산에 사는 도깨비냐. 그러나 피를 너무 많이 흘렸다. 정신을 잃어가는 눈에 효서가 보였다. 팔이 피투성이였다. 살이라도 잡아 뜯은 듯 엄청난 피가 그의 흰옷과 얼굴, 머리에 튀어 있었다. 효서는 손에 피에 젖은 덩어리를 들고 있다가 던졌다. 뜯겨 나간 머리가 바닥을 뒹굴었다.

아는 얼굴이다. 지독하게 찌그러져 문오를 노려보며 눈을 번뜩이는 그 얼굴은 분명 아는 얼굴이었다. 뜯겨져 나간 머리가 눈을 깜빡이더니 이를 드러냈다. 허옇게 솟은 송곳니였다. 곽씨가 이불을 가지고 와 그 머리를 덮었다.

사방이 조용하다. 지독하게 조용하다. 눈 때문이 아니다. 세상의 모든 소리가 사라진 것이다. 이 집은 모든 소리를 삼킨다. 아니, 모든 소리를 담 밖으로 몰아낸다.

곽씨가 다가왔다. 다시 방울 소리가 들리다가 아득하게 사라졌다.

문오는 며칠 동안 끓는 물속에 있는 듯 힘겨운 고열에 시달렸다.

곽씨가 매일 들어와 문오에게 연교와 황련, 금은화를 달인 물이라며 먹였다. 장인, 장모가 오고 갔는지는 모르겠지만, 효흔이 옆에 붙어 있는 것은 몇 번 보았다. 어느 날은 방

안이 서늘해진 것 같아 눈을 뜨고 보니 문 앞에 효서가 앉아
있었다.

밝았다 어두웠다, 다시 밝았다 어두워졌다. 세상이 눈을
깜박이는 듯 삽시간에 하루의 낮이 되고 다음날 밤이 되었
다.

꿈과 현실이 그릇 안에 넣고 섞는 듯 뒤엉켜 회오리쳤다.
효서의 얼굴, 그의 기이한 눈동자, 싸늘한 장모, 늘 외면하
는 장인, 거기에 곽씨까지 그 모든 것이 똑같이 외쳤다.

이 집은 이상해.

창밖으로 그림자가 스쳐 지나갔다. 바람에 날리듯 빠르게
휙 지나가더니 그 뒤를 이어 계속 휙휙 스쳐 지나갔다. 집
둘레를 빙글빙글 달리는 것 같았다.

속삭대는 소리가 들리더니 거기에 누가 맞받아치고, 다시
누군가가 머리맡에서 속살댔다.

왜 아프대요?

물렸어, 물렸어.

뭐에?

병을 옮는 것 말이야.

혈걸귀?

그렇지, 그렇지.

그런데 맙소사! 이 이상한 집에 멀쩡한 사람이 오다니.

이놈은 혈귀요, 걸귀요?

아직 살아 있잖소.

그럼 살아날 것 같소?

글쎄, 이렇게 버티면 대체로 살아나는데.

낄낄 웃고 사라진다.

살아날 거야. 열흘이 지난 지 한참이 되었고, 우리는 가야지. 아무리 길어도 열흘 넘기면 끝난 게야.

우리 벗이 아니구먼.

그래, 산 귀신이 될 몸이네.

어서 가자.

문오는 눈을 떴다. 천장이 뚜렷하게 보였다. 머리가 묵직해져 오며 베고 있는 베게가 서늘하게 느껴졌다. 문오는 몸을 비틀어 바닥을 짚고 일어났다. 그러나 팔의 힘이 풀리며 쓰러졌다. 한참 만에야 간신히 두 팔을 짚고 다시 일어날 수 있었다. 옆에 곽씨가 두고 간 물이 놓여 있었다. 문오는 물을 남김없이 다 마시고 누웠다. 마셔도 목이 식지 않았다. 게다가 물이라 생각했는데, 일단 마시고 입에 머금자 지독하게 비렸다.

며칠이나 이렇게 앓은 걸까. 다행히 몸이 좀 무겁고 머리가 어지러울 뿐 크게 아프지는 않았다. 며칠 되지는 않은 것 같다. 문오는 문으로 다가가 밀었다. 푸른빛이 번지는 이른 새벽이었다. 문오는 이마를 문지르고 눈을 깜빡였다. 정말로 살아난 것이, 열병이 씻은 듯 물러나갔다는 것이 실감이 되었다. 얼마나 앓은 걸까. 그리고 얼마나 심하게 앓은 걸까. 그동안 끙끙대었던 것을 생각하면 아마도 효흔이 시집가기도 전에 과부가 될 뻔한 것 같다. 문오는 어깨를 만져 보았다. 잇자국만 남기고 아물어 있었다. 처음 물어뜯긴 팔목에도 흔적만 남아 있다. 천만다행으로 급소를 피해간 것 같다.

중문이 열리며 곽씨가 들어왔다. 곽씨는 문오가 문을 열고 나와 있자 달려왔다.

"일어나셨군요!"

곽씨는 부엌으로 가더니 소뼈를 넣고 하얗게 끓인 국을 앞에 놓았다. 문오는 배가 고프긴 했지만 위가 쪼그라든 건지 잘 들어가질 않았다.

"몸은 어떠십니까?"

"그럭저럭 괜찮습니다. 얼마나 앓은 겁니까?"

"두 달을 꼬박 앓으셨습니다. 지금 곧 경칩입니다."

"네?"

문오는 마시던 국그릇을 놓았다.

"그렇게 오래 앓은 겁니까?"

"네."

"효흔이는요?"

"절에 불공드리러 간다고 울고불고 해서 달래느라 힘들었지요. 마님이 엄하게 말씀하시지 않았으면 집을 나가셨을 겁니다. 하도 안절부절못하셔서 잠시 내보냈습니다."

"어디로 갔습니까?"

"제가 잘 아는 집이 있습니다. 그 집에서 잠시 있다 오라고 했습니다. 전갈을 보내 돌아오시도록 하겠습니다."

"효서는요?"

"도련님은 안채에 계십니다. 도련님도 걱정이 많으셨지요. 뵙겠습니까?"

"네. 그렇게 해주십시오. 저기, 제가 불을 낸 것 같은데 그건 괜찮습니까?"

"걱정하실 거 없어요. 집은 멀쩡하니까요. 그래도 벽이 그을려서 고치는 중입니다."

담을 넘어 들어온 것, 그건 분명 환각이 아니었다. 정신을 잃고 나서 있었던 일들은 꿈인지 생시인 건지 자다 깬 건지 모를 일이었지만, 그전에는 분명 있었던 일이다. 똑똑히 기억한다.

"대체 뭐였던 겁니까, 그게?"

곽씨는 그릇을 치우고 있었다.

"호랑이였어요."

"호랑이가?"

"겨울이라 먹을 게 없어서 내려온 것 같습니다. 주인 나리와 하인들이 해치웠습니다. 하지만 워낙 난도질을 하는 바람에 호피는 남지 않았습니다. 사람들 모두 아까워했지만, 어쩌겠어요. 주인 나리가 그냥 땅에 묻어주라 해서 그리했습니다."

"그렇… 습니까."

곽씨는 소반을 들고 나갔다. 문오는 방문을 열고 하녀 하나를 불렀다. 하녀는 문오를 보고 반색을 했다.

"나으셔서 다행입니다. 서방님이 눕고 온 동네가 다 처져 있었지 뭡니까."

"저, 득이 말인데……."

하녀의 얼굴이 우그러들 듯 수심이 어리며 고개를 저었다.

"그 아이 이야기는 하지도 말아요. 워낙 끔찍해야지."

"무슨 일이 일어났기에 그러지?"

"호랑이가 나오지 않았습니까. 이놈이 열여덟 호기로 호랑이를 잡는다고 까불다가 호랑이에게 물려서 집에 왔어요. 그런데 이놈이 호랑이가 아니라 다른 거에 물렸다고, 사람한테 물린 거라고 막 우겨대더니 펄펄 앓다가 그대로 고꾸라졌어요. 하루 만에 그렇게 되었습니다."

"저런."

"다들 죽은 줄 알고 나리께 말씀드리러 나갔다 돌아오니 애가 사라졌더군요. 그래서 찾으러 돌아다니는데, 이번에는 서방님까지 호랑이한테 물렸다지 뭡니까. 서방님이 불을 놓아 쫓았다고 하더라고요. 다들 서방님 칭찬을 하십니다, 사내 중의 사내라고."

문오는 호랑이 털도 못 봤다. 그날 본 얼굴은 분명 득이 같았는데. 헛것을 봤나. 아니다. 헛것이 아니다. 분명 득이였다. 담벼락에 붙어 있을 때 확실히 보았다. 거기에 몸에서 떨어져 나와서도 눈을 부릅뜨고 이를 딱딱거리던 건 분명 득이의 머리였다.

"그래서?"

"담에서 호랑이에게 당한 득이를 발견했대요. 어휴, 정말 끔찍했어요. 주인 나리께서 양지바른 곳에 거두어주라 하셔서 후하게 장례를 치러주셨답니다. 불쌍한 아이죠."

아, 그렇구나 하며 중얼거렸다.

"그래도 서방님은 참말로 다행입니다."

"걱정해 줘서 고마워."

"뭘요. 아씨하고 혼례를 치르면 우리 주인 나리나 다름없는 분이 될 것 아닙니까."

분위기가 좀 달라진 것 같다. 그전만 해도 다들 문오를 시골에서 벼락출세해 마을로 온 뜨내기로 깔보는 분위기였다. 그러나 이젠 끙끙 앓다 일어나서 그런지 다들 미안해하고 있었다. 거기에 '호랑이와 맞서 싸웠다'고 알려지니 존경까지는 가지 않아도 그래도 봐줄 만은 한 사람 정도로 격상(?)된 것 같기도 하다.

그러나 이상한 건 이상한 것이다. 득이는 대체 왜 문오를 공격한 걸까. 거기에 아무리 봐도 당시 득이는 제정신이 아닌 것 같았다. 득이 안에 득이 대신 다른 무언가가 들어간 것 같았다. 붉게 타오르는 눈, 피가 뚝뚝 흐르던 입. 그때야 덤벼들기는 했지만 지금 생각하면 자신이 대체 무슨 배짱으로 덤볐는지 모르겠다. 거기에 효서도. 그 비리비리하던 녀석이 대체 무슨 힘으로 득이와 싸운 걸까.

며칠 뒤, 장인이 문오를 바깥채로 불렀다.

"몸은 다 나았는가?"

"그럭저럭 괜찮습니다."

김낙천은 담배를 물고 문오를 살폈다.

"거동이 불편하지는 않고?"

"네."

"두어 달 앓으면 걷는 방법도 잊게 되지. 몸이 가마솥처럼 끓었다네. 보통 그렇게 앓고 나면 머리가 멍해지고 기억도 짧아지지."

"정말로 괜찮습니다."

"그래, 그 나이는 쇳물처럼 끓어도 일단 낫기만 하면 멀쩡하지. 다행일세."

장인은 담뱃대 머리를 바닥에 탁탁 쳤다.

"올 가을에 효흔이를 자네에게 보낼 생각이네."

"효흔이는 아직 어립니다. 조금 더 기다릴 수 있습니다."

"나이가 어려 가르침이 모자랄 것 같은 거면, 가을까지 곽씨가 힘쓰면 될 일이지 않은가."

효흔이의 솜씨는 곽씨가 올 봄이 아니라 십 년 뒤의 봄까지 가르쳐도 소용없을 정도지만 차마 그 말은 할 수 없었다. 게다가 효흔의 문제는 바느질 솜씨가 지나치게 독보적이라는 게 아니었다.

"혼례를 치르면 자네에게 이 집의 관리를 맡길 생각이네."

“네?”

“자네도 알다시피 효서는 저래서 어디 내놓을 수가 없네. 하나라도 제대로 된 사내가 집안을 이끌어가야지. 자네가 앓아눕자 그제야 깨달았지 뭔가. 효흔이가 어리다 어리다 하며… 하루라도 끼고 있고 싶었나 보이. 자네 생각을 못하고.”

“효흔이가 더 클 때까지 기다릴 수 있습니다.”

“이제 일 년이라 상관없을 테지만, 이 년, 삼 년이 지나면 방바닥이 가시밭이 될 거네. 그래서 집 식솔들이 자네를 깔본 거네. 일 년이나 집에 있었는데 그렇게 굴었다는 걸 이제 알았지 뭔가. 곽씨도 보다 못해 그리 말한 것 같네. 그러니 일찌감치 혼인 올리고 부부 인연을 맺게나.”

“아니, 아무리 그래도 효흔이는 올해 고작 열두 살입니다.”

“그 나이에 시집가는 아이가 없는 건 아니네.”

“아니, 그건 가난한 집에서 입 하나 덜자고 민며느리로 보낼 때나 그런 거고요, 효흔이는 아니지 않습니까.”

장인이 문오를 빤히 보았다. 문오는 아차 하며 고개를 숙였다. 너무 나선 것 같다.

“자네, 한양에 좀 다녀오게.”

“한양이요? 거긴 또 왜…….”

“이곳으로 오기 전 나는 한양에서 장사를 했네. 여기로 오며 믿을 만한 사람에게 전(廛)의 관리를 맡겨두었는데, 엊그제 그 사람으로부터 부탁한 물건이 도착했다는 서신이 왔네. 나는 몸이 불편해서 갈 수가 없으니 자네가 다녀와야 할 것 같군."

문오가 보기에 장인은 전혀 아파 보이지 않았다. 얼굴만 늙었을 뿐 그의 두 다리는 청년보다 튼튼해 보였다.

"저 혼자서요?"

"당연히 길잡이는 붙여줘야지. 벌써 알아봐 두었네. 한양 살 때 내 밑에 있던 사람이지. 천 서방이 여각으로 데려다줄 터이니 거기서 만나 같이 가게."

"언제 떠납니까?"

"날이 풀리면 바로 출발하는 게 좋을 터이니 초파일 지나면 바로 가게나."

"알겠습니다."

"그리고 이 집을 떠날 때까지 밤에 나가지 말게."

"네?"

"아직 위험하니 그래. 지난번에 자네가 크게 다쳤지 않나. 그러니 밤에 절대로 나가지 마. 마을 사람들에게도 일러 두었네."

"잘 알겠습니다."

"그래."

장인은 담뱃대를 놓고 창밖을 노려보았다. 독수리처럼 매서웠다. 꾹 문 입술에는 분노가 서려 있었다.

"장인어른?"

"왜, 할 말이 있는가?"

"아닙니다. 화가 나신 것 같아서."

"자네한테 화가 난 게 아니네. 요즘 내 심기를 불편하게 하는 일이 있어, 문득 생각날 때마다 이리 화가 치민다네. 걱정 말고 채비나 하게."

✳

문오는 툇마루에 앉아 뜰을 보았다. 자기 전에는 분명 겨울이었는데 일어나 보니 봄이 무르익어 가고 있었다. 몸에 닿는 바람은 훈훈하고 부드러웠지만 누군가에게 그만큼의 시간을 도둑맞은 것 같았다.

기척도 없이 누군가가 다가와 기둥 옆에 서 있었다. 흘끔 돌아보니 효서였다. 문오는 옆자리를 두드렸다. 효서가 다가와 앉았다. 다가오는 것도 물러나는 것도 고양이가 움직이듯 소리도 기척도 없다.

"제가 무섭지 않습니까?"

"왜? 은혜를 입고도 그런 말을 할 정도로 못된 놈이 아니야, 난."

"아무리 그래도 그때 무섭지 않으셨습니까. 사람 같아 보이지 않았을 텐데요."

"날 해치려는 놈이라면 무섭다만, 너는 아니었잖아."

효서가 문오를 바라보았다. 눈에 놀라움이 가득했다. 문오는 그 얼굴을 보며 말했다.

"고맙다고."

효서가 피식 웃었다.

"다행입니다."

"그날 대체 그게 뭐였니? 득이가 뭐가 된 것 같던데."

"제 주변에 처음 있는 일이 아닙니다. 예전에도 그런 일이 있었습니다."

"그런 일?"

"다들 호랑이에게 물린 거라 하지만 형님은 보시지 않았습니까. 사람이되 사람이 아니고, 죽어도 산 자요 산자이되 죽은 자이기도 합니다. 우리 집에는 늘 그런 게 꼬입니다, 천형처럼. 아니, 제 탓일 겁니다. 제 주변에는 늘 그런 일이 많죠. 어머니는 제가 태어날 때부터 이미 그렇게 되기로 결정되었다고 하십니다."

"네가 일부러 그러는 것도 아니고."

"아뇨. 일부러 그러지 않아도 늘 주변 사람이 다칩니다. 그러면 제 탓이 아니고 누구 탓이겠습니까."

효서는 어깨를 늘어뜨렸다. 문오는 효서의 정수리에서 흰 앞머리를 발견했다. 자세히 보니 머리 뿌리가 흰 가루를 뿌린 듯 희었다. 흰 머리에 검은 물을 들인 것이다.

"밖에서 들었습니다. 형님을 한양으로 보내신다 하더군요. 나은 지 얼마 되지도 않은 분에게 너무하십니다."

"네 아버지가 정하신 일이야."

"그래도요. 아버지가 정하시든 어머니가 정하시든 싫은 건 싫은 겁니다."

"나는 정말 괜찮아. 할 일이 있다면 해야지."

효서가 문오의 손을 잡았다.

"이런 집이라도, 그래도… 효흔이를 위해서라도 꼭 잘 다녀오십시오."

"너도 몸조심하고 있어."

"고맙습니다."

"고맙긴. 한두 마디만 해도 송구스러워하면 내가 더 미안하잖아."

"그래도 제게 이렇게 말해주는 사람은 아무도 없었습니다. 어머니는 늘 제가 사람들 눈에 뜨일까 봐 안절부절못하시고, 효흔이야 어렸을 때부터 같이 자랐으니 제 살과 뼈와 같은 아이이고, 효흔이에게도 저는 마찬가지일 겁니다. 아버지는 언제나 어렵고요. 친구는 사귀어본 적도 없고, 제 또래 아이들과는 이야기조차 나누어본 적이 없습니다. 또래 하인들의 얼굴을 보면 압니다. 그들이 저와 조금이라도 동등했다면 저는 그들 손에 남아나지 않았을 걸요."

효서는 웃으며 고개를 저었다.

"그래서 형님에게 감사한 겁니다."

"그래도 앞으로는 감사하다느니 고맙다느니 하는 말을 하지 마."

"왜 굳이 그래야 하는 겁니까?"

"그러면 내가 부담스럽잖아. 그러면 그럴수록 나는 네가 보통 사람과 다르다는 것을 신경 쓸 수밖에 없게 된다고. 그러면 오히려 불편해지게 될 거다. 친해질 수 없어."

"알겠습니다."

효서는 툇마루에서 발을 내리고 신을 신었다.

"이만 가보겠습니다."

"그래."

효서는 신을 신고 안채로 가다가 다시 돌아왔다.

"왜?"

"이제부터 안채 말고 제 처소에 머물려고요."

"네 방도 있었니?"

효서가 얼굴을 붉혔다.

"네. 사실 여기입니다. 생각해 보니 이렇게 커서 안채에서 잠자는 건 부끄러운 일 같습니다."

"그래, 잘 생각했다."

조선비록 허ㄹ기담

안개

조선비록
헐크기담

떠나기 전날 곽씨가 와서 주머니 하나를 건넸다. 안에 돈
과 금가락지 두어 개가 들어 있었다. 손에 잡히는 대로 아무
거나 챙긴 것 같았다.

"이게 뭡니까?"

"여비로 하라 하셨습니다."

"여비는 장인어른이 다 챙겨주실 겁니다."

"이건 마님이 따로 챙겨주시는 거니 한양 가시거든 먹고
싶거나 사고 싶은 게 있으면 사라 하십니다."

"제가 몸을 치장할 것도 아니고 또 배운 것이 없어 서책을
살 리도 없고……. 이만한 돈이 필요없을 텐데요."

"그래도 챙겨두십시오."

곽씨는 문오의 손에 주머니를 쥐어주고 자리를 떴다. 문오는 별수없이 그 주머니를 허리춤에 찼다.

"거기가 아닙니다. 품 안에 넣으십시오."

툇마루 끝에 효흔이 고개를 내밀고 있었다.

"언제 왔니?"

"어젯밤에요. 효서가 와서 서방님이 떠나신다 해서 이렇게 한걸음에 달려왔사옵니다. 자, 거기 말고 여기에 넣으세요."

그리고 효흔은 돈 주머니를 소매 안에 넣어주었다.

"아버님 따라다닌 적이 있습니다. 그때 아버님이 가르쳐주셨습니다. 그렇게 허리를 숙이고 돈을 확인하면 누구라도 거기에 돈이 있다는 것을 안다고요. 꿀에 벌이 꼬이고 엿에 개미가 꼬이듯 소매치기들이 따라붙을 거라 하셨습니다."

"그럼 어떻게 하면 되는 거야? 여기다 넣어도 돈을 꺼낼 일이 생길 텐데."

"아무렇지도 않은 척하시면 됩니다. 아버님이 말씀하시길, 한양 사람들은 성내 사람하고 뜨내기를 금방 구분할 수 있다 하더군요."

"어쩔 수 없다는 거구나."

"처음부터 아닌 척 굴면 더 티가 나니 바람에 흔들리는 버드나무처럼 그저 맡기고 가면 된다 하셨습니다."

"그래, 참 잘 아는구나."

"아버지께서는 늘 제가 집안을 지켜야 한다고 하셨습니

다. 아무리 딸이라도 사내보다 마음이 강단있으면 가문은
물론이요, 나라도 지킬 수 있다 하셨습니다. 그래서 아버지
가 가르쳐 주시는 것을 열심히 배웠사옵니다.”

효흔은 고개를 뒤로 꺾으며 문오를 보았다.

“어른이 되고 싶습니다, 서방님.”

“그래.”

문오는 웃음이 나왔다. 사실 여기서 네가 어른이 되길 가
장 간절히 바라는 사람은 아마도 나 같다는 생각이 들어서
였다.

“하지만 죄송합니다. 이렇게 작기만 해서.”

“돈 때문에 네 곁에 있게 되었지.”

효흔의 눈이 커지더니 아랫입술을 꾹 물었다.

“사람들이 많이들 말할 거다, 내가 돈으로 사온 사위라
고. 돈으로 네게 준 남편이라고.”

“아랫것들이 뭐라 헛소리를 한 것 같군요. 제가 그 연놈
들, 경을 칠 것입니다!”

문오는 손을 저어 말렸다.

“그러지 마라. 아무리 엄하게 굴어도 사람 마음이 돌아서
지 않으면 아무 소용 없는 거란다. 자, 잘 들으렴. 사람들이
그렇게 말할 때마다 상처받을 거다. 하지만 사람들은 상처
난 데를 계속 찔러댈 거야. 특히나 나를 싫어하던 하인, 하
녀들이 가장 먼저 말할 테고, 거기에 마을 사람들도 한두 마
디 거들 거다. 너는 처음에는 믿기 어려울 테지만 날이 가면

갈수록 흔들릴지도 몰라.”

효흔은 고개를 저었다.

“절대로 그러지 않을 것입니다. 절대로요.”

“강하게 먹으면 오히려 쉽게 흔들릴 수 있단다. 하지만 지금의 나를 봐라, 효흔아. 그들이 뭐라 하든 나를 믿어주렴. 내가 억지로 네 옆에 있는 것도, 네가 싫어도 참는 것도 아니란 걸 말이다.”

“어째서 그런 말씀을 하는 겁니까. 곽씨 아주머니를 빼고 저하고 효서한테 그렇게 잘해주신 분은 서방님뿐입니다. 돈으로 데리고 왔다고 뒷담을 하여도 저는 믿지 않을 겁니다. 그들이 저한테 잘해준 적도 진심으로 좋아해 준 적도 없단 말입니다. 그런 사람들 말을 제가 왜 믿습니까.”

문오는 효흔의 눈 밑에 맺힌 눈물을 닦아주었다.

“그래, 꼭 믿어줘야 해.”

효흔은 고개를 끄덕였다. 그리고 눈물을 닦은 다음 무언가를 내밀었다. 빨간 비단 조각에 구깃구깃 바느질을 해놓은 것이었다.

“이게 뭐니?”

“담배쌈지입니다.”

“음?”

“서방님은 담배를 피우시지 않지만 언젠가는 배우실 테니 그때 쓰십시오.”

문오는 담배쌈지라는 천 뭉치를 보았다. 대체 어디로 뭘 넣어야 하는지 모르겠다.

"서방님이 일어나실 것 같다는 말이 나오자마자 만들기 시작했습니다. 솜씨가 더 있다면 버선이나 마고자도 만들 수 있을 텐데 일단 이것을 가지십시오."

비싼 천을 가지고 할 짓이 아니라는 말은 차마 하지 못했다.

"꼭 가지고 다니셔야 합니다."

"그, 그래."

문오는 효흔의 볼에 입을 맞추었다.

"고맙다."

효흔이 갑자기 뒤로 후닥닥 물러나다가 나동그라졌다.

"효흔아!"

효흔은 벌떡 일어나 달려갔다. 온몸이 빨갛게 달아올라 있었다. 문오는 멍청하게 그 뒷모습만 보고 있어야 했다.

"배처흠 행수에게 전해주게. 나머지 짐하고 노자는 천 서방에게 다 맡겼으니 자네는 이것만 가지고 있으면 되네. 그리고… 그곳에서 몇 가지 배울 것이 있을 테니 잘 보고 오게."

김낙천은 문오에게 서신을 내밀었다.

"그리고 당부할 것이 있네."

"네."

"나는 본디 장사꾼이고 지금도 장사를 하네. 그러니 자네가 이 집을 맡게 되면 무엇보다 장사에 대해 알아야 할 거야. 굴림바위골에 있는 여각에 김 서방이란 사람이 기다리고 있을 터이니 거기서부터는 그를 따라가면 되네."

"알겠습니다."

이야기가 끝나고 나오자 천 서방이 마당에서 기다리고 있었다. 마흔 좀 넘은 홀아비였고, 다른 하인들이 거의 그렇듯 문오를 깔보고 있었다. 문오는 이 사람 말고 다른 사람하고 가고 싶었지만 장인이 같이 가라고 하니 달리 방도가 없기도 했다.

"갑시다."

문오는 천 서방과 함께 집을 나섰다.

해가 영원히 뜨지 않을 듯 새카만 새벽이었다. 말을 타고 가고 있자니 허허로운 두려움이 밀려들었다. 근 일 년간 마을에만 박혀 있었다. 경인사의 장모를 만나러 간 날을 빼곤 처음 나가는 것이다.

방울은 아침상을 내온 곽씨에게 주고 나왔다. 곽씨는 왜 이것을 주느냐고 물었지만 문오는 고개를 저었다.

—저도 깊이 알지 못하니 제대로 알려 드릴 수 없습니다. 하지만 효흔이에게 가지고 있으라고만 해주십시오.

—네, 그리하시니 그리하겠습니다만.

하루 종일 숲 속으로 말을 타고 가기만 했다. 숲을 하나 지나자 또 숲이 나왔다. 숲에서 숲으로 이어졌다. 그렇게 가고 있으니 어느새 문오는 길을 제대로 익히지도 못하고 천 서방 뒤만 졸졸 따라가고 있었다.

해 저물 무렵 장인이 말한 여각에 도착했다. 하늘이 빨갛게 달아올라 타올랐다. 우거진 숲 위로 금색 빛이 일렁거렸다. 저녁노을과 함께 걸어온 길이 참 멀고 길다는 생각이 들었다.

"다 왔습니다."

여각은 작은 초가집이었다. 마당에 놓인 평상은 쓰지 않은 지 오래된 듯 아주 낡아 그 위에 낙엽과 흙먼지가 잔뜩 쌓여 있었다.

부엌에서 여주인이 나왔다. 눈초리 양쪽이 집게로 집은 듯 붙어 있고 턱이 주걱 모양으로 튀어나와 인상이 별로였다.

여주인은 문간방 중 하나를 열어 들어가게 했다. 방바닥이 무척 찼다. 여주인이 금방 불을 지필 테니 일단 밥부터 먹으라고 권했다. 그러며 들고 나온 소반에는 밥 한 그릇에 김치 한 보시기가 전부였다.

"서방님, 먼저 주무십쇼. 저는 뭐 이야기할 게 있어서……."

천 서방이 그렇게 말하고 다른 방으로 갔다.

여주인이 차려준 상으로 고픈 배를 채우자 할 일도 없고 가만히 있으면 생각만 많아져 그냥 누워 잠을 청했다.

여주인과 천 서방이 두런두런 이야기하는 소리가 들렸다. 잠시 귀를 기울이고 있으니 잠이 밀려들었다. 피곤해서 까많게 잠들었다가 새벽이 되기도 전에 깨고 말았다. 집이 너무 추워 등이 아플 지경이었다.

문오는 불 좀 지펴달라고 말하려 문을 열었다. 그러나 제대로 문이 닫혀 있는 방은 문오가 자다 깬 방뿐이었다. 문이 죄다 떨어져 나가거나 벽에 기대어 있고 문살에 바른 창호지는 고양이가 할퀸 듯 너덜댔다.

문오는 부엌으로 갔다. 아궁이는 까맣게 식어 있었다. 어제 밥을 하기 위해 불을 피운 이후 한 번도 땔감을 넣은 적이 없는 것이다. 문오는 마구간으로 가보았다. 말은커녕 강아지 한 마리 없었다.

"맙소사."

문오는 방을 다 열어보았다. 오랫동안 사람이 들어오지 않은 빈집 특유의 냉기가 느껴졌다.

"천 서방?"

그러나 아무 소리도 들리지 않았다. 밤새 도망친 것이다. 그런데 짐은 모두 천 서방이 가지고 있었다. 돈도 옷도 한양으로 보내는 선물도 모두 천 서방이 손에 쥐고 있었다. 문오는 품속을 더듬었다. 다행히 장모가 준 돈과 패물은 그대로였다.

날이 밝아오며 앞이 보이기 시작했다. 그러나 언제 몰려왔는지 모를 구름이 새카맣게 우글거리고 있어서 아침이 되어도 밤처럼 어두웠다.

"이게 어떻게 된 거야."

문오는 양손으로 머리를 감싸 올렸다.

천 서방에 대한 소문이 하나씩 기억나기 시작했다. 홀아비인 천 서방이 어딘가의 과부와 사귀기 시작했다고 사람들이 수군거렸다. 과부 재가 금지니 뭐니 까다롭게 구는 건 젠체하는 양반가에서나 하는 일이고, 체면 차릴 일 없는 상민들 사이에서야 과부와 홀아비가 눈 맞아 살림 차리는 것 정도는 눈감아준다. 천 서방은 그녀와 새로 살림을 차리고 싶어하는 눈치였다. 그러나 이제 막 고용살이 시작한 남자에게 돈이 있을 리 없다. 그런 사람에게 돈과 선물에 어리바리한 사위까지 얹어주었으니 돈 들고 도망가라는 말이나 다름없었다.

문오는 김낙천이 원망스러웠다. 그렇게 재산을 모으고 살면서 사람 보는 눈 하나 없었나. 정직한 하인은 많고도 많았을 테고, 처자식이 붙어 있어 돌아와야 하는 사람도 그만큼 많았을 텐데, 하필이면 그런 사람을 골랐단 말인가. 문오는 장인의 실수에 어이가 없고 또 화도 났지만 이미 일이 벌어진 이상 어쩔 수 없었다.

문오는 여각을 나섰다. 돌아보니, 여각은 폐가도 이런 폐가가 없었다. 담이 무너져 그 위로 덩굴이 수북하게 자라 있었다. 문밖에는 발길이 오간 흔적조차 없이 온갖 잡초가 무성하게 자라 있었다. 조금 나서자 어디로 가야 숲을 나갈 수 있는지 감을 잡을 수 없었다. 참나무와 떡갈나무, 상수리나무가 울창하게 자라 있고, 사방에 풀과 관목이 빈틈없이 덮고 있었다.

사방에서 안개가 피어올랐다. 나무둥치와 잎이 안개에 묻혀 묽은 먹으로 그린 듯 흐려졌다.

말발굽 소리가 두두두 하고 들렸다. 문오는 얼른 그쪽으로 달려갔지만 안개가 진해져 한 치 앞도 보이지 않게 되었다.

다시 안개 너머로 말발굽 소리가 들려왔다. 문오는 나무둥치를 짚으며 소리가 나는 방향으로 다가갔다.

"누구 계시오!"

문오는 되는대로 힘껏 고함을 질렀다.

"길을 잃었습니다! 도와주십시오!"

그리고 귀를 기울였지만 아무 소리도 들리지 않는다.

"젠장."

그때 푸르르, 하는 말 숨소리가 들려왔다. 문오는 얼른 그쪽으로 다가갔다.

"계십니까?"

안개 너머로 인영이 보였다. 문오는 다가가려다 나무둥치에 걸려 넘어질 뻔했다.

"사람입니까? 저 좀 도와주십시오."

두런거리는 소리가 들렸다. 문오는 사람들이 있다고 생각해 급히 말했다.

"그저 길을 잃은 것뿐입니다. 사정을 말씀드릴 터이니 지금 이 숲에서 벗어나게만 해주십시오."

갑자기 소리가 뚝 그쳤다. 안개로 흐려진 나무 옆에 사람이 있는 것 같았다. 문오는 손을 뻗었다. 천이 잡혔다.

"저기, 죄송합니다만……."

옷이 훌렁 벗겨지며 바닥에 떨어졌다. 문오는 옷을 펼쳐 보았다. 낡은 저고리에 여기저기 피가 묻어 시커멓게 굳어 있었다. 놀란 문오는 얼른 집어 던졌다.

그때 여자 웃는 소리가 들렸다. 그 소리를 따라 아이 웃음소리가 들렸다. 다시 여자 웃음소리가 들렸다. 밝게 웃는 소리가 아니었다. 몸에 소름이 오싹오싹 돋게 하는 으스스한 웃음이었다.

"누구냐! 나와!"

고함을 지르자 문오는 갑자기 분노와 울화가 치밀어 올랐다.

포기하고 싶어졌다. 아무것도 생각하기 싫었다. 속이 뒤집어졌다. 방금 전까지 긴장하며 살피던 것이 바보짓처럼 여겨졌다. 내가 왜 여기서 이러고 있는 거지?

이대로 고향 집으로 돌아갈까. 물어물어 가면 세상에 있는 집이니 언제든 도착할 것이다. 설마 내쫓지는 않겠지. 문오 하나 정도 먹고 잘 수는 있을 것이다.

그리 생각하자 다시 피가 끓어올랐다. 화가 치밀어, 걷잡을 수 없이 끝없이 치밀어 올라 주체할 수가 없었다. 그렇게 애썼는데 결국 아무것도 아니게 되었다는 것에 억울하고 화가 치밀었다.

다시 속닥대는 소리가 들려왔다. 웃음소리도 더 크게 들려왔다.

옆에서 움직이는 기척이 느껴졌다. 문오는 천천히 그쪽을 돌아보았다. 안개에 휘감긴 둥치 아래에 시커먼 머리카락 덩어리가 있었다.

"뉘십니까?"

갑자기 사람이 고개를 번쩍 들고 문오를 덥석 잡았다.

여자였지만 사람이 아니다. 두 눈이 시뻘겋게 타오르며 문오를 보고 있었다. 입과 턱, 옷이 피범벅이었다. 누군가가 생각나는 모습이다. 그래, 득이. 득이가 이런 꼴로 문오를 덮쳤다. 문오는 여자를 힘껏 밀어 던지고 도망치기 시작했다. 고함도 비명도 나오지 않았다. 이를 악물고 도망치는 수밖에 없었다.

한참을 달리다 보니 옆으로 누군가가 같이 달리는 것이 느껴졌다. 검붉은 그림자가 문오를 따라오고 있었다. 엄청나게 빨랐다. 문오는 방향을 틀어 도망쳤다. 그러나 비탈길이어서 미끄러졌다. 두 팔에 얼굴을 묻었다. 몸이 나무둥치와 바위에 부딪치며 온몸을 두드렸다.

간신히 일어나자 옷이 찢겨지고 머리도 엉망이었다. 볼과 팔에 생채기가 났다.

달리는 소리가 멈추었다. 문오는 피를 닦으며 안개 너머를 보았다. 안개가 술렁이더니 흩어지기 시작했다. 천이 한 겹 한 겹 벗겨지듯 사방이 선명해지며 사람 그림자가 보인다. 길고 호리호리한 그림자였다.

"누구십니까?"

해치지 않습니다, 누구십니까, 라는 말을 기대했지만 그 사람이 감추듯 휙 사라졌다.

갑자기 개 짖는 소리가 크게 들렸다. 아주 가까웠다. 금방이라도 튀어나와 물어뜯을 것 같았다.

문오는 나무둥치에 등을 대며 주변을 둘러보았다. 참나무 몇 그루가 서 있었다. 그들에게서 살 썩는 고약한 냄새가 풍겨왔다. 온 사방에 그 냄새였다. 여태 안개 때문에 몰랐던 것이다. 옷자락이 당겨졌다. 내려다보자 길게 뻗은 마른 손이 보였다.

문오는 그 손의 주인을 보았다.

낡은 옷을 입은 소녀였다. 눈이 마주치자 소녀가 히죽 웃었다. 문오도 웃었다. 소녀의 입가에 난 송곳니가 보였다. 동시에 소녀의 얼굴에 발이 박혔다. 소녀의 얼굴이 이지러지며 바닥에 내리꽂혔다.

"도망가쇼."

사람 목소리다.

"으악!"

문오가 고함을 질렀다. 주변에 있는 사람들도 같이 고함을 질렀다. 뱃속에 진흙이 끓는 듯 끔찍한 소리였다. 누군가가 문오의 팔을 잡아당겼다. 문오는 고맙다고 말하려다가 얼굴을 보고 기겁했다. 사람 얼굴이 아니었다. 머리에 검붉은 갈기가 돋아 있고, 머리 위에는 두꺼운 소뿔이 돋아 있었다. 눈은 쇳물처럼 시뻘겋게 빛나고 입안에서 연기를 뿜었다.

문오는 팔을 휘저었지만 도깨비는 문오를 계속 잡고 늘어졌다. 문오가 도망치려 하자, 그 도깨비가 갑자기 문오를 들고 달리기 시작했다. 문오는 놀라 눈이 튀어나올 것 같았다. 뒤로 사람들이 쫓아오기 시작했다. 도깨비가 문오를 든 채로 허리를 숙이더니 바닥을 박차고 뛰어올랐다. 그리고 그대로 비탈을 내려가 바위 위에 내려앉았다. 문오는 산딸기 덤불 위로 떨어졌다. 살에 가시가 박혀 여기저기 따끔거렸다. 도깨비가 문오를 일으켜 세웠다. 바람에 흩어지는 안개 너머로 비탈 위에 서 있는 사람들이 보였다. 그들 모두 멈추어 문오를 노려보고 있었다. 제대로 된 얼굴이 없었다. 모두 흙투성이에 살점이 떨어져 나가거나 긁혀 있었다. 머리도 흙과 나뭇잎이 잔뜩 묻어 있었다.

저게 뭐야, 저게 뭐야, 저게 뭐야, 부질없이 중얼거리다 이를 악물었다.

그들 사이에서 비쩍 마른 여자아이가 기어나왔다. 머리가 무척 작고 체구도 가냘팠다. 들창코에 볼도 푹 꺼져 해골 같아 보였다. 문오를 붙잡았던 그 소녀다.

문오의 머리 위로 휙 하며 소리가 나더니 화살이 소녀를 꿰뚫었다. 소녀의 몸이 붕 떴다가 툭 떨어졌다. 두어 발이 더 날아가 몇 사람을 더 뚫었다. 정확히 머리와 가슴을 두

발씩 뚫고 있었다.

화살에 맞은 여자아이가 입술 끝을 들어 올렸다. 입술 사이로 송곳니가 길게 보였다.

문오는 득이 생각이 났다. 그래, 그 녀석도 피범벅이 된 입술을 저렇게 들었다. 몸이 떨렸다. 한 번 보든 두 번 보든, 아니, 백 번을 봐도 혐오스러웠다. 효흔의 집에서처럼 옆에 지켜야 하는 사람이 있을 때나 만용을 부릴 수 있다.

"네 짓이냐?"

차고 굳은 목소리였다. 비탈 아래 나무 사이에 점박이 말이 서 있었다. 그 위에 도포 차림의 소년이 활시위를 당기고 여자아이를 겨냥하고 있었다. 핑, 소리와 함께 화살이 날아가 여자아이 옆의 여자를 꿰뚫었다. 여자아이가 고개를 들었다.

"너를 문 것은 누구냐."

어린 소녀는 문오만 보고 있었다.

"누구냐!"

소녀의 눈은 여전히 문오를 보고 있었다. 순간 소녀의 몸이 사라졌다. 문오가 으악, 하고 옆의 도깨비를 잡고 늘어졌다. 자기도 모르게 그렇게 한 것이다. 소녀는 나무둥치로 녹아들 듯 달려가더니 나무 위로 기어 올라갔다. 그리고 고양이처럼 빠르게 나무에서 나무로 건너갔다. 히약, 하는 날카로운 소리와 함께 소녀가 나무에서 뛰어올라 소년을 향해 달려들었다. 푸른 덤불 속에서 흰 개가 튀어나와 소녀에게

달려들었다. 소녀의 발이 개에게 물려 바닥으로 내동댕이쳐
졌다.

화살이 날아가 소녀를 꿰뚫었다. 안개가 옅어지며 야트막
하게나마 빛이 비껴들었다. 나무들 틈으로 검은 그림자가
고이기 시작했다. 검은 뱀이 바닥에 들러붙어 있는 것 같았
다. 그 검은 그림자가 소녀를 향해 빠르게 달려들어 그 목으
로 빨려 들어갔다. 천둥소리 같은 것이 났다. 바닥 안에서
우르르르, 하는 울음소리가 들렸다. 안개가 사라지고 빛이
닿으며 소녀의 몸이 서서히 검게 물들더니 바스스 흩어졌
다. 옷자락이 바닥으로 툭 떨어졌다. 소녀뿐만 아니라 다른
사람들도 검은 재가 되어 사라지며 낡은 옷이 여기저기 낙
엽처럼 떨어졌다.

무슨 조화인가? 문오는 어깨를 움츠리며 고개를 들었다.
옆구리로 개가 스쳐 지나갔다. 흰 삽살개였다. 스치는 털이
서리처럼 차가웠다. 개는 꼬리를 흔들며 말 가까이 다가갔
다. 말이 푸륵거리며 물러났다.

"워, 워."

말에 탄 소년은 얼굴이 매끄럽고 피부는 희었다. 다리 길
이를 보아 내려오면 키가 꽤 될 듯했다. 도포 아래로 드러난
버드나무 같은 몸은 단단해 보였다. 활을 든 팔과 깍지를 낀
손도 피부는 희었지만 그 팔을 타고 흐르는 근육과 핏줄은
돌처럼 단단해 보였다. 그중 가장 인상적인 것은 눈이었다.
그믐달 없는 밤처럼 검었다.

소년이 말에서 새가 내려앉듯 가볍게 뛰어내리더니 저벅 저벅 걸어와 문오가 보이지도 않는 듯 그 옆을 그냥 지나가 옷더미를 들춰 보았다.

"도깨비들입니까?"

문오가 묻자 소년은 옷자락을 던지며 말했다.

"그런 허무맹랑한 것을 믿나."

"그럼 뭡니까?"

"귀신이다."

"…그것도 허무맹랑해 보입니다만."

그렇게 말하다 문오는 아직도 뒤에 있는 도깨비를 보고 히익, 하고 놀라 두 팔을 들었다.

소년이 그 도깨비를 가리키며 말했다.

"벗어."

도깨비가 양 볼에 손을 댔다. 그리고 얼굴이 쑥 뽑혀져 나왔다. 검붉은 얼굴이 벗겨지며 긴 머리가 쏟아졌다.

사람이었다. 그것도 고운 얼굴이었다. 매끄러운 피부에 얼굴은 갸름했다. 눈은 크고 속눈썹도 그린 듯 길었다.

말이 푸륵거리며 앞발로 바닥을 찼다. 소년은 말에게 다 가가 그 위에 탔다.

"가자."

말이 비탈을 내려갔다. 문오는 도깨비 탈을 쓰고 있던 사 람과 소년을 번갈아 보다 소년을 따라 내려갔다.

문오가 따라붙자 소년이 고개를 돌렸다. 빈틈없이 도포를 차려입은, 그린 듯 단정한 사대부댁 도련님이었다.

"왜……."

"가, 감사합니다."

"너 좋으라고 한 일이 아니다."

"여하튼 도움을 받지 않았습니까. 그나저나 그게 대체 무
엇입니까?"

"귀신이라고 했잖느냐."

"그건 알겠습니다만."

"왜? 본 적이 있나?"

문오는 김낙천의 집에 있었던 일에 대해 이야기해 볼까
하고 생각하다가 그만두기로 했다. 처음 보는 사람에게 할
만한 이야기는 아니었다.

"아닙니다. 하여튼 감사합니다."

소년은 놓아둔 말에게 돌아가 그 위에 탔다. 말은 고개를
젖히고 길 아래로 내려가기 시작했다. 문오는 그를 따라 내
려가려 했지만 옆에서 개가 튀어나오는 바람에 얼른 뒤로
물러났다. 흰 삽살개의 푸른 눈이 문오를 노려보았다. 소년
이 말을 멈추고 개를 보더니 다시 문오를 돌아보았다. 문오
는 삽살개가 오지 못하게 팔을 저으며 말했다.

"저… 혹시 근방에 이렇게… 이렇게 생긴 남자와 이리저
리하게 생긴 여자 보셨습니까?"

"…아니."

"저, 못 보셨으면 근처의 인가라도 좀……."

그러나 소년은 그냥 등을 돌렸다.

"저, 도련님! 도련님!"

어느새 숲이 끝나며 벌판이 나왔다. 길게 자란 풀밭 너머로 먹구름에 덮인 넓은 하늘이 보였다. 문오는 돌아서 숲을 보았다. 이제 안개는 다 걷히고 없었다. 어마어마하게 크고 깊은 숲 속에 있는 줄 알았는데, 돌아보니 야트막한 구릉에 울창하게 나무가 자란 평범한 숲이었다. 숲 틈으로 문오가 있던 여각이 보였다. 여각에서 숲 가장자리까지는 얼마 되지도 않았다. 그렇게 보잘것없는 곳을 어린아이처럼 징징대고 허둥대며 헤매고 다닌 것이 창피했다.

소년의 말발굽 소리가 멀어지고 있었다. 문오는 급히 그 뒤를 쫓아갔다. 소년을 따라가던 개가 점점 투명해지더니 사라졌다.

"어?"

문오는 눈을 비볐다.

몇 번을 보아도 개는 없었다.

뒤에서 말발굽 소리가 들려왔다. 무관 복장을 한 남자가 말을 달려오고 있었다.

"도련님, 어찌 되었습니까?"

소년이 말의 속도를 늦추며 말했다.

"잡기는 잡았소."

"다행입니다."

"숲 속에 옷들만 남아 있소. 현감에게 알리는 편이 나을 듯한데."

"이미 그러도록 했습니다. 곧 관아에서 나졸들이 올 것입니다. 가만, 이분은 누구십니까?"

"그냥 거기 있는 거요."

무관이 문오를 보았다. 문오는 얼른 자신의 차림을 살폈다. 달려오느라 엉망이긴 했지만 그래도 중치막으로 잘 차려입었다. 김낙천의 손님으로 가는 것이라 신경 써서 나왔다. 이 정도면 수상한 사람으로 보이지는 않을 것 같았다.

"지나가는 과, 과객입니다. 부평에서 온 우문오라고 합니다."

무관은 부드럽게 웃었다. 문오는 긴장이 풀리며 안심이 되었다. 드디어 사람 같은 사람을 만나게 된 것이다. 옆에 찬 환도가 무섭기는 했지만, 그 얼굴이 이리도 온화하니 안심이 되었다.

"요 며칠 이 근방에서 흉사가 있어서 근방 사람들이 모두 외출을 삼가고 있었습니다. 지나가던 길이었다니 운이 좋지 않으셨군요."

"아닙니다. 이 도련님이 구해주셔서."

"저는 한양 포도청에 있는 남옥병 포교라고 합니다."

문오는 무관과 이야기해 보는 것은 처음이라 어떻게 해야 하는지 감 잡기 어려웠다. 큼큼, 하면서 인사를 받아야 하는지 굽실대야 하는지. 하지만 괜히 굽실대면 죄가 있어서 그런다며 잡혀 가지나 않을까. 그러나 남옥병 포교는 문오를 조금도 신경 쓰지 않았다.

"어떠했습니까, 도련님?"

"혈귀가 된 지 얼마 되지 않은 것 같더군. 몸이 귀라고 보기에는 상당히 느렸으니 아직 피가 더운 거요. 같은 동네 사람을 닥치는 대로 물었던 것 같더군. 하지만 모두 제대로 된 귀는 아니었으니 아마도 닷새 안에 물린 것이라 보아도 되오. 그러니 한양에서 그 흉사를 일으킨 자는 아니오."

"마을 하나가 사달이 난 겁니까?"

"행색을 보니 마을 같지는 않았소. 떠도는 난민 같아 보였는데."

남 포교가 무척 안타깝다는 듯이 한숨을 내쉬었다.

"주상께서 난민을 없애려 그렇게 애를 쓰셨는데."

"모든 사람을 구할 수는 없지 않소."

"일단 여기 현감에게 할 말은 다 했으니 우리는 돌아가지요."

문오는 황급히 그들을 따라갔다.

"왜?"

소년이 고개를 돌리며 말했다. 목소리가 서리처럼 차가웠다. 하찮아서 죄송합니다, 라는 말이 자연스럽게 나와 버린다.

"저, 그게……."

목이 틀어 막힌 듯 아무 말도 나오지 않았다. 등 뒤에서 향긋한 솔 향이 풍겨오더니 문오의 어깨에 붉은 옷자락이 엎혔다.

“내가 모셔다 드릴 터이니 도련님 붙잡고 늘어지지 마.”

“네, 네?”

문오는 돌아보았다. 방금 전에 도깨비 탈을 쓰고 나타났던 그 사람이다.

소년은 그를 보고는 등을 돌렸다.

“이봐, 불러와 굴리고서는 수고했다는 말도 없소?”

“수고했다.”

남자는 가만히 소년의 등을 보았다.

“정말로 수고했다.”

그리고 손을 들어 까딱까딱 흔들고는 팔을 내렸다.

“수고했다고.”

문오가 보기에도 대단히 성의가 없었다. 엎드려 절 받는 정도가 아니라 절 받는 사람이 부끄러워질 정도다.

남자가 팔을 내리고 말했다.

“성함이… 멀리서 듣자 하니, 우문오라 그러셨소?”

“네. 도와주셔서 감사드립니다.”

“나는 감사받을 일이 맞으니 잘 받겠어.”

이쪽은 감사하는 사람이 부끄러워지게 만들었다.

“근처에 아는 집이 있으니 밥이나 먹고 가시오. 마침 들를 생각이니 같이 갑시다.”

문오는 머리가 땅에 닿도록 감사하고 싶었다. 이번에야말로 너무나 감사하고 싶었다. 구해준 것보다 이게 더 감사했다. 배가 고파 다리가 휘청거릴 지경이었다.

"성함이……."

"송녹단."

"네, 녹단 형님."

"형님이라니 징그럽소. 그냥 녹단이라 부르시오, 우 형."

녹단은 문오를 달고 풀밭 사이로 난 길을 걸었다.

"조금 전에 무슨 조화였던 것입니까?"

"근방에 흉사가 벌어지고 귀신이 나타나서 한양의 좌우 포도청이 난리가 났었소. 마침 이 근방에 그와 비슷한 흉사가 벌어져 포도청에서 사람을 보낸 것이라오."

"송 형은요?"

녹단이 눈살을 찌푸렸다.

"형이라 부르지 말라지 않았소. 녹단아, 녹단아 해."

"하인도 아니고, 그리 부를 수는 없지 않습니까."

"나는 천인이오. 나중에 속았다느니 뭐라느니 하지 말고 그냥 부르라는 대로 불러."

문오는 불쾌해졌다.

"곧 무시할 테니 지금부터 무시해 달라는 겁니까? 좋습니다. 녹단이라 부르지요"

"그럼 나는 나대로 우 서방이라 불러주지."

"저 도련님하고는 어떤 사이십니까?"

"그냥 아는 사이요."

문오는 방금 전 그 도련님의 태도를 돌이켜 보았다. 길바닥에 그냥 버리고 가질 않나, 다시 나타나니 성의있게 아는 척도 하지 않고, 사람을 사람으로 부리는 것이 아니라 돌멩이 굴리듯 한다. 그냥 아는 사이라 하기에는 너무 심하게 대한다.

길모퉁이를 돌자 납작하게 들러붙은 오두막이 나왔다. 뒤뜰에는 소나무가 있고, 그 지붕은 나무껍질로 얼기설기 덮어두었다. 좁고 납작한 툇마루가 문 앞에 간신히 붙어 있고, 그 앞의 섬돌에는 짚신 한 쌍이 놓여 있었다.

녹단이 담 안으로 들어가며 외쳤다.

"어이, 할아버지! 나 왔소!"

오두막 문이 열리며 안에서 허리가 접힌 듯 굽은 노인이 기어나왔다.

"너는 또 웬일이냐?"

"끌려왔다 여기 버려져서 기어들어 왔소이다."

"누가 끌어다 놨냐?"

"대감마님댁 도련님."

"옆의 분? 네 주인 나리 도련님치고는 지나치게 크다만."

"이분은 지나가는 과객이오. 흉사에 말릴 뻔한 것을 구해드렸지. 놀라 자빠지기 직전이니 너무 놀리지 마시오."

녹단은 부엌문을 열고 들어갔다. 아궁이가 까맣게 식어 있었다. 녹단은 부엌 구석에 쌓인 솔가지를 집어 들었다.

"옆 마을 과부 할매랑 사귀시는 것 같더니 그 할매가 밥도 안 해주시오?"

"흉사 때문에 집에 있으라 했다."

"그냥 살림 합치자 그러시지. 아니면 아주머니네로 들어가시든지."

"살림을 합치긴 무슨. 이 나이에 무슨 재혼이더냐. 그 할망구나 나나 늘그막에 자식 부끄러운 짓은 안 하기로 했다."

"부끄러운 짓은 원래 늘그막에 하는 거요."

녹단은 부엌의 장작을 가져다 불을 지피고 물통에서 물을 떠와 가마솥에 부었다. 그리고 쌀독을 뒤져 쌀을 한 바가지 퍼 대충 씻은 다음 부었다.

"식은 밥도 없이 이게 뭐요. 내가 안 왔으면 그냥 굶어 죽으려고 그랬소?"

"노인네는 하루 이틀 밥 안 먹어도 산단다."

녹단은 등에 메고 있던 짐을 풀어 펼쳤다. 토끼가 굴러 나왔다. 노인이 토끼를 집어 들며 물었다.

"이건 웬 거냐?"

"산에 간 김에 한 마리 잡았소. 가만, 나물 없나."

문오는 부엌 천장에 매달린 말린 나물과 시래기를 던져주었다. 녹단은 가마솥에 그냥 던진 다음 토끼 가죽을 벗기고 그 살을 발라내 가마솥에 풍덩 집어 던졌다. 곧 밥과 국 냄새가 풍겨왔다. 녹단은 고춧가루와 소금으로 간을 한 뒤에 상을 내왔다.

문오는 코가 바닥에 닿도록 감사하다고 말한 다음 밥을 먹기 시작했다. 하루 종일 굶은 뒤라 밥이 꿀처럼 달았다.

"감사합니다, 어르신."

없는 살림에 밥까지 얻어먹은 처지라 문오는 거듭 감사하다며 말하고 돈을 내놓았다.

노인은 손을 저었다.

"먹고 살 만한 처지네, 젊은이. 그리고 이런 살림에 돈이 있다 한들 어디다 쓰겠나."

"그래도 쌀이라도……."

"산에 살면 사방에 먹을 것이네. 쌀이 없으면 풀을 캐고 사냥을 하면 되는 거고, 그것마저도 안 되면 녹단이를 등쳐 먹으면 되니 그냥 넣어두게. 자네야말로 사람 사는 곳으로 가야 할 터인데 돈이 필요할 것 아닌가."

중간에 좀 꺼림칙한 말이 나오긴 했으나 무시해도 될 것 같다.

"그런데 녹단이는 손자입니까?"

노인이 웃으며 고개를 저었다.

"예전에 나하고 친하게 지내던 아이의 조카지. 여기저기 떠돌아다니다 종종 여기 들러 쌀이나 먹을 것을 놓고 간다오."

"한양이 가깝습니까?"

"걸어가면 이틀이지만, 젊은이라면 저녁나절에는 도착할 걸. 그런데 짐도 없이 어디를 간다는 말이오."

"오다가 다 도둑맞았습니다."

"비싼 짐이었소?"

"좀 비싸죠."

"저런, 어쩌다 그리 털렸소."

"같이 오던 하인이 저를 여각에 재우고 그 여각의 여주인과 짜고 짐을 훔쳐 도망쳤습니다. 돈과… 전하기로 했던 물건은 물론이고 말도 가지고 갔습니다."

"저런, 저런. 그 도둑놈을 꼭 잡아야 할 텐데. 너무하군. 짐이고 뭐고 다 들고 가며 한양 초행길인 사람을 숲에 던져두고 가다니. 길바닥에 세 살 아이를 버려두고 간 거나 다름없지 않소."

"제가 어리석어 벌어진 일입니다. 누굴 탓하겠습니까. 저기, 한양 가는 길 좀 가르쳐 주시겠습니까? 이리되어도 사람은 만나뵈어야 해서……."

"길이 제대로 나 있지 않아 초행길인 사람은 찾기 어려워. 가만있자. 녹단아, 너 언제 한양으로 가느냐?"

"끌려 나온 거라 곧 가야 합니다. 왜, 여기서 며칠 더 묵을까?"

"되었다. 젊은 놈이 이런 곳에 빈둥대면 보기 싫어. 이분이 한양 간다 하시는데 같이 가라."

"그러지, 뭐."

녹단이 도끼를 들고 뒷산으로 갔다. 나무를 하러 가는 것 같았다. 노인이 크게 말했다.

"소나무는 베지 마. 알겠지?"

"할아범 봉양하다 내가 옥살이할 일 있소? 걱정 마시오."

문오는 노인과 함께 툇마루에 앉았다. 오두막의 담은 야트막해 없는 것이나 마찬가지고 대문 역시 마찬가지였다. 대문 너머로 한눈에 구릉과 숲이 보였다. 사방이 바다처럼 탁 트여 강과 벌판, 산과 하늘이 모두 이 집의 뜰이었다.

문오는 넋을 놓고 그 벌판을 바라보았다. 온몸이 먼지처럼 가라앉아 갔다. 내내 조바심 내며 쫓겨 다녔던 한 해 같다. 이리 편하게 앉아보는 것도 오랜만이었다. 문오는 눈을 감고 깊이 숨을 내쉬었다. 소맷자락이 가라앉으며 그 안에 있는 서신이 바스락 소리를 냈다. 문오는 서신을 꺼냈다. 엉망으로 구겨져 있었다.

"그게 뭔가?"

"저… 어르신, 혹시 글을 읽으실 줄 아십니까?"

"좀 아는 정도지."

"제가 학식이 짧아 글을 제대로 읽을 줄 몰라서요. 이걸 좀 읽어주시면 감사하겠습니다."

문오는 장인이 준 서신을 내밀었다. 노인은 서신을 받아 펼쳤다. 별로 아는 게 없다는 말과는 달리 금방 읽어 내려갔다. 그는 마지막 줄을 읽고 서신을 접어 문오에게 건네주었다.

"별말없군. 행여 자네 험담이라도 했을까 봐 그러나?"

"뭐라 적혀 있습니까?"

"정말로 별말없어. 이 편지를 가지고 가는 사람을 죽여 달라는 편지라도 될까 그러나? 정직하고 일 잘하며 머리 좋다,

고지식한 면이 없잖아 있지만 이제 막 일을 배우는 처지라 그런 거니 너그러이 생각해 달라, 잘 가르치면 금방 일을 배워 쓸 만한 인재가 될 터이니 나를 봐서 거두어 달라, 그리고 몸 상태에 대해 뭐라 복잡하게 중얼중얼 적어놓은 다음 약재를 적어놓았구먼. 이걸 좀 주라고. 근래에 아팠던 적이 있는가?"

"정말입니까?"

"그래. 내 헛말하는 게 아니네. 정말로 좋은 말이야. 행여 산을 뽑고 강줄기를 바꾼다는 말이라도 들어 있을 줄 기대한 건 아니겠지?"

"그게 아닙니다."

이건 즉, 소개문이다. 문오는 소개문을 적어준 의미를 모를 정도의 바보도 못 되었다.

처음부터 그랬던 것이다. 장인이 사람 보는 눈이 없을 리 없다. 일부러 천 서방을 골라 붙인 것이다. 돈과 패물이 손에 들어오자마자 문오를 버리고 도망칠 사람을 일부러 골라 붙인 것이다.

문오를 버린 것은 천 서방이 아니라 바로 장인 김낙천인 것이다.

내가 뭘 잘못한 건가.

문오는 크게 숨을 토해냈다.

짚이는 것이 하나도 없다. 두어 달 넘게 앓아누워 있기는 했으나, 그건 문오의 잘못이 아니었다. 그전까지는 정말로 최선을 다했다. 필요한 사람이 되려, 만족할 만한 사람이 되려 했다. 하지만 결국 만족시키지 못한 것이고, 한 해나 그집에 있던 사람을 그냥 내보낼 수 없어 이런저런 핑계로 보낸 뒤에 문오가 눈치껏 사라져 주길 바란 것이다.

"왜 그러시오, 총각?"

노인이 문오가 걱정스러운 듯이 물어왔다.

"아닙니다. 별일 아닙니다. 다 제가 모자라서 벌어진 일입니다."

그러나 억울했다. 대체 무엇이 모자랐던 것인지 그 이유라도 듣고 싶었다. 가르쳐 주는 대로 배웠고, 제대로 익히지 못하면 몇 번이나 거듭 익혔다. 물건을 빼돌린 적도 없고 사치스럽게 낭비한 적도 없다. 불평을 한 적도 없고 일꾼들을 업신여긴 적도 없다. 효흔과 효서에 대해서는 일부러 노력할 필요도 없이 그 둘이 좋아서 잘 대해줄 수 있었다. 장인과는 애초에 이야기조차 한 적이 없으니 그에게 밉보인 적은 없다고 생각된다.

마음에 걸리는 건 장모뿐이었다. 그 집 안에서 잘못 보였다 생각될 만한 사람은 장모뿐이었다. 하지만 그런 사람의 비위를 대체 어떻게 맞춘단 말인가. 그녀는 너무나 까다로운 사람이었고, 종잡을 수 없었고, 무엇보다 지나치게 자기중심적이었다. 자기 자신만 보는 사람만큼 비위 맞추기 힘든 사람도 없다. 기준이 언제나 자신을 중심으로 뒤죽박죽 변하기 때문이다. 그래도 대놓고 대든 적은 없었다. 피했을 뿐이다.

이제부터 무엇을 어찌해야 할지 모르겠다. 그토록 애썼는데 눈앞에서 문이 닫혀 버렸다. 길이 끝나 버렸다. 득이에게 물렸던 곳이 욱신거렸다. 그러다 목덜미가 끊어질 듯 아파 온다.

생각난다. 그 붉은 눈, 게걸스럽게 딱딱 부딪치던 턱, 방금 전 숲에 가득했던 기이한 사람들이 생각났다. 속이 매슥거린다. 세상에 그런 자들이 그렇게 많이 있다 생각하니, 언제 어디서든 그런 자들이 나타날 거라 생각하니 속이 울렁거린다. 아니, 그건 '그런 자'라고 불려서는 안 되는 것인지도 모른다. 마치 돌림병에 걸린 듯이 그리된다. 수두나 홍역을 앓는 듯, 마마를 앓는 듯 너도나도 그런 증상을 보이며 앓는 것 같다.

─제 주변에 처음 있는 일이 아닙니다.

문오는 고개를 들었다. 야트막한 담에 참새 두어 마리가 앉아 있다가 날아올랐다.

혈기담

송임

유준은 성문이 닫히기 직전에 한양에 도착했다. 하루 종일 구름이 무겁다가 성문으로 들어오자 비가 한두 방울 오기 시작했다.

옆으로 끼고 가는 뚝 옆 개울가에는 버드나무가 우거져 있었다. 바람에 나뭇잎들이 술렁거려 버드나무 가지가 무성하게 자란 머리카락처럼 흔들렸다. 개울가에 초가집이 몇 채 뭉쳐 있고, 담 옆에는 커다란 감나무 한 그루가 자라 개울까지 가지를 뻗었다.

유준은 감나무 집을 지나다 그 벽 옆에 바짝 붙어 있는 여자를 보았다. 빨간 쓰개치마로 얼굴을 가리고 눈만 내놓고 있었다. 여자 옆에는 키 큰 여자가 서 있었다. 그녀는 장옷으로 머리와 어깨를 감싸고 있다.

키 큰 쪽이 뭐라 말하자, 작은 쪽이 잠자코 듣다가 고개를 저었다.

유준은 말머리를 돌려 그들에게 다가갔다. 남자가 다가오자 그들은 쓰개치마와 장옷 속으로 얼굴을 깊이 감추고 모퉁이를 돌아 사라졌다.

뭘까.

"도련님?"

남 포교가 그런 유준을 불렀다.

"아니오."

"나중에 종사관 나리와 뵙겠습니다."

유준은 형님 이야기만 나와도 피곤해졌다. 형을 싫어하는 건 아니지만, 그는 종종 지나치다.

"아니, 괜찮소. 형님 몸도 좋지 않은데."

"고작 고뿔입니다. 벌써 코만 좀 킁킁댈 뿐 멀쩡합니다."

남 포교와 헤어져 집에 올 무렵에는 이미 밤이었다. 처소로 오니 불이 켜져 있었다. 하녀 팔랑이가 유준이 오는 시간에 맞추어 방을 치우고 불을 켜둔 것 같았다.

두 칸짜리로 그다지 크지 않은 별채였다. 어머니 장씨 부인이 유준을 위해 매화와 벚나무, 모란을 심어 꾸며놓아 시야가 산만하지 않고 조용했다. 사랑채 앞에 있는, 증조할아버지 때부터 키워온 배롱나무가 이제 꽃을 피우고 있었다.

이 집은 늘 조용하다. 기와에 둥지를 튼 참새도 없고, 처마 밑에 제비집이 달린 적도 없다. 지나가는 까치 한 마리도 없고 귀뚜라미나 여치, 매미가 우는 날도 없다. 늘 눈 내린 밤처럼 고요하다.

덩치 큰 하인이 열린 방문 밖에 나타났다.

"도련님, 이제 돌아오셨습니까?"

"그래, 별일없었느냐?"

"고작 이틀 집을 비우지 않으셨습니까. 별일없었습니다. 일은 잘 풀리셨습니까."

"그냥 그렇다. 아버지는?"

"저기, 그게… 대감마님께서 지금 오라 하십니다."

그냥 넘어갈 리 없다는 것 정도는 알고 있었다. 아버지 성격에 크게 혼을 내진 않겠지만 조곤조곤 부드럽게 할 말은 다 할 것이다.

"지금 가마."

유준은 사랑채로 갔다.

"아버지, 저 왔습니다."

사랑채 문이 열리며 문 너머로 손님 얼굴이 보였다. 처음 보는 사람이었다. 연배는 송임의 아버지 뻘 정도다.

"어르신, 제 아들입니다."

"처음 보는군."

"어르신께서 전라도에 계실 때 이 집으로 왔습니다."

"나는 작년에 한양으로 올라왔네. 그런데 이런 중요한 일에 대해 아무 말도 없었다니 서운하군. 거기다 이미 들어 알고는 있었네. 자네가 말할 때까지 기다리느라 일부러 말하지 않은 게지. 기다려도 말하지 않더니 내가 이리 직접 찾아와야 마지못해 소개를 해주는 건가."

"경황이 없어 말씀드리지 못해 죄송합니다. 이 일이 얼마나 복잡한지 아시지 않습니까. 이해해 주십시오."

"그래, 이해하네. 나라도 경황이 없긴 했을 거야."

아버지가 유준에게 말했다.

"와서 인사드려라. 김평호 영감이시다."

김평호는 아버지보다 연배가 훨씬 위로 보였다. 아버지 친구는 아니다.

"무암(霧巖) 자네를 닮았군."

"핏줄이니까요."

"그건 그렇지. 그래, 올해 몇 살인가?"

"열일곱입니다."

"한참 꽃 같은 청춘이군. 그런데 어디 다녀오는 길인 거냐?"

"볼일이 있어서 나갔습니다."

"한양 안에 벌어지는 흉흉한 일에 대해 모두의 근심이 크다는 것도 나도 알고 있다. 주상께서는 아드님이신 세자 저하의 일로 근심이 큰데, 그 일까지 근심을 두시니 신하 된 도리로써 덜어드려야지. 아직 출사하지 못한 선비라 하나 나랏일에 도움 되는 건 좋은 일이지."

옆의 아버지 얼굴이 굳어갔다. 나중에 잔소리 꽤나 들을 것 같다.

"일이 서툴러 오히려 훼방만 놓고 말았습니다."

"도울 일이 생기면 언제라도 나가야 하는 것 아니겠느냐. 일이 서툴렀다고 타박을 하면 오히려 잘못이니라. 그래, 누가 그런 흉사를 일으키고 다니는지 보았느냐?"

"못 봤습니다."

"혈귀라는 소문이 돌던데……."

"잘 모르겠습니다."

김평호가 빙그레 웃었다. 적이든 아군이든 아부꾼이든 갖은 사람을 다루어온 사람 특유의 여유가 흐르고 있었다. 그러니 상대방이 어떤 반응을 보이든 놀라지도 당황하지도 않는다.

이 김평호와 아버지는 어떻게 아는 사이일까. 성이 다르니 문중 사람은 아니고, 아버지는 다른 사람들과 교류가 없는 사람이라 일부러 친분을 둔 것도 아닐 것이다. 아버지의 벼슬이 참판까지 올라간 것은 그렇게 아무하고도 어울리지 않고 학식이 풍부해서였다. 부딪칠 때마다 불길이 일고 땅이 꺼지는 당파 싸움 속에서, 세자까지 별감의 동생이자 일개 청지기의 고변을 핑계 삼아 폐서인이 되네 마네 하는 상황으로 치닫는 지금, 맑은 물처럼 색이 없는 아버지는 빈자리 채우며 올라가기에 적격이었다. 선왕이자 희빈 장씨의 아들 경종의 뒤를 이어 왕이 되어 격정적인 당파싸움에 시달려 온 임금에게 그런 아버지는 군자 중의 군자로 보였다.

"네 아버지하고 내 아들하고 친구 사이였지. 아주 어렸을 때부터 동무였고 학당도 같이 다녔다. 기방까지 같이 드나들었지. 그 아이가 중병에 들려 출사를 못한 것이 참 내 가슴에 맺혔다. 거기에 무암 네 아버지도 슬하에 자식이 생기지 않아 무척 안타깝게 여겼지."

"몰랐습니다."

"무암이 그런 이야기는 안 하는 사람이지. 그래서 별호가 안개 속의 바위, 무암 아니겠는가. 물어보기 전에는 말을 안 하고 사람들의 호기심을 불러일으킬 만한 일도 하지 않으니 더더욱 아리송하다. 그래서 네가 이 집에 들어왔다는 말도 다른 사람을 통해 듣고 찾아오게 되었지. 그래, 늙은이가 왜 이러나 싶지? 내가 손녀가 둘 있거든. 둘 다 너와 혼인하면 딱 맞을 나이란다."

유준은 혀를 깨물 뻔했다.

"예쁜 아이들이지."

"가당치 않습니다."

"너무 놀리지 마십시오. 아직 어린아이입니다."

뒤에서 아버지가 말했다.

"이 나이면 지나가는 치마만 봐도 두근대지 않는가."

"이 아이는 여인을 멀리합니다."

"친 부자지간도 아니면서 그런 건 닮는 건가?"

"저는 여인을 무서워한다고 봐야지요."

"자네는 워낙 크게 당해서 그렇지. 우리 아이도 자네의 그

점이 무척 우습다고 했지. 계집 하나 어르고 달래지 못하느냐고 말이야.”

아버지의 얼굴에 어색한 웃음이 떠올랐다.

“다 제가 부덕해서 일어난 일입니다.”

“하지만 자네 처신이 문제가 될 건 없네. 자네 아들도 아닌 아이를 데려다가 자네 아들이라고 우긴 그 계집이 문제이지 않았는가.”

“아닙니다. 다 제 잘못입니다.”

그리고 아버지는 유준을 보았다.

“물러가거라, 유준아.”

크게 혼날 줄 알았는데 손님이 있는 덕에 무사한 것 같았다.

유준은 물러나 방으로 돌아갔다. 하녀 팔랑이가 다시 나타났다.

“씻을 물을 가져다 드리겠습니다.”

“그래.”

하녀는 안채로 갔다. 안채의 불이 켜져 있었다. 거기에 어머니의 몸종인 섬옥이 부엌에서 나오다가 하녀를 보았다. 하녀가 안으로 들어가자, 섬옥이 작은 사랑채를 보고 얼른 안방으로 들어갔다. 팔랑이가 물을 떠와 말했다.

“저, 섬옥 언니가 말하기를… 도련님, 혹시 녹단이하고 같이 계셨습니까?”

“냄새라도 나는 거냐?”

"마님께서 말씀하신 겁니다. 아시지 않습니까."

"그래, 뭐라 하시더냐?"

"좋아하시지는 않으십니다. 녹단이 그게……."

이 집안 하인, 하녀들이 녹단을 어떻게 생각하는지는 알고 있었다. 어머니 장씨 부인은 그를 절대로 집안에 들일 생각이 없다. 어차피 어머니의 명성은 더 잃을 것도 없다. 금기와 금기로 이루어진 사대부 아녀자의 삶 속에서 장씨 부인은 그 금기 중에 많은 것을 어겨왔다. 아니, 어긴 것으로 되어 있다.

"내가 알아서 하겠다. 그리 전해 드려라."

"네, 하지만 조심하십시오."

"왜?"

"저도 녹단이가 싫습니다. 마님이 좋아하시든 싫어하시든 하여간에 싫습니다."

"그래."

"마님께 자식이 없어 고생하신 것도 다 그놈 탓입니다. 그놈이 있어서 그런 겁니다. 그놈만 없었어도 마님과 나리는 행복하게 사실 수 있었을 겁니다. 그런데 그놈이 다 망쳤어요."

"이미 지난 일인데 어찌하겠느냐."

"그래도 분이 나는 걸 어쩝니까. 그 착하신 분이 그리 고생하신 것을 생각하면 제 속에서 천불이 납니다."

오촌 숙부 송씸은 혼인한 지 이십여 년이 되도록 자식을 두지 못해 사촌 형의 셋째 아들인 유준을 양자로 들였다. 이 모든 것이 부덕의 소산이요, 마음가짐이 정결하지 못한 탓이며, 조상을 제대로 모시지 못하는 장씨 부인 탓이었고, 그들 앞에서 그녀는 수십, 수백 번 죄인이 되었다. 똑같은 내용이지만 잔소리만 길어졌다.

유준의 친어머니는 당연히 장씨 부인 편이었다. 게다가 어머니는 장씨 부인의 큰언니이기도 했다. 나이차 많이 나는 여동생이라, 어머니는 장씨 부인을 큰딸처럼 키웠다. 어머니는 늘, 아마도 송임에게 문제가 있어서 그런 거라 생각하고 있었다.

문중은 당장 부인을 내치고 새로 장가가라 했지만, 송임은 끝내 버텼다.

—제 나이 불혹을 넘은 지 오래입니다. 더 자식 볼 생각도 새로 장가들 생각도 없습니다. 어차피 젊은 시절의 병 때문에 저는 더 자식을 둘 수 없습니다. 새로 장가가 봤자 한 사람 더 불행하게 만들 뿐입니다.

송임의 아버지까지 편을 들고 나서자 문중은 더 이상 할 말이 없어졌다.

송임은 외아들이라 가장 가까운 친척이 유준의 아버지였다. 사촌 형제에 아들이 넷이나 되니 문제 될 게 없었다. 장자는 안 되고 둘째 아들인 유청은 양자가 되기에는 나이가 너무 많다 보니 셋째 아들인 유준이 들어가게 되었다.

추운 가을날, 송임이 바닥에 가득 쌓인 낙엽을 밟으며 충

주로 내려왔다. 첫인상은 조용한 사람이라는 것 정도였다. 말투는 느리고 부드러웠고, 늘 한 박자 늦게 말하는 버릇이 있었다.

—그렇게 말없이 앉아 있으면 언제고 입에 이끼가 끼고 말 게다.

저녁에 상이 오가며 아버지가 말했다. 큰형과 닮은 아버지는 말을 아낄 줄 몰랐다. 종종 사람 민망하게도 했지만, 큰형처럼 사람이 착하고 크게 출세할 정도로 유능하지도 않아 미움을 받지는 않았다.

—여기로 오고 갈 때만 해도 네가 처제와 혼인할 줄 누가 알았겠느냐.

—이런 일로 다시 찾아뵙게 될 줄은 몰랐습니다.

—누구나 시작할 때는 다 잘될 거라 생각하는 법이지.

이야기가 조용히 오고 갔다. 흥분을 잘하는 아버지지만, 바위 같은 숙부 옆에 있으니 같이 조용해져 버리고 말았다. 결국 아버지가 먼저 자리를 떠서 둘만 남게 되었다.

—당분간은 피곤할 거다. 그곳은 여기처럼 조용하지 않단다.

—이곳도 그렇게 조용하지는 않습니다.

—그래도 너는 어린 시절부터 여기서 살아오지 않았느냐. 사람이란 자기 고향에서는 원래 있던 살덩어리처럼 꼭 붙을 수 있지. 시끄러워도 원래 그러려니 조용해도 원래 그러려니 한단다. 하지만 한양이란 곳은 고향이 될 수 없는 곳이라

그리할 수 없다. 시끄러우면 견딜 수 없고 조용해도 견딜 수가 없지.

─그렇게 사람이 많은데도 그렇습니까?

─좁은 땅을 이 사람 저 사람이 나누어 살다 보면 마음을 나누기 어렵게 된단다. 그곳은 그곳에서 태어난다 하더라도 평생을 뜨내기처럼 사는 곳이야. 여기처럼 피와 살이 땅에 섞이는 그런 곳이 아니야.

─명심하겠습니다.

─모든 답이 정해진 듯하구나. 오면서 네 큰형 같은 아이라면 편할 테고 네 작은형 같은 아이라면 즐거울 거라 생각했는데, 너는 네 형들과는 완전히 다른 아이구나.

큰형은 귀 달린 돌멩이고, 둘째 형은 지푸라기보다 경망스럽다고 생각해 왔던 유준에게 그 말은 조금 충격적이었다.

─유준아, 나는 너와 당장 친부모 간 같은 정을 원하는 것은 아니다. 아니, 애초에 힘들 거다. 너와 나는 이제 만났고, 나는 부자지간의 예니 도리니 하는 이론은 지치도록 잘 안다만 마음으로 배워본 적은 없다. 그래서 나나 아내나 무척 두렵다. 부모가 된다는 것이, 어른으로 보여야 한다는 게 나나 그 사람이나 아주 긴장이 되는 일이더구나. 내가 어찌 보일까, 과연 아버지처럼 보일까, 아니, 무엇보다 내가 존경받을 만한 어른인가. 그러다 보니 혼인하는 날보다 더욱 떨리더구나.

송임은 견고한 성곽처럼 속을 보이지 않는 사람이었다. 상냥하고 다정한 듯 보이지만 누구도 거스르지 않아 아무도 신경 쓰게 하지 않게 만드는 사람이기도 했다.

—그림을 그린다며?

—밖에 자랑할 만한 그림은 아닙니다.

—나는 그림 보는 눈이 없단다. 눈, 코, 입만 제자리에 박혀 있으면 다 잘 그려 보인단다. 걱정 말고 보여다오.

유준은 아버지 방에 놓인 먹에 붓을 적셨다. 종이 대신 안줏거리를 내온 접시가 있을 뿐이다.

유준은 접시를 뒤집어 바닥에 그림을 그리기 시작했다. 새하얀 바닥 위로 먹으로 그은 선과 선이 합쳐지고, 다시 다른 선과 선이 합쳐지며 면을 만들어내고, 그 면이 합쳐지며 형체를 만들어내고, 형체는 생명을 담았다. 작은 배추흰나비 한 마리였다. 나비의 날개에 점박이 무늬가 하나둘 찍히고 더듬이가 올라가는 그 순간, 나비가 솟아올랐다.

송임은 조용한 눈으로 보았다. 놀라지도 경악하지도 않았다. 그의 눈에 담긴 것은 경이를 향한 고요한 존중이었다. 나비가 허공에서 사라져 다시 그릇 바닥으로 돌아오자 그는 빙그레 웃었다.

—좋구나.

유준은 송임의 얼굴을 보았다. 수염으로 적당히 가리고는 있었지만, 턱과 코 옆으로 주름은 거의 없었다. 밝은 눈동자 밑도 푸릇하게 그림자가 지긴 했지만 주름은 없었다.

그의 아내인 장씨 부인은 유준의 큰누나와는 나이 차가
열 살 남짓이다. 두 분이 만났을 때 젊었으니 남편인 송임도
최소 그 정도 나이는 되어야 한다. 그러나 수염으로 덮어두
어서 그렇지, 자세히 보면 그 얼굴은 누가 봐도 서른도 넘어
보이지 않는다. 오히려 큰형이 더 나이 들어 보인다.

송임이 그런 유준을 보고 빙그레 웃었다. 서글픈 웃음이
었다. 유준은 잔 바닥에 그려진 나비를 손가락으로 문질렀
다.

이제야 왜 자신이 선택되었는지 알 것 같았다. 양부 송임
에 대해 작은형이 종종 말하던 것도 기억났고, 또 몇 달 전
에 발길을 끊은 스승의 말이 기억났다.

혈귀.

—그들은 피를 먹고사는 귀신들이다. 하지만 귀신이라 부
르기에는 애매한 것이, 그들은 사람이기도 하기 때문이다.
또한 사람이라 부를 수도 없는 것이, 그들은 한번 죽었던 자
들이기도 하다. 그리고…….

—물린 자는 그대로 얼어붙는단다, 유준아.

—늙지도 못하고 생산도 할 수 없다. 아이를 만들 수도 없
고 만들게 할 수도 없지. 그 더운 피가 마르면 마침내 피를

계속 먹어야만 하는 병에 들리게 된다.

　—사람의 피가 한번 그들의 목구멍을 넘어가면 그들은 그대로 미쳐 버린다.

　—산 자이되 죽은 자이고 죽은 자이되 산 자, 삶은 그대로 지옥이다.

혈기담

조선비록
혈기담

아침도 녹단이 했다. 문오는 얻어먹기만 해서 미안했지만, 녹단이 차려주는 대로 우걱우걱 먹어치웠다.

녹단이 노인장에게 말했다.

"초화 아주머니네 들를 건데, 전할 말 없으시오?"

"잘 지내면 되었다. 노인네가 뭐 전할 말이 있겠느냐."

식사를 마친 노인은 아침 체조를 하겠다며 뒤뜰로 나갔다. 녹단은 적당히 설거지를 한 다음 짐을 챙겼다. 녹단의 짐에는 문오와 만난 첫날 가지고 있던 탈이 있었다. 사당패에서 가지고 다니는 물건 같아 보였다.

"괴상한 물건이네."

녹단이 보자기를 벗겨 문오에게 건네주었다.

“왜?”

“흘끔대지 말고 실컷 보시오, 서방님.”

오동나무로 만든 것 같았다. 옻칠을 해서 햇빛에 비추면 피를 먹인 듯 검붉게 번들거렸다. 험상궂은 얼굴이었다. 얼굴이 위아래 반대방향으로 비틀려 있고, 머리와 볼에 검붉은 깃털이 갈기처럼 가득 꽂혀 있었다.

“어디서 난 거야?”

“받은 거다. 한번 써보시겠는가?”

문오는 머리를 집어넣어 보았다.

“이걸 쓰면 사슴처럼 빠르고 호랑이처럼 용맹해지는 건가?”

“그런 거면 내가 그걸 왜 가지고 있겠소. 만 냥 받고 팔아버리지. 그런데 보다시피 살 사람이 아무도 없는 물건이오.”

“그렇구나.”

순간, 눈앞이 새카맣게 변했다. 머리가 까마득해지며 벼랑 밑으로 떨어지는 듯, 바닥이 푹 꺼진 듯 몸이 붕 떠올랐다. 그리고 한없이 바닥으로 떨어지는 것 같았다.

머리 양옆으로 조이는 느낌이 나더니 탈이 쑥 빠져나왔다. 바닥이 삽시간에 단단해졌다. 문오는 바닥에 누워 있었다.

“이게 뭐야?”

“뭐가 보였소?”

“바닥으로 떨어지는 것 같았어.”

녹단이 탈로 문오의 머리를 두드렸다.

“홀린 거요.”

“홀려?”

“이 안에 귀신이 붙어 그런 걸 보여주지. 그러니 함부로 쓰거나 하지는 마시오.”

“그럼 너는 그때 왜 쓰고 있었던 거야?”

“안개가 가득해 사람 눈으로 갈 수가 없어 이 귀신의 눈을 빌린 거요. 그런데 달리다 보니 댁이 보이지 않겠소. 겁에 질려 울고 계시더이다. 어찌나 가엾던지 두고 갈 수가 없었다오.”

“안 울었어.”

“그렇게 믿고 있든지.”

녹단이 탈을 보자기에 싸서 짐 안에 넣었다.

노인이 들어오며 물었다.

“채비, 끝난 게냐?”

“가을에 들르겠소. 한가위 날 혼자서 심심하실 테니 같이 바둑이나 두자고.”

“옆 동네 할매랑 놀 거다. 넌 오지 마.”

“그럼 떡이라도 들고 올게.”

녹단은 문오와 함께 인사를 하고 오두막을 나섰다. 녹단은 길로 가지 않고 우거진 풀을 헤치고 산속으로 들어갔다. 풀을 헤치자 여기저기서 메뚜기와 방아깨비가 튀어 올라 날아갔다.

“어디로 가는 거야?”

“지름길로.”

“사람만 지름길을 이용하는 게 아닐 것 같아. 호랑이도 여기로 드나들 것 같은데.”

“걱정 마, 호랑이는.”

“없어?”

“아니, 우 서방이 걱정한다고 오지 않는 게 아니니 미리 걱정하지 말라고.”

“…….”

“농담이다. 이 근방에는 호랑이 없소.”

“‘그게’ 나오면 어떻게 해?”

“그런 건 나오는 데만 나오니 걱정할 거 없고.”

“그게 대체 뭐야?”

“귀신.”

“귀신?”

“도깨비는 도깨비고 귀신은 귀신. 뭐가 더 필요하오.”

“그리 돌아다니는데 귀신이야?”

“죽었다 돌아오면 그게 귀신이지 무엇이오.”

“처음 보는 게 아니어서.”

“어디서?”

“여기서 하루 거리였어. 집에 앉아 있었는데 우리 집 담을 넘어왔어. 집에서 부리던 하인 아이가 그리되어서 왔어.”

“다친 사람 있소?”

"나."

녹단이 문오를 아래위로 훑어보았다.

"그런데 멀쩡하시오? 그냥 손에 긁히거나 맞은 건가?"

"물렸는데."

녹단이 허, 하고 문오를 보았다.

"정말?"

"며칠 크게 열이 났어. 독이 오른 것 같더라. 염증 가라앉히는 약이라며 한 동이는 먹은 것 같아."

"그리고 나았소?"

"낫기는 했지. 이러고 돌아다니니."

"얼마나 되셨는데……."

"두어 달 되었어. 정월 즈음에 그리되었으니."

"꽤 되었네."

"대체 뭐야, 그게?"

녹단이 문오의 이마를 손가락으로 탁 쳤다. 기분이 확 나빠졌다.

"왜?"

"그냥. 그건 혈귀요."

"혈귀?"

"일설에 의하면 전란 때 많이 나타나는 귀신들이라 하오. 조용할 때는 나타나지 않아. 그래서 요즘 흉조라는 소문이 분분하오. 이리 대놓고 나타난 기록은 어디에도 없으니."

"나는 들어본 적이 없어."

"시골 분이신가?"

"보면 몰라?"

"시골 분이라면 이해가 가오. 그건 사람 많은 곳에서만 나타나는 귀신이라 커다란 도성이 되어야 나타났다는 이야기가 전해지지. 한양 아니면 개성, 나주나 전주는 되어야 보았다는 사람이 좀 있소. 그러니 이런 시골에 나타나는 것 자체가 무척 드물다 못해 진귀한 일이야. 혈귀란 죽었다 살아나 짐승이나 사람의 피를 마셔야 하는 병에 들리는 것을 말하는 거요. 그러나 피를 마시면 마실수록 귀신의 힘이 강해지고 미친다 하더이. 특히나 사람의 피를 한 방울이라도 마시면 미치게 된다더군."

"무섭네."

"내가 아는 건 그 정도요."

녹단이 누룽지 덩어리를 던졌다.

"먹으면서 따라오시오."

잠시 뒤, 녹단이 곶감을 던졌다. 문오가 그것을 마저 먹자 더 이상은 없다며 그냥 걸으라고 했다.

"곧 도착할 거요. 그런데 한양으로 들어가면 어디로 가는 거요?"

"배처흠 행수라는 분을 찾아가야 하는데 혹시 알아?"

"운종가에서 가죽 물건 파는 사람이지. 양화진에 그 사람 객주가 있기도 해. 그런데 거기로 일하러 가시는 거요?"

"그렇게 된 것 같아."

“그러면 그런 거고 아니면 아니지 그런 것 같다는 건 뭐요?”

“그냥 그런 것 같다고.”

효흔이 예전에 김낙천이 한양에서 장사를 했다고 했다. 김낙천도 비슷하게 이야기했다. 김낙천의 한양행이 잦은 것으로 보아 가족들이 사는 곳만 옮기고, 배처흠이 김낙천의 전을 대신 관리하고 있는 것 같다. 그렇다면 김낙천이 문오를 아예 내친 건 아닐 수도 있다. 언제고 김낙천이 다시 불러올 수 있는 곳으로 보낸 것이지 않은가.

“혹시 김낙천이라는 사람에 대해 알아?”

“그 사람은 왜?”

“아, 그분 소개로 가는 거라.”

“나는 물론이요, 할아버지도 아는 분이지.”

“정말?”

“예전에 그 오두막에 머물렀던 적이 있소. 한 십여 년 전이지, 아마?”

문오는 손가락으로 세어보았다.

“그때 아기 하나를 달고 왔다 하더이.”

십여 년 전에 태어났다면 아마도 효서일 것 같다.

“김낙천은 주로 가죽과 약재를 다루던 사람이오. 처음에는 뜨내기로 한양으로 들어왔는데 금방 크게 벌게 되었지. 그런데 바닥부터 시작한 것 같진 않고, 원래 돈을 좀 가지고 있었나 보오. 얼마 뒤에 부인과 아들을 데리고 한양으로 오는 길에 할아버지 댁에 들른 거요. 배처흠은 평양과 송도에서 유명한 역관 가문 출신인데… 뭐, 양반네들한테 잘못 보인 건지 집이 홀랑 날아가고 한양으로 들어와 김낙천의 밑으로 들어갔어. 지금은 그가 후원하던 김한구의 딸이 중전마마가 되어 그 김한구가 금위대장이 되었으니 앞으로 탄탄할 거요.”

“대단한데.”

“대단하기는, 나는 신랑이 아무리 상감마마라도 그렇게 시집가긴 싫소.”

지난해에 아주 어린 소녀가 왕비가 되었다. 한산한 집안 출신의 소녀가 중전이 되었으니 벼락출세라면 벼락출세였다. 그러나 중전이 된 소녀는 상감의 둘째 아들이자 세자인 선보다도 열 살이나 어리고 지아비 되는 상감과는 쉰 살 정도 차이가 났다.

“들리는 말로는 상감께서는 소녀인 중전마마가 불쌍하다며 동침도 안 하신다 하더군. 독수공방하며 수만 놓다가 홀로 늙을 테지.”

“그런 사람이 독기를 품으면 아주 흉흉해지던데.”

“그런 것 같소. 그 아비와 오라비가 손잡고 소금 친 미꾸라지처럼 날뛰고 있으니.”

“나는 그렇게 복잡한 건 싫다.”

“그럼 뭐가 좋소?”

“평지처럼 평탄하고 물처럼 흘러가며 아무 문제 없이 살면 좋겠어."

녹단이 웃었다.

"그렇게 살기 싫은 사람도 있소? 세상 사람은 말이오, 문제없이 살기 위해 문제를 만들어내고 살지 않소. 한 푼 두 푼 모으다가 서 푼이 더 있어야 맘을 놓을 것 같고, 열 푼이 생기면 백 냥이라도 있어야 편하게 지낼 것 같이 여겨지지. 그런 거요."

"그래도 그러고 살고 싶어."

"그래, 우 서방은 그리 살아도 될 사람으로 보이오."

"그리 살아도 된다니?"

"좋은 사람 같아서."

"좋은 사람?"

"천인이라 할 때 화를 내지 않았소. 좋은 사람 같았소."

녹단은 어둡고 울창한 숲 속을 거침없이 헤치고 나갔다. 다행히 호랑이나 곰은 나타나지 않았지만, 언제 나타나도 이상하지 않게 깊은 숲 속이기는 했다.

하루 종일 걸어 양화진에 도착할 무렵에는 이미 해가 저물어 캄캄해졌다. 녹단이 근방 객주에 사정을 말하고 잠자리를 얻었다.

다음날, 해가 중천에 걸려서야 일어난 녹단은 느릿느릿 채비를 해서 문오를 달고 한양으로 들어갔다. 아침에 도착할 거라는 녹단의 말과는 달리 도착했을 때는 이미 미시(未時)였다.

“식점 들렀다 가실라오?”

“늦었어. 그리 가다간 해 저물어 도착하겠다.”

“뭐가 그리 급하시나.”

“네가 너무 느린 거야.”

서소문을 통과하자 문오는 드디어 한양으로 왔다는 생각에 얼떨떨해졌다. 녹단은 문오를 끌고 운종가로 향했다. 하늘밖에 보이지 않을 정도로 복잡했다. 이리 가고 저리 가며 사방에 사람 소리와 말, 소, 거기에 닭과 개까지 뒤섞여 어지러웠다.

“다 왔소. 길은 잘 익혀뒀지?”

“네가 나를 달고 간 건 길이 아니라 숲이지. 나는 나는지 구르는지 모르게 왔어.”

“익숙해져야지. 들어가시오, 서방님.”

배처흠의 집은 으리으리할 거라 생각했던 것과는 달리 그다지 크지 않았다. 뜰에 커다란 창고가 하나 있고, 그 앞에 외양간과 행랑채가 있었다. 외양간에서 돼지를 키우는 듯 돼지 소리가 났다. 닭도 여러 마리 돌아다녔다.

청지기가 나와 문오를 맞이했다.

“무슨 일이시오?”

문오는 녹단을 찾았지만 녹단은 갑자기 사라지고 없었다. 문오는 서신을 내밀었다. 청지기는 서신을 들고 주인에게 갔다. 잠시 뒤, 청지기가 돌아와 문오에게 같이 가자고 했다.

"어서 오시오."

배처흠 행수는 키가 작고 어깨도 왜소했지만, 활짝 웃는 얼굴이 보기 좋은 사람이었다.

"그래, 어떤 일을 해보고 싶어서 여기로 온 건가?"

사정을 이야기할 만한 처지가 못 되어 문오는 되는대로 이야기했다.

"모르겠습니다. 생각지도 못하게 오게 된 것이라 아무 준비가 되지 않았습니다."

"어르신이 너무 갑자기 사람을 보내신 거라 달리 시킬 일이 없군. 거기에 봄철이라 가게도 한산하이. 그래도 어르신께서 당부하셨으니 마음 푹 놓고 지내며 한양 지리와 일을 익히게."

"네."

"그리고 여기서 일을 하든 아니 하든 간에 끼니는 반드시 여기서 채우게. 알겠나?"

"네, 알겠습니다."

집안에서 밥을 먹는 것이 배 행수의 원칙인 것 같았다. 문오는 반드시 그리하겠다고 약속한 다음 방을 나왔다. 사라졌던 녹단이 돌아와 뜰에 앉아 있었다.

"일, 잘되었소?"

"글쎄, 잘 모르겠어. 어디 갔다 온 거야?"

"잠시 밖에."

문오는 녹단 옆에 쭈그리고 앉았다. 부평의 집으로 돌아

갈까 하는 생각이 들었지만 집 떠났다가 다시 돌아가는 건
면목이 서지 않았다.

새로 시작하려고 생각하니 막막했지만, 작년에도 그러지
않았는가. 한번 했던 일을 다시 하기 어렵지는 않다. 거기에
장사 일은 효흔에게 많이 배웠다. 쓸모있기를 바랄 뿐이다.

"데려다 줘서 고마워. 내가 대접을 해야 하는데."

"어차피 볼일 있어서 온 거요. 나, 이제 가봐야 하오. 가
만, 배 안 고픈가?"

"고픈데. 저기, 그게……."

배 행수가 분명 식사는 들어와서 하라고 했다. 들어온 첫
날부터 그가 당부한 일을 어길 수는 없었다.

"식점하는 분을 찾아가는 길이라 그러오. 괜찮다면 나 혼
자 가도 되오."

"식점?"

"종종 일을 도왔는데 내가 거기서 사고를 치는 바람에 아
예 쫓겨났소. 그래도 간혹 가면 마지못해 받아는 들여주시
오."

"사고?"

"검계들하고 붙었거든."

"저런, 고생 많았겠구나."

"오해가 있었던 거요. 오해가 풀리자 다들 사이좋게 지내
게 되었지. 알고 보면 아주 좋은 오라버니들이더이."

"…원래 그렇게 여자 말투를 쓰냐?"

"어린 시절 기방에서 자라서, 거기서 기생들이 치마 입혀서 키웠거든. 그러다 보니 입에 배어버렸지."

"……."

"그래도 인사라도 하지그래? 우리 이모가 요리 솜씨가 좋… 지는 않지만 양은 푸짐하게 준다오. 술도 파는데, 그건 외상 질 생각 마시오."

"술 안 마셔."

"왜?"

"국법에 금해져 있잖아."

"그 법 지키는 사람이 세상에 어디 있다고."

"그래도 나는 지키거든."

"아마도 여기서 가장 먼저 배울 게 금주법을 어기는 걸 거요. 그리고 내가 여기 토박이이니 궁금한 게 있으면 무엇이든 물어보시오."

"뭘 알아야 궁금한 게 생기지."

"그건 그렇지. 종종 놀러 오겠소."

"고마워. 아니, 가만."

문오는 말을 꺼낼까 말까 하다가 그냥 말하기로 했다.

"취월… 이라는 기생 알아?"

녹단의 눈이 커졌다.

"기방에 있었다며. 그럼 알 텐데."

예전에 한양에 오면 찾아오라 하지 않았던가. 방울 노리개에 대한 것을 물어볼 겸 한 번 더 만나보고 싶기도 했다.

한양 안에 아는 사람이 하나도 없어서 그 정도 인연이라도 아쉬웠다.

"취월이 맞소? 서방님이 어찌 아시고."

"기생을 만나 방탕하게 놀겠다는 못된 마음으로 그런 건 아니야. 신세진 것이 있어서 말이야."

녹단이 크게 웃음을 터뜨렸다. 여태 문오에게 보여주었던 차갑게 비웃는 웃음이 아니었다. 좋아서 활짝 웃는 것이었다.

"취월 이모는 퇴기요. 하지만 워낙 유명했던 분이라 아직도 찾아오는 사람들이 있지."

"혹시 지금 뵐 수 있어?"

"왜 이러시나? 취월 이모 바쁜 분인데."

"만나기 힘든가 보네."

"그건 아니지. 돈이 필요해서 그러오."

"돈? 얼마나 필요한데?"

"한 만 냥?"

기가 막힌 숫자에 문오는 기가 막혔다.

"역시 기생은 한번 뵙는 것만도 그리 돈이 드는구나. 안 되겠네."

"취월 이모는 안녕하세요 한마디를 해도 열 냥을 받지."

"저기, 그냥 가는 길만 가르쳐 주면 안 될까? 우연히 만날 수도 있잖아."

"그런데 내가 부탁하면 공짜로 뵐 수 있어."

"정말? 친한 거야?"

"내 어머니가 그분한테 아주 특별한 분이셨지."

"네 어머니도 기생이었던 거야?"

녹단의 기집애처럼 예쁘장한 얼굴을 보면 평범한 여자를 어머니로 두었을 것 같지는 않았다.

"그럼 초화 아주머니를 뵈어야 하니 지금 나는 가볼게. 나중에 저녁에 여기로 올 테니 그때 보시오."

"기다리고 있을게."

✳

해 저물 무렵이 되어서야 녹단은 달팽이처럼 느릿느릿 나타났다.

"미안, 늦어서. 일 좀 하느라."

"무슨 일?"

"검계하고 또 붙었지. 걱정 마. 내가 이겼으니까. 아주머니가 네년만 나타나면 싸움이 붙는다고 주걱을 휘둘러 좀 맞고, 어르신 안부도 전하고, 초화 아주머니는 어르신께 들고 갈 거 챙겨놓을 테니 다시 오라고 하고, 바빴소."

그리고 녹단은 문오의 방문을 흔들었다.

"그런데 방문이 뭐 이러오?"

배처흠네 행랑채 방이 다 차서 문이 부서진 이 방에 있게 된 것이다. 문오는 다른 사람하고 같은 방을 써도 된다고 했

지만, 배 행수가 부득불 우겨서 이 방을 혼자서 쓰게 되었
다.

"부서져 있더라. 고쳐 보려고."

"한양에는 괴상한 게 많아서 문이 부서지면 안 되오."

"괴상한 거라니?"

"한양에는 사람이 많고, 사람이 많으면 이매가 많아지거
든."

"이매?"

"도깨비를 말하는 거라네."

"그런 거하고 얽히기 싫다. 사람 일만으로도 충분한데."

"그건 그렇지. 참, 여기 분들한테 나하고 안다는 이야기
는 삼가시오."

"왜?"

"안 좋거든. 이상한 이야기를 잔뜩 들을 거요. 그러니 내
이야기는 아예 꺼내지도 마시오."

"무슨 짓을 하고 다녔는데 그래?"

"오해가 부른 일이라……."

"오해가 아닌 것 같은데?"

"오해 맞소."

배 행수에게는 다녀올 곳이 있다고 둘러댄 뒤에 녹단과
함께 나섰다. 배 행수는 일찍 오라고 몇 번이나 말한 다음에
문오를 내보냈다.

"그런데 서방님은 뭐 하고 살던 분이시오?"

“농사.”

“농사꾼 같아 보이지는 않은데?”

“어디가?”

“그냥, 분위기가.”

“다른 일을 좀 배우다 왔어. 그래도 원래는 농사꾼이야.”

“그런 분이 취월 이모는 어떻게 알게 된 건가?”

“우연히 만났다니까.”

“그러니까 어떻게 우연히?”

말을 하면 길어지고, 길어지면 이런저런 헛소리를 곁들여 지금의 처지를 죄다 말해 버릴 것 같아 문오는 말을 아꼈다.

“그냥 우연히.”

“고지식도 하시오.”

녹단은 투덜대고는 머리카락을 쓸어 올렸다. 치렁치렁한 머리 아래의 목은 곱고 길었다. 어쩌다 남자로 태어난 건지 모를 놈이었다.

“네 어머님, 혹시 유명한 기생이라거나 그런 사연이 있…나?”

“왜, 내 자태가 그리 곱소?”

“헛소리하지 마.”

“우리 어머니가 유명하긴 하셨어. 별명이 화중지왕(花中之王)이셨으니.”

“정말?”

“참이고말고. 얼굴은 화용월태, 꽃처럼 아름답고, 그리고 그 외에는 아무 재주도 없어서 화중지왕. 그 아름다움은 하늘을 찌르나 향기가 없는 꽃이로다. 그래서 화중지왕.”

“비웃는 거잖아.”

“그래, 비웃는 게지. 내가 열 살도 되기 전에 세상을 뜨시고, 나는 내 아버지 댁에 들어갔다가 나오게 되었소. 그 집을 나와 기방으로 가자 취월과 그 의자매인 기생들이 나를 키우셨지. 취월 이모는 피는 안 섞여도 내 어머니나 다름없고, 동기(童妓)들과 함께 춤, 노래, 시, 그림까지 다 배웠으니 그 아이들이 다 내 누이지.”

해가 저물어 서산에 노을이 진하게 내려앉았다. 구름이 자주색으로 젖어들며 식은 바람이 불어왔다. 바람 냄새에 온갖 사람 냄새가 섞여오는 것 같았다. 시골에서만 살아온 문오에게는 낯선 냄새였다.

“우 서방, 바람 냄새를 너무 많이 맡지 마시오.”

“어, 왜?”

“저녁 바람에 너무 취하면 도깨비를 만나는 거요. 한양에는 사람도 많고 도깨비도 많고, 홀리기도 잘 홀린다오.”

드디어 둘은 취월이 있다는 기방에 도착했다. 지붕만 봐도 문오는 두 다리가 얼어붙었다. 역시 나는 촌놈이구나 하는 생각이 들며 한숨이 절로 나왔다.

“이리로 오시오.”

녹단은 뒷문으로 문오를 데리고 갔다. 안에는 젊은 여자들이 새가 나뭇가지에 앉아 있듯 넓은 기방의 마루와 대청에 흩어져 있었다. 그중 노란 저고리를 입은 기생이 입술에서 곰방대를 떼며 말했다.

"뒷문으로 오시는 걸로 보아 손님은 아니시고."

하늘색 저고리를 입은 기생이 문오에게 눈웃음을 보냈다.

"여기 누구의 오라버니 되시오?"

다들 하나둘 문오를 바라보기 시작했다.

눈 좋은 기생이 녹단을 발견했다.

"녹단 오라버니도 오셨소."

"며칠 안 보이기에 다른 기방에 뺏긴 건가 싶었지. 우리 다들 노심초사했소."

녹단이 빙그레 웃었다.

"나는 여기 식구인데 내가 누이들 버리고 어딜 가겠어."

"말은 저리 청산유수인데 어찌 철만 되면 그리 떠돌아다니시오."

"그래도 나는 늘 돌아오지 않니. 우리 큰이모님 어디 계시지?"

"큰언니는 왜?"

"이분이 찾으신다."

다들 서로를 보며 웃고 떠들었다.

"세상에, 취향도 취향이야. 취월 언니를 찾는다는군."

"저리 훤칠하게 생기셔서는 우리 중 가장 나이 많은 취월 언니라니."

"취월 언니야 달처럼 빛났던 분 아니신가. 달은 반달이 되어도 달이나, 우리는 밤바다에 떠도는 잡별들 아닌가."

"장미는 시들어도 장미요, 우리는 활짝 피어도 잡화니라."

다들 다시 까르르 웃었다.

노란 저고리의 기생이 말했다.

"취월 언니는 무슨 일로 찾아오신 건가요?"

"인사만 하고 갈 겁니다."

"인사만? 어머나, 숨겨놓은 정인이신가 보네. 취월 언니는 재주도 좋수. 어찌 이리 어린 총각을."

"아들이라 해도 믿겠는데?"

"어머나, 이제 보니 친어머니를 찾아오신 건가?"

"아니, 아닙니다. 제 어머니 아닙니다."

문오가 얼굴까지 붉히며 다급하게 말하자, 기생들이 다시 까르르 웃음을 터뜨렸다.

"긴장하지 마시오, 서방님. 놀려먹으면 먹는 대로 그리 재미지게 굴면 누가 놀리지 않겠소."

"그, 그게요……."

문오는 고개를 돌렸다. 벌써 귀까지 화끈거리고 있었다. 녹단이 그런 문오를 잡아 흔들었다.

"그리 강아지처럼 약해서 어찌 이 험한 한양 바닥에 구르겠소. 자, 자, 누이들, 그만하고 취월 이모한테나 말해. 손님도 아닌데 여기서 죽치고 노닥댈 수는 없으니."

"가만있자, 그럼 누구라고 말해야 하나?"

"맞아. 어서 오라버니 이름을 말해주세요."

"오라버니는 무슨, 양심도 없어. 네 나이 반도 안 되어 보이구만."

"어머나, 내가 늙은 쭉정이 영감만 상대하다 싱싱한 총각이 들어와서 들떴나 보우."

다시 까르르 웃음이 터졌다.

끝동과 무에 검은색을 머금은 노란 저고리 차림의 기생이 나타나 목소리를 높였다.

"그만 떠들어!"

양 볼에 광대뼈가 나와 고집이 세어 보이는 기생이었다. 그 뒤에 화사한 붉은 저고리를 입은 기생이 있었다.

취월이었다. 문오는 그 치마 앞에 쓰러져 울음을 터뜨릴 뻔했다. 너무나 반가웠다.

취월이 가벼운 걸음으로 오며 웃었다.

"금방 알아보겠군요. 지난번에 그 아기 색시랑 같이 뵈었던 분이지요? 아기 색시 분은 잘 계시나요?"

"잘 있습니다. 그런데 여기 분들은 그때 뵈었던 분들과는 다 다르군요."

"그 아이들은 예전에 평양에 있을 때 잠시 가르쳤던 아이들입니다. 가무를 보아주는 김에 놀러 나간 거지요. 녹단아, 너는 황작이를 따라가 보거라. 너를 찾는 사람이 즐비하니 말이다. 어딜 다녀온 게냐?"

"도련님이 부르셔서 다녀왔습니다."

"도련님이라니? 어디 도련님?"

"대감마님 댁."

취월이 한숨을 내쉬었다.

"그 댁이라면 어쩔 수 없지. 어서 가봐라. 서방님은 이리로 오세요."

취월은 문오를 방에 앉혔다. 여기저기 놓인 거울과 화장품을 넣어두는 화각함이 분 냄새를 피워 올렸다.

취월이 문오를 살피고 말했다.

"제가 드린 것을 하지 않고 계시는군요."

"죄송합니다. 그게 그렇게 되었습니다."

"무슨 일이 있으셨습니까?"

"별일이 있었던 것은 아닙니다."

"정말입니까?"

"정말입니다. 오늘은 그저 찾아뵐 수 있어서 여기로 온 거고… 또…….."

"말씀은 그리하셔도 그 물건이 효용이 있었나 봅니다. 그리고 저를 찾아온 것을 보니 더욱 필요했던 것 같군요."

"네?"

"아무 일도 없었다면 여기로 올 리도 없을 테지요. 오실 때부터 알아채고 있었습니다."

문오는 고개를 숙였다. 그보다 갑절로 나이를 먹은 이 여자 앞에서 문오는 이제 막 깃털이 난 중병아리나 다름없다.

"그게… 그렇게 되었습니다."

"이야기해 보십시오, 무슨 일이 있었는지."

문오는 이야기를 시작했다. 차도 없고 술도 없고 먹을 것
도 없이 건조하게 이야기하기만 했다. 취월은 거의 듣기만
했다. 그녀가 입을 연 것은 녹단과 만난 이야기를 했을 때뿐
이었다.

"제가 아끼는 동생의 아이랍니다. 동기 아이들과 섞어두
면 누가 계집인지 헷갈릴 정도였지요."

"그럴 만도 합니다."

거기에 어깨와 팔도 가늘다. 치마저고리만 입혀놓으면 누
구나 여자로 볼 것 같다.

"저, 장인이신 김낙천 어르신이 한양에서 장사를 크게 하
셨던 것 같은데, 혹시 아십니까?"

"네. 기방의 단골 중 한 분이셨습니다. 벼슬하시는 분들
대접할 때 늘 우리 방의 아이들을 부르셨지요. 좋은 분이셨
습니다."

"그럼 그날 행여 효흔이를 알아보고 그 물건을 주신 겁니
까?"

"그 아이를 알아본 건 아닙니다. 저는 김 행수네 아이들을
본 적이 없습니다. 단 한 번도."

"그럼 그 물건을 그냥 주신 겁니까? 정말로 그냥?"

"물건에 연이 있습니다. 그 물건이 알아서 필요한 분들에
게 찾아가는 겁니다. 어떤 물건은 해를 끼치고 어떤 물건은
복을 가지고 오고 어떤 물건은 주인을 지켜주지요. 무엇이

가서 무슨 일을 할지는 아무도 모릅니다. 그저 흉한 일을 일으키지 않기만 바랄 뿐. 그리고 그 물건은 그때 당신들을 보니 필요하겠다 싶어서 드린 겁니다.”

“무슨 말씀입니까?”

“하나는 그 물건이 원했습니다.”

“네? 그걸 어떻게 아십니까?”

“그건 그걸 가졌던 사람만이 알게 됩니다. 그다음은… 이매가 들러붙은 사람은 티가 나거든요.”

“이매요?”

“귀신 말입니다. 도깨비들처럼 방망이 휘두르며 금과 은과 보화를 만들어내는 친절한 것들을 말하는 것이 아닙니다. 사람을 해치고 잡아먹는 것들이죠. 그런 것들이 사람 옆에 있으면 근처에 있기만 해도 티가 납니다. 그래서 알아보았습니다.”

“저, 저한테 귀신같은 게 붙었던 겁니까?”

취월이 웃음을 터뜨렸다.

“겁먹지 마세요. 비슷하긴 합니다만, 그렇게 겁먹으시니 제가 미안하지 않습니까. 사람이 말하는 원귀들과는 완전히 다른 것입니다.”

“겁을 먹은 게 아니라 놀라서 그런 겁니다. 무서운 건 아닙니다. 뭘 제대로 알아야 무서워하든 말든 할 것 아닙니까.”

“놀려서 죄송합니다. 그나저나 김낙천의 집이었다니.”

취월은 옷고름을 매만졌다.

"김낙천 행수가 한양에 들어온 것은 스무 해도 더 전입니다. 그의 과거에 대해 아는 사람은 없습니다. 밑천도 많았고 식견도 있어서 대국이나 황해도에서 장사하다가 귀향하여 터를 잡은 거라고들 생각했지요. 그가 고관들을 대접하는 자리에 제가 몇 번 불려갔던지라 그 얼굴은 알고 있습니다. 그러다 몇 년 뒤에 꽃처럼 고운 아내를 데리고 왔습니다. 그래도 대궐 같은 기와집을 짓지도 않았고, 호화로운 물건들을 사들이지도 않고, 서화나 도자기를 사들이지도 않았어요. 평범하지만 풍족하고 오순도순 살았지요. 그러다 어느 날 갑자기 가게를 배 행수에게 넘겨준 다음 교하 쪽에 땅을 사서 도망치듯 사라졌습니다."

"효서의 병 때문이라 들었습니다."

"아드님 이름인가요? 저는 아드님 이름도 몰랐습니다. 그만큼 김낙천은 본인 가족에 대해 아무 말도 하지 않았거든요. 아들이든 딸이든 한창 자랑할 나이인데도요. 아이가 많이 아픈가요?"

"제가 보기에는 전혀 병이 들어 보이질 않는데, 생긴 것이 좀 특이하긴 합니다만."

"사실 그 집에 혈귀가 붙었다는 소문이 퍼졌었습니다. 성 안에 혈귀에 물린 사람이 있다는 소문이 퍼진 뒤에 도망친 것이라 다들 그럴 거라 생각했거든요."

"혈귀가 붙다니요?"

문오는 옷자락을 움켜잡았다. 취월이 그 손을 보았다.

"한양에 종종 사고가 있습니다. 바로 얼마 전에도 사건이 있어서 한양이 한바탕 뒤집어졌고, 아직도 뒤집어져 있는 중이지요. 원래는 이렇게 크게 난 적이 없는데, 이번 혈귀는 자제를 하지 않는 듯합니다. 나타난 줄도 모르게 나타났다가 슬그머니 사라지곤 했거든요. 우리같이 여러 소문 듣는 사람이나 알 정도로 조용했답니다."

"혈귀란 게 대체 무엇입니까?"

"일종의 병이지요. 혈귀에게 물리거나 붙으면 생피를 계속 먹어야 하는 병이 든답니다. 짐승 피를 먹을 수도 있고 사람 피를 먹을 수도 있는데, 짐승 피는 괜찮지만 사람 피를 맛보면 돌이킬 수 없게 된다고 합니다. 게다가 너무 일찍 사람 피에 맛을 들리면 그 혼이 병든다고 합니다."

"혼이 병들어요?"

"네, 혼이 병듭니다. 아주 악해지지요. 악하다는 것은 자기 생각만, 자기 속만 생각하게 된다는 겁니다. 혈귀의 병에 들려 사람의 피를 입에 대면 오로지 자기 배를 채울 생각만 하게 되지요. 그러다 미치게 됩니다."

"다 그렇게 됩니까?"

"물론 다 그렇게 되는 건 아닙니다. 평범한 사람을 잘못 물면 그 사람은 사흘도 되지 않아 죽고, 그 시체가 되살아난다고 합니다."

"네에?"

"말 그대로예요. 되살아나요. 하지만 혼은 이미 사라진 뒤라 그건 그냥 움직이는 시신일 뿐입니다. 하지만 한 번 물려서 죽지 않으면, 그자를 문 혈귀가 세 번 더 찾아와야 한다고 합니다. 세 번 물려야 제대로 된 혈귀가 된다고 하지요. 그러지 않으면 아예 미쳐 버린다 합니다."

"효서는 그래 보이지는 않았습니다. 멀쩡했는데."

"정말 그리하였습니까?"

"네. 정말로. 게다가 몇 달이나 절에 가 있기도 하는데, 그런 병이라면 어떻게 절에 있을 수 있습니까."

취월은 아무 말도 하지 않았다. 손을 포개 치마 위에 놓은 채로 가만히 앉아 생각에 잠겼다. 녹단의 어머니보다 나이가 많다는 지긋한 퇴기였지만 마주하는 그녀는 그 나이로 보이지 않았다. 눈 위의 달처럼 차고 정결한 여자라 기생이라기보다는 선인 같아 보였다.

"그럼 그 노리개는 어떤 사연인 겁니까?"

문오가 물었다.

"기방에 내려져 오는 물건입니다. 누군가가 맡기고 갔다는 것만 알려졌습니다. 아버지께서는 그것이 이매와 상극인 물건이라 하셨습니다."

"상극이요?"

"요물, 그중에 귀물. 사람에게 해를 끼치고 흉사를 가지고 오는 것들과 상극입니다. 하지만 그렇게 보지 마십시오. 그것들도 살아 있는 것이고, 살아 있는 이상 먹고살아야 합니다. 그들이 먹고 버티게 하는 것을 얻으려면 사람을 해쳐야 하지요. 호랑이만 해도 그들이 사는 곳에 사람이 들어오면 호랑이들에게는 사람들이 그냥 먹을거리에 지나지 않습니다. 그들에게도 그런 겁니다.”

문오의 얼굴이 해쓱해졌다.

“그럼 그 집에 그런 흉사가 낀 거란 말입니까?”

“제 감은 그랬습니다. 서방님이 보시기에는 어떻습니까?”

“흉사가 낀 게 아닌 것 같습니다.”

“정말요?”

“네. 흉사가 낀 게… 그런 게 아닙니다.”

문오는 고개를 저었다.

“그 집 자체입니다. 비틀어져 있어요. 그리고 어둡습니다, 굴처럼.”

말을 합쳐 보면 득이는 혈귀의 병에 들린 것 같다. 이상한 건 득이에게 물린 문오는 취월이 말하는 경우에 해당되지 않는다는 점이다. 그렇다면 아닐지도 모른다. 득이가 물긴 물었으되 옮지는 않았을지도 모른다.

김낙천이 문오를 내보낸 이유도 이제는 짐작이 되었다. 정확한 사연은 모르지만 효서와 혈귀가 관련이 되어 있고, 그 일을 들키거나 더 이상 문오에게 보이고 싶지 않아 내보낸 것이다. 그 이상은 김낙천이 말하지 않았으니 짐작만 할 뿐 정확하게 알 수는 없었다.

가야금 선율이 들려왔다. 자지러지며 거칠게 솟구치고,

격렬하게 뒤엉키고 달려들다 어르듯 부드럽게 이어진다. 후두두 떨어지던 격렬한 빗줄기가 잦아드는 듯, 떨어지는 폭포 아래의 소가 거울처럼 반반해지듯, 거칠게 달려오다 하류에 접어들며 너른 평야 위로 잔잔하게 흘러가듯 그렇게 선율이 이어진다.

"녹단이군요."

취월이 말했다.

"녹단?"

"녹단이의 솜씨랍니다. 혹시 악사인 줄 모르셨습니까?"

"네."

"이곳에 들르는 별감 나리가 장악원에 넣어준다고 했는데도 거절했답니다. 제 멋대로 연주하는 놈이 상감마마 앞에서 연주하면 상감마마가 노한다 했지요."

처음 들었을 때는 과연 그럴 만하다 생각했고, 두 번 듣자 그러기에는 오히려 아까운 솜씨 같았다. 이렇게 격렬하고 자유로운 선율은 관료의 상자 안에 갇힐 만한 재주가 아니다. 창공을 나는 새의 울음소리였고 허공을 뚫는 날갯짓이었다.

취월이 말했다.

"기왕 오셨으니 제가 상이라도 봐드리겠습니다. 드시면서 즐기세요."

"아닙니다. 이런 곳에서 놀고 마실 만한 돈도 없고 그럴 처지도 아닙니다."

“괜찮아요. 그냥 드리는 겁니다.”

“정말 괜찮습니다. 이만 가봐야 해요.”

취월이 문오의 손을 잡았다. 문오는 얼굴을 붉히며 손을 당겼다. 취월이 웃음을 보였다.

“제 아들뻘 되는 청년에게 사심은 없습니다. 안심시켜 드리는 것뿐입니다. 그런 일에는 겁을 먹으면 오히려 더 나빠집니다. 귀신들은 사람이 용기를 잃으면 더욱 맹렬하게 다가옵니다. 맞서라거나 싸우라거나 하는 말은 아닙니다, 서방님. 서방님이 감당하지 못할 일일 수도 있으니까요. 하지만 고민이 있거나 어려움이 있다면 찾아오세요. 도움을 받으세요.”

“그래도 되겠습니까?”

“그럼요.”

취월의 눈은 어린아이를 보는 듯 다정했다.

“그럼 쉬다 가세요. 손님들 오실 시간이라…….”

“감사합니다.”

가야금 곡조가 바뀌었다. 방금 전처럼 야성적인 음악이 아닌, 달빛 스며드는 늦은 봄의 밤처럼 포근하고 부드러웠다.

효흔을 무릎에 앉혀놓고 들어보라고 하고 싶었다. 효흔이 웃는 소리가 듣고 싶었다. 그 작은 얼굴의 맑은 눈을 보고 싶었다. 그리고 효서도 보고 싶다. 외로운 아이가 이 곡을 들으면 얼마나 좋아할 것인가. 그런 아이에겐 하나하나가

새롭고 하나하나가 놀라울 텐데, 이런 것을 혼자만 듣고 있
으니 미안해졌다.

　이상하게도 이제 끝났다고 생각하며 포기하려 하니 가득
찼던 창고가 갑자기 텅 빈 듯 허허로웠다. 그리웠고, 다시
가고 싶었고, 다시 보고 싶었고, 다시 같이 지내고 싶었다.

　취월이 문을 열고 밖으로 나가 닫았다. 문오는 그녀가 가
길 기다렸다가 문을 열었다. 불편해서 기방에 오래 있고 싶
지는 않았다. 취월만 만나고 가는 것이 좋을 것 같았다.

　뒷문 옆에서 말이 푸륵거리는 소리가 들렸다. 취월이 뒷
문에 서 있었다. 그 앞에 푸른 옷이 보였다. 갓을 보니 양반
이었다. 문오는 기다렸다가 그들의 용무가 끝나면 나가려고
툇마루에 앉았다.

　손님이 취월에게 주머니를 내밀었다. 취월이 주머니를 보
며 말했다.

　"직접 전해주시지요, 도련님."

　"아니. 그건 괜찮소. 들어갈 생각은 없소."

　"여인을 두려워하는 도련님이시니 기생들은 독사들보다
두렵겠지요. 불러 올까요?"

　"그런 거 아니오. 놀리지 마시오."

　취월은 웃으며 그 주머니를 받았다. 선비가 갓 끄트머리
에 손을 얹고 고개를 들었다. 문 옆에 걸린 초롱의 불빛에
그 얼굴이 보였다.

　"아."

　바로 그 소년, 산에서 그를 구해주었던 그 소년이었다. 문오는 그를 잘 보기 위해 문 옆으로 갔다. 그러다 마침 나온 손님과 같이 서 있게 되었다.

　"죄송합니다."

　문오는 얼른 옆으로 비키며 사과를 했다. 덩치 큰 남자였다. 남자가 문오를 흘끗 보았다. 눈이 어둠 속에서 형형하게 빛나는 것 같았다. 눈이 마주치자 사내가 씨익 웃었다. 갓 아래로 입술만 빙그레 웃고 있으니 보고 기분 좋아지는 미소는 아니었다. 잠시 뒤, 사내는 집채 사이로 스며들 듯 들어가 사라졌다.

　문오는 그가 사라질 때까지 어깨너머로 지켜보다가 고개를 돌렸다. 순간, 담 너머로 커다란 것이 휙 하고 스쳐 지나갔다. 다시 담 아래에서 검은 그림자가 불쑥 솟아오르더니, 지붕을 휙 뛰어넘어 맞은편 집의 담 너머로 사라졌다.

　문오는 밖으로 나왔다. 달빛이 담과 담 사이로 난 골목길을 비추고 있고, 그 사이로 소년이 가고 있었다. 그 옆으로 그 그림자가 다시 나타나더니 스쳐 지나가 어둠 속으로 사라졌다. 소년의 말이 갑자기 멈추었다.

　"왜 이러냐?"

　소년이 말의 목을 쳐 보았지만 꿈쩍도 하지 않자 내렸다.

　지난번에 소년이 타고 왔던 점박이 말이 아니라 누렁말이었다. 소년은 말을 어르고 고삐를 당기다 고삐를 던지고 돌아보았다.

"강도냐?"

문오는 놀라서 튀어나왔다.

"아닙니다, 아닙니다. 저 기억하십니까?"

소년은 눈살을 찌푸리며 문오를 볼 뿐이었다.

"누구냐고?"

"……."

"말해."

"교하에서 온 우문오라고 합니다."

"거기에 아는 사람 없는데."

"……."

그리고 소년은 말고삐를 당겼지만 말은 고개를 뒤로 젖히며 꿈쩍도 하지 않았다.

"그러니까, 지난번에 산에서 저를 구해주지 않으셨습니까!"

"몰라."

"제가 그때 성함도 모르고……."

"그러고 보니 기억이 나는 것 같기도 하군."

그 정도 일을 구태여 기억해야 할 정도라면 평소에 어쩌고 살았는지 심히 궁금해지는 문오였다.

"그만 떠들어라. 무슨 일이냐, 대체."

소년이 말했다.

"성함을 좀……."

"송유준."

"저, 송 도련님, 방금 제가 무언가가 도련님을 쫓아가는 것을 보았습니다."

"뭐가?"

"네, 분명 도련님을 따라가고 있었습니다."

유준은 주변을 둘러보았다. 주변 인가에서 흘러나오는 불빛이 어둠을 적셨다. 말이 말발굽으로 바닥을 쾅쾅 쳤다. 눈이 불안하게 움직이며 숨소리가 거칠어졌다.

"워, 워."

유준이 말고삐를 당겼다.

순간, 푸른빛이 말의 눈앞을 스쳐 지나갔다. 말이 앞발을 번쩍 들며 울부짖었다. 유준은 말고삐를 쥐어 당겼다. 말이 앞발과 뒷발로 껑충껑충 뛰어올랐다. 돌과 먼지가 피어올랐다. 문오의 눈 안으로도 흙이 들어갔다. 문오는 눈을 비비고 깜빡였다. 그 순간, 말이 두 다리를 번쩍 들며 울부짖었다.

"으아!"

문오를 향해 발굽이 내리 찍혔다. 문오는 얼른 몸을 날려 피했지만 돌부리에 걸려 넘어지며 나뒹굴었다.

말의 울부짖음이 길고 날카롭게 울렸다. 갑자기 말이 두 발이 푹 꺾이며 나동그라졌다. 빗소리가 나듯 후드득 하는 소리와 함께 물큰한 피냄새가 피어올랐다. 유준이 뭐에 맞은 듯 나가떨어졌다.

"도련님!"

문오도 일어나다 말고 기겁했다.

거대한 덩어리가 발버둥치는 말 위에 엎혀 있었다. 살이 뜯겨 나가고 뼈가 뽑혀 나왔다. 피가 콸콸 쏟아져 넘쳐흘렀다.

"아……."

호랑이인가? 하지만 이런 커다란 도시로 호랑이가 기어 들어 온다면 여기까지 오기도 전에 사람들의 비명 소리로 온 도성이 다 알게 될 것이다.

"저, 저게 무엇입니까?"

문오는 유준의 옷을 잡으며 물었다.

"뭔지는 몰라도 어떻게 해야 하는지는 알겠군."

"…어떻게 해야 합니까?"

"도망쳐야지."

"아니 왜요?"

"지금 활도, 검도, 단도도, 아무것도… 심지어 하인도 달고 오지 않았는데 다른 방법 알아내면 좀 가르쳐 주지?"

"죄송합니다."

"달려라."

"어떻게요?"

"빨리."

"그럼 왜 안 달리고 계신 겁니까?"

"다리를 삐었다."

"……."

"일으켜 세워."

“네.”

문오는 유준을 일으켰다.

“그럼 제가…….”

말 위에 얹힌 거대한 그림자가 작아졌다.

문오는 눈을 깜빡이다 비볐다. 앞의 그것은 이미 키가 크고 장대한 남자로 변해 있었다. 흰옷을 입고 있었지만 말의 피나 살점이 조금도 묻어 있지 않았다. 방금 막 여기에 온 듯 깨끗했다. 얼굴은 어두워 거의 보이지 않았다. 깨끗하고 푸른 도포 자락이 달빛에 파랗게 빛났다.

문오는 얼른 주변을 둘러보았다. 담 너머에서 밤새가 우는 소리가 들렸다. 여치 우는 소리도 들리고, 개구리와 맹꽁이 소리도 들려왔다. 그러나 아직 사람 소리는 들리지 않았다. 이런 소란이 벌어지는데 와보는 사람이 하나도 없다니 놀랍기 전에 어이가 없었다. 문오는 유준의 양 겨드랑이를 꽉 잡아 들어 올렸다.

“뭐하는 짓이냐?”

“달립니다.”

문오는 유준을 부축했다. 등 뒤의 남자가 갑자기 발을 차며 나는 듯 달려오기 시작했다. 엄청난 속도였다. 성큼성큼 달릴 때마다 금방금방 가까워졌다.

“사람… 살려!”

문오는 고함을 질렀다. 후려 맞은 듯 가슴이 떠밀리며 문오와 유준이 동시에 날아갔다. 유준의 도포 자락이 바닥을 쓸었다. 먼지와 돌멩이가 머리와 등으로 쏟아졌다. 문오의 머리 위에서 으르렁거리는 소리가 들렸다. 팔이 뭉개지는 통증이 느껴졌다.

문오는 힘껏 몸을 날렸다. 농사와 나무꾼 일로 다져질 대로 다져진 팔 힘이었다. 그 주먹에 돌처럼 단단한 몸뚱이가 꽝 하고 부딪쳤다. 문오는 되는대로 두어 번 후려치고 또 후려쳤다. 손목이 잡혔다. 우드득 소리와 함께 팔이 뚝 부러졌다. 등 뒤로 바위를 던진 듯 엄청난 힘이 밀려들어 그를 들었다가 세게 메다꽂았다. 등이 부러진 것 같았다. 몸이 산산이 깨진 것 같았다. 피비린내가 풍겨왔다. 신음과 비명을 간신히 삼키며 그는 성한 팔을 휘둘렀다. 몸이 산산조각 나는 듯 어마어마한 고통과 함께 상대방이 날아갔다. 문오의 흐린 눈에 몸을 일으키는 유준이 보였다.

"누구 없나!"

유준이 고함을 질렀다. 어둠 속에서 그림자가 제비처럼 빠르게 솟구쳐 올랐다. 패랭이를 쓴 작은 체구의 인영이 나타나 사내를 향해 뛰어들었다. 사내가 그 패랭이를 보자 호랑이를 본 사슴처럼 급히 달리기 시작했다. 패랭이가 사내를 뒤쫓았다. 패랭이가 튀어나온 골목에 쓰개치마를 쓴 여자가 지켜보고 있다가 문오와 유준이 보자 황급히 고개를 돌리고 모퉁이 너머로 사라졌다.

"별게 다 꼬이는군."

"네?"

유준은 몸을 일으켰다.

그제야 사람들 달려오는 소리가 들렸다. 유준은 삔 다리를 절룩거리며 말에게 갔다. 문오는 눈을 비볐다. 분명 방금 피투성이가 되었던 말은 그냥 널브러져 있을 뿐 깨끗했다. 커다란 몸뚱이가 숨을 몰아쉬었다. 문오는 말을 이리저리 살폈다. 살이 뜯겨 나가기는커녕 멀쩡했다.

"이게 무슨 조화랍니까?"

"글쎄다."

말이 후, 하고 숨을 몰아쉬며 몸을 눕혔다.

"왜 이럽니까?"

"놀란 거다. 다리도 삐었군. 둘째 형 건데, 미치겠네."

"비싼 건가요?"

"둘째 형이라면 싼 것도 비싼 걸로 만든다."

그리고 유준은 문오를 가리켰다.

"이봐."

"네, 도련님."

유준이 눈썹을 찌푸리더니 작게 말했다.

"좀 업어줘야겠다."

"…못 걸으시겠습니까?"

"걸을 수는 있는데 아프다."

"그래서요?"

"부축해라."

"싫다면요?"

"사람이라도 불러와."

"그것도 싫으면요?"

"해."

"……."

양반 도련님들은 다 이따위인가 하는 생각이 들었다.

유준이 문오의 옷을 보았다.

"네 옷이 피투성이군."

"말 피입니다."

"그래?"

유준은 말을 보았다. 기절한 말은 가죽 하나 찢어진 곳이
없었다.

문오는 방금 전에 부러졌던 손목을 보았다. 워낙 세게 부
딪쳐서 부러진 거라 착각한 것 같았다. 멀쩡했다. 살이 찢겨
져 나갔다고 생각할 정도로 아팠던 몸통도 멀쩡했다. 그러
나 옷은 정말 엉망이라 찢어져 넝마가 다 된데다 피로 절반
이 물들어 있었다.

"가십시다."

문오는 등을 내밀었다. 유준이 기방을 가리켰다.

"옷부터 갈아입고 가라. 그 꼴로 우리 집에 올 생각이었
냐."

문오는 왜 이러는 건지 모르겠다고 생각하며 기방으로 갔
다. 들어가자마자 기생들이 죄다 비명을 질렀다. 취월이 나
왔다.

“무슨 일입니까?”

문오는 두 팔을 들고 멍청하게 서 있었다. 취월이 입을 벌리며 그런 문오를 위아래로 훑었다.

“돼지라도 잡았습니까?”

문오는 두 팔을 내리며 말했다.

“호랑이입니다.”

조선비록
빗소리
헐크기담

봄이 완전히 익어가며 바람은 녹아드는 듯 따뜻해지고 뜰은 솜처럼 포근해졌다. 크고 작은 꽃이 피어나 향기를 뿜어내 나비와 벌이 그 꽃 속을 핥았다. 산에는 뻐꾸기가 울고 다녔다.

곽씨는 소반을 가지고 가다가 노란 꽃창포 밭 옆에 늘어진 빨강 댕기를 발견했다.

"아씨, 뭐 하시는 건가요?"

효흔은 곽씨가 다가오자 손에 잡힌 청개구리를 보였다.

"개구리."

청개구리가 손바닥 사이로 빠져나가 못으로 뛰어들어 물옥잠 아래로 숨었다.

“점심 드세요.”

“입맛없어.”

“서방님 가시고 며칠간 식사도 제대로 안 하셨어요. 봐요, 볼도 창백하잖아요. 그래서 오늘은 제가 메밀국수를 해 왔어요.”

“정말로 괜찮아. 그런데, 음, 맛있겠다, 그건.”

“그러니까 어서 들어오세요.”

“서방님은 대체 언제 오시는 거야?”

“음, 한양 가서 볼일 보고 오시려면 두어 달은 더 있어야 할 듯싶은데…….”

효흔은 어깨가 축 처졌다.

“이제 보름이 지났는데, 나는 십오 년은 지새운 것 같아. 이 도령 한양으로 보낸 춘향이의 심정이 이럴 테지.”

곽씨는 웃음이 나왔다.

“그보다 더 오래 지아비를 떠나보내는 사람도 많습니다.”

“그래도.”

“참으세요. 그렇게 조금만 자리를 비워도 보채시면 안 된답니다. 자, 어서 점심 드세요.”

효흔은 손을 연못에 참방참방 씻은 다음 신을 벗고 마루 위로 기어 올라갔다.

상을 앞에 놓자 효흔은 또 길게 한숨을 내쉬었다.

“나는 먹어도 먹어도 그대로인 것 같아.”

“벌써 이렇게 크셨으니 내년에는 시집가셔도 될 겁니다.”

"아냐. 하나도 안 자란 것 같아."

"너무 안달하지 마시고, 서방님 드릴 옷이나 한번 지어보세요. 버선은 얼마나 하셨습니까?"

효흔은 반짇고리 옆에 놓아둔 천 조각을 보였다.

"이렇게 많이 했어."

그건 아씨 발도 안 들어갈 것 같습니다, 라는 말이 나오기는 했지만 곽씨는 웃기만 했다. 나중에 몰래 고쳐 놓아야겠다.

"서방님이 그리 좋으세요?"

"그게… 아버지가 정해주신 분이잖아."

"아뇨. 그것 말고요. 정말 좋으시면 좋다고 말해주세요."

"좋아."

"왜요?"

"그냥, 착하고… 잘해주시고… 다정하고……."

"그리고?"

"남자답고, 힘도 세실 것 같고, 또… 몰라."

그러며 볼을 붉혔다.

"나도 더 크고… 예뻐지고 싶어. 얼른 얼른 커서 한양에서 돌아오시면 당장 혼인을 올리자고 하고 싶은데……. 예전에 어머니 뵈러 갔을 때 길 가다 기생들을 만났거든. 다 키도 크고 날씬하고 예쁘더라. 나는 그에 비하면 아기 같아."

"서방님이 그 기생들에 눈길을 주셨나요?"

"응. 넋을 빼던데."

“…….”

달리 위로할 말이 없어 곽씨는 사발에 든 메밀국수를 내밀며 말했다.

“금방 크실 거예요.”

“거짓말. 만날 큰다 큰다 하는데 나는 늘 요만 해. 다람쥐만 했던 매희는 벌써 저렇게 컸잖아.”

“매희는… 나이를 빨리 먹으니까요. 저는 아씨가 이렇게 늘 작았으면 좋겠는데요.”

“싫어, 나는. 게다가 나는 시집가도 멀리 가는 게 아니라 이 집에 있을 거잖아. 부안댁도 내가 이렇게 작고 조그마한 것보다 얼른 커서 시집가는 게 좋잖아. 안 그래?”

“얼른 서방님이 오셔야겠네요.”

“왜?”

“달래는 건 저보다는 서방님이 더 잘하시잖아요. 그렇게 오래 아씨를 돌보아왔는데 어째 일 년밖에 안 된 서방님이 저보다 더 아씨를 잘 다루는 것 같습니다. 하지만 자꾸 그러시면 나중에 시집가서 고생해요.”

“고생한다니?”

효흔이 금방 긴장했다.

“사내란 것이, 여자가 고분고분하면 금방 건방져진단 말입니다. 그러니까 서방님이 얼러주고 달래준다고 냉큼냉큼 말을 들으면 아씨를 우습게 알 겁니다.”

“서방님은 그런 분 아니야.”

"사내는 다 같아요. 제 서방님도 그랬는걸요."

"가만, 정말 그러면 서방님이 나를 무시하게 되는 거야?"

"그래요."

"그럼 내가 어떻게 해야 해?"

"달랜다고 냉큼 달래지지 않는 겁니다. 왜 이제 왔느냐고 화를 내세요. 토라지세요. 그러면 사내란 어쩔 줄 몰라 합니다. 다시는 오랫동안 비우지 않겠노라며 굳게 약조하실 겁니다."

"그런데 그렇다고 내가 싫어지면 어떻게 해?"

"벌써 이러신다. 그렇게 조바심 내면 안 된다고 했잖아요."

"아, 알았어. 그렇게 할게."

곽씨는 효흔에게 그릇을 내밀어 얼른 먹으라고 했다. 효흔은 국수를 입안에 밀어 넣었다. 곽씨는 오이무침과 장김치도 내밀며 어서 먹으라고 했다. 효흔은 하나를 집어 먹다가 슬그머니 젓가락을 놓으며 물었다.

"이제 효서하고 밥 먹어도 되지 않을까?"

"네?"

"이제 같이 먹자고. 만날 나 혼자 먹으니 심심해. 서방님하고 먹을 때는 괜찮았는데, 그러면서도 만날 효서한테 미안했어. 내가 효서를 잊어먹고 따돌리는 것 같아서."

"아니에요."

"저기, 내가 효서한테 말할게. 아주머니가 우리 둘 상 차려줘. 효서가 절로 가기 전에 그러고 싶어.”

“도련님은 마님하고 같이 드셔요.”

그럼 어머니하고도 같이 먹으면 안 될까, 라는 말을 하는 대신 효흔은 풀이 죽었다.

곽씨는 안채를 보았다.

날이 더워지며 처소의 문을 활짝 열어두고 있었다. 효흔이 꽃을 좋아해 곽씨는 멀리서 씨를 구해와 꽃을 심었다. 안채로 향하는 길 양옆은 특히 신경을 써서 심어놓았다. 작년부터 심기 시작한 앵초와 수선화는 슬슬 꽃이 졌고, 노란 양지꽃과 금매화가 피어났다. 패랭이와 꿀풀도 곱게 피어나 꿀벌과 호박벌이 붕붕 날개 소리를 내며 붙어 있었다. 담 옆에 싸리나무와 조팝나무, 찔레나무를 심어두었다. 예전에 일하던 나주의 양반댁 뜰과 같이 꾸미고 싶어 곽씨가 이 집으로 오며 욕심을 부려본 것이다. 몇 년이 지나자 그 집처럼 마치 숲을 옮겨놓은 듯 울창해져서 고운 꽃을 피웠다. 그렇게 꽃이 가득한 길을 따라가다 보면 안채로 들어가는 중문이 있다. 지난겨울 내내 그곳에 머물던 효서는 지금은 원래의 처소로 돌아가 지내고 있다. 효흔이 효서와 같이 식사를 하고 싶다 말하는 것도 그 탓이었다.

“그런데 서방님은 무슨 일로 한양으로 가신 건지 알아?”

“주인 나리가 일이라 하셨잖아요. 저는 모릅니다.”

“아버지는 가르쳐 주시지 않겠지?”

효흔의 입에서는 절대로 ‘어머니한테 물어볼까’ 라는 말은 나오지 않았다. 이 아이는 늘 어머니를 무서워했다. 어머니가 엄해서도 독해서도 사나워서도 아니었다. 행여나 어머니가 자신을 싫어할까, 무슨 실수를 하면 어머니가 언짢게 생각할까 안절부절못하는 것뿐이다. 박씨가 드러내고 화를 낸 적도 없건만 저렇게 조심조심한다.

효흔이 어라, 하고 중얼거리며 손을 들었다.

"저 사람 언제 온 거야?"

엄씨 부인이 손에 장옷을 들고 대문 앞에 있었다. 누가 오나 눈치를 살피다 청지기가 오자 활짝 웃으며 뭐라 뭐라 말하기 시작했다. 그러던 엄씨는 곽씨와 효흔을 발견했다. 이 집의 친척이라지만 누구의 친척이며 몇 촌인지는 곽씨조차 모른다. 파리처럼 이 집을 붕붕대며 날아다니며 검은 혓바닥을 내어 핥아 먹을 것이 없나 흘끔댈 뿐이다.

엄씨가 청지기를 보내고 그들에게 왔다.

"어머나, 효흔이구나. 효서는 아직 집에 있니?"

"네."

"그럼 어머니도 있겠구나."

"그렇습니다."

효흔의 눈이 살 오른 고양이처럼 매서워졌다.

곽씨도 효흔과 마찬가지로 이 엄씨가 무척 불편했다. 사근사근 대하면서도 하고 싶은 말은 골고루 빠짐없이 얄밉게 했다.

"그래, 역시 집에는 안주인이 있어야지. 아무리 애가 아프더라도 그렇게 돌아다니면 말이지… 늘 걱정되었단다. 저러면 남자가 딴생각 품거든. 뭐, 이 집안에 안방 탐낼 여자들이 있는 건 아니다만……. 그리고 뭐, 이 시골에서 그렇게 꼬리 두셋 달린 여우가 있을라고. 물론 나이 든 남자가 젊은 여자애한테 빠지면 그 여자애가 아무리 박색에 봐줄 거라곤 하나도 없어도 홀랑 넘어가곤 한다만.”

그러면서 엄씨는 곽씨를 보았다. 애초에 그녀는 곽씨가 이 집에 왔을 때부터 저런 눈으로 보았다.

“왜 오신 겁니까?”

엄씨의 눈썹이 휙 올라갔다.

“어머나, 우리 서방님이 댁을 여기 찬모로 넣어주긴 했네만, 우리 서방님도 댁에 대해 혀를 내두르오. 찬모가 꼭 마님처럼 군다고 말이야.”

효흔이 발끈해서 뭐라 말하려 했지만 곽씨가 말렸다. 쉿, 그러지 마세요.

“하지만 저 여자가…….”

곽씨는 입술에 손을 댔다.

“쉿, 말하면 안 됩니다.”

“알았어. 하지만…….”

그러며 효흔은 우물대다 입을 다물었다.

엄씨가 물었다.

“만날 애 보던 이 댁 서방님은 어디 가셨어?”

“한양으로 일보러 가셨습니다.”

참자, 참자. 곽씨는 입술을 눌렀다. 어차피 오랫동안 살아오며 이 정도 팔짝팔짝 뛰어대는 건방진 인간들을 보아오지 않은 것도 아니다. 이 여자는 그나마 작은 여우이기라도 하지, 이 여자 남편은 결코 집 문지방 안으로 들여놓아서는 안 되는 남자였다. 곰도 늑대도 호랑이도 아니다. 그 자체의 특성을 가진 독창적인 괴물이다.

"왜 오신 겁니까?"

"왜 그래? 절의 야차처럼 노려보는구먼."

엄씨의 눈썹이 가운데로 모아졌다. 엄씨의 주름살이 유달리 파여 보였다. 이 집 남자는 키도 크고 목소리도 굵어 야차 같은 남자였다. 아이들이 나이를 먹고 아내가 늙어가는데 이 여자의 남편은 올 때마다 오히려 도로 젊어지는 것 같았다. 호탕하지만 능글맞고, 능글맞으면서도 음흉하고, 음흉하면서도 못돼먹었다.

엄씨가 말했다.

"형님 만나야겠어."

"안에 계십니다."

"참 다행이지. 절에 안 가서. 때 맞춰 왔으니 당연한 일이지만 말이야."

"어서 가세요."

"그럴 생각이네."

엄씨는 안채로 들어갔다. 빗방울이 떨어지기 시작하며 사방에서 사륵사륵 하는 풀잎에 물방울 떨어지는 소리가 나기

시작했다. 어느샌가 산에서부터 쏴아, 하며 비가 밀려 내려
왔다.

"가볼 거야."

효흔이 말했다.

"네?"

"가볼 거야."

"가보신다니, 왜 그러시는 건데요?"

"저 여자가 왜 왔는지 알아야겠어. 갑자기 서방님 이야기
꺼낸 것도 그렇고. 이상하단 말이야. 뭔가 아주 기분 나쁜
말을 하러 온 것 같아."

"그야 안 계시니 그리 물었겠지요."

"계신지 안 계신지 자기가 어떻게 알고 바로 그렇게 말해.
없다는 걸 확인하려고 일부러 저런 거야. 가보겠어. 무슨 말
을 하는지, 뭘 알아내고 저러는 건지 알아내지 않으면 안 되
겠어. 안 그러면 오늘 잠을 못 잘 거야."

"아씨, 그러다 들키면 어쩌려고요."

"들키라지. 그래도 저 여자가 아는 걸 나도 알아야겠어."

"아씨, 안 됩니다."

그러나 효흔은 이미 안채로 가고 있었다. 곽씨도 별수없
이 그 뒤를 따라갔다.

효흔은 부엌문 뒤에 숨어 안채를 들여다보았다. 엄씨가
이제 막 들어간 듯 문 닫는 소리가 들렸다. 효흔은 안방 창
문 밑으로 살금살금 기어들어 갔다. 갑자기 그 창문이 열리

는 바람에 곽씨는 얼른 나무 뒤로 숨었다. 효흔은 개구리처럼 바닥에 납작 붙었다.

"빗줄기가 점점 굵어지는군."

박씨의 냉담한 목소리였다.

중인인 상인 가문의 여인이면서도 그 목소리는 늘 그렇게 고요했다. 수면 위로 떨어지는 빗방울처럼 갑자기 할 말이 생각났다는 듯이 그렇게 차가운 목소리로 문득 문득 말을 한다. 그 안에는 생명도 사랑도 애정도 없다.

"오는 길에 한두 방울 내리기 시작하여 무척 걱정했답니다. 오늘 밤새 내릴 것 같아요."

엄씨가 뒤에 웃음을 달며 그리 말하자 박씨는 싸늘하게 엄씨를 보았다. 엄씨가 한마디 한마디 건넬 때마다 박씨는 기어드는 벌레를 보는 듯 쌀쌀해졌다.

"바람이 거칠지 않으니 그렇게 많이 오진 않을 듯도 싶네."

"그래야죠, 형님. 한양 가는 길이 궂으면 곤란해요."

"오늘 여기서 묵고 갈 겐가?"

"설마 밖에서 재우시지는 않겠지요."

"준비하라 해두겠네."

형님, 형님 하는데도 나이는 박씨가 열 살은 어려 보였다. 둘 다 꾸민 것도 비슷하고 입은 차림새도 비슷하건만, 얼굴은 엄씨가 더 나이 들어 보이고 분위기는 박씨가 더 지긋해 보였다. 박씨는 행동이나 눈빛은 육십도 훌쩍 넘긴 사람 같았다. 항상 반응이 느리고 늘 담담하다. 효서를 보면 그게 천성인 것 같기도 했다. 효서도 고작 열넷이면서도 문오와 같이 있으면 동년배나 그보다 더 어른 같았다. 그러나 박씨의 얼굴만은 늘 아름답다. 아직 서른 초반이니 젊어 보여도 된다. 반면, 그 옆의 엄씨는 항상 얼굴에 늘 감도는 초조함과 불안함이 그녀를 더욱 늙어 보이게 했다.

"그래, 왜 온 건가?"

"형님도 참, 저는 안부 인사하러 오지도 못합니까?"

"매희는 잘 있고?"

"그럼은요. 그네라도 한번 뛰면 춘향이가 나타났다며 동네 남자들이 다 우러러 봅니다. 벌써 혼담도 들어왔어요."

"어디?"

"강평재라고, 횡주에 본가를 두고 한양에 경택을 두고 일하는 역관이 있습니다. 그 집 장남과 혼사가 진행될 듯합니다."

될 듯하다. 즉, 여기서 그 혼인에 염두에 둔 사람은 엄씨 하나뿐이라는 말을 둘러 하는 것이다.

"게다가 매희 혼사도 혼사지만 우리 재국이 앞날도 생각해야지요. 저야 뭐 애들이 잘 커서 제 몫만 하면 크게 욕심은 없습니다만……."

"없으면 되었군. 능력만큼 얻어갈 테지."

"그런 세상이 아니란 거 아시지 않습니까. 아무리 능력이 좋아도 한두 가지 더 얹혀가는 게 있어야 값이 더나가는 겁니다.”

“한양에 아는 사람이 별로 없지만, 배 행수에게 말은 넣어보겠네.”

“말만으로는 안 되는 거 아시잖아요.”

“돈 달라는 겐가?”

엄씨가 움찔 몸을 흔들었다.

“꼭 그건 아니고…….”

“그럼 뭐?”

“배 행수 자리를 달라는 건 아닙니다만, 우리도 전(廛) 하나 차려주시면 좋겠다 싶어서요. 크게 차려달라는 건 아닙니다. 저희도 주제를 압니다.”

“지난번에 주지 않았나. 그 정도면 치레는 한 걸로 아는데.”

“매희 혼처가 굉장히 좋습니다. 우리도 구색이 좀 맞으면 좋겠답니다.”

“재산 따지는 사돈은 만나지 마.”

“돌려 말하니 참 못 알아들으시네요, 형님.”

“그냥 말하게.”

박씨의 얼굴이 동굴 안으로 들어가듯 차갑고 깊어졌다. 엄씨는 혀로 입술을 적시며 그런 박씨의 얼굴을 흘끗흘끗 살폈다.

“그냥 말 하라고.”

박씨가 다시 말했다. 엄씨는 두 손을 모아 살그머니 잡았다.

"우리 집 하인 하나가 추석날 저와 함께 여기 온 적이 있습니다. 그가 며칠 전 운종가로 심부름을 나갔다가 이 댁 사위를 보았다지 뭡니까."

"어디서?"

"기방 앞에서 보았답니다. 그것참, 아직 혼인도 하지 않은 사내가 어찌 망측하게 그런 데를 드나들고."

"잘못 보았겠지."

"효흔이한테 물었는데 한양으로 일보러 갔다면서요? 그러면 볼 수도 있지 않을까요."

엄씨를 보는 박씨의 얼굴에 피로가 묻어났다.

"다른 사람일 수도 있잖은가."

"게다가 잘못 보았을 리 없죠. 우 서방이 덩치가 커서 눈에 뜨이잖아요. 거기다 기방에 그리 젊고 훤칠한 남자가 있으면 누구라도 눈에 뜨이지요."

"그래, 거기서 무엇을 하고 있던가?"

"사내놈들이 그런 분내 나는 곳에 가면 하는 짓이야 뻔하죠. 세상에나, 기루 뒤채에 있더랍니다. 벌써 기부 노릇을 하는 겐지."

"우리 집 일이네. 알아서 하겠네. 그리고 그 사람은 그럴 사람이 아니네."

"형님, 시골 사람이라고 다 순박한 게 아니에요. 갑자기 부잣집 사위가 된 데다, 돈 쥐어서 분내 피우는 곳부터 보내면 사람 금방 버립니다."

“알아서 하겠다지 않나.”

“그런데 우리 집 하인이 만난 사람이 하나 더 있습니다.”

“누굴 만났는데?”

“이 집에서 일하는 사람 중 천대산이라는 사람이 있지 않습니까.”

김낙천이 문오를 보내며 옆에 붙여 보낸 하인이다. 곽씨는 엄씨가 또 무슨 말을 할지 몰라 긴장이 되었다.

“그래, 있지.”

엄씨의 입술이 올라갔다.

“그런데 지금 그 사람도 여기 없지요?”

“그래.”

“당연히 없을 테지요. 우리 집 아이가 그 사람을 만났으니 말이죠. 그 사람, 우 서방하고 같이 한양으로 왔다던데.”

“그래.”

“그런데 참 이상하기도 해라. 같이 떠난 사람이 하나는 기방에 있고 다른 하나는 투전방에 있답니까? 일하러 보냈다면서요.”

“비는 시간에 놀 수도 있지.”

“대체 무슨 일로 이 댁 사위를 보내신 거죠?”

“나는 남편 일에 대해 아무것도 모르네.”

“혹시 효서하고 무슨 일이 있었나요?”

그제야 박씨 부인의 얼굴에서 피로가 사라졌다. 이제 그 얼굴에 깃드는 것은 어두운 긴장감과 두려움이었다.

엄씨가 드디어 물고기를 낚은 어부처럼 얼굴에 희색이 돌았다.

"그 천씨라는 사람, 두 냥 주고 물어보니 금방 말하던데요."

"무엇을?"

"큰 악의는 없습니다. 행여나 우리 집을 내보낸 이유와 비슷하지 않을까 해서 궁금해진 것뿐입니다."

박씨의 눈이 엄씨를 똑바로 향했다. 엄씨가 까르르 웃었다.

"압니다. 자식 키우는 입장에서 뭘 더 이해 못할까요. 하지만 사위를 그리 내보내셨다면… 문제가 좀 있지 않습니까. 일하는 사람이라면 몰라도 사위로 들였던 사람인데."

"그래서?"

"하인에게 우 서방이 어디 머무나 알아보라 했습니다. 배 행수네에서 머물고 있더군요. 보아하니 그 사람은 형님네에서 어떤 일을 당한 건지 전혀 모르고 있는 것 같은데, 아무리 시골 무지렁이라도 자기가 형님네에서 '무슨 이유'로 쫓겨난 건지 안다면 가만히 있을까요."

"나더러 어쩌란 말인가?"

"자식들 생각을 하시라는 거지요. 게다가 사위를 내치다니, 아무리 우 서방이 어수룩하고 착한 사람이라도 그런 이야기를 듣는다면 좋아할 리 없지요. 그러니까 말이죠, 따지고 들어가면 배 행수가 맡은 한양의 전은 우리가 했어야 하는 게 아닙니까. 그때 저나 우리 바깥 분이나 무척 실망이 컸습니다. 그리 열심히 일했는데 그러시니…….”

박씨의 그림 같은 얼굴이 처마를 향했다. 처마 끝 기왓장마다 물줄기가 뚝뚝 흘러내리며 투명한 발을 만들었다. 그런 박씨를 보는 엄씨는 긴장한 빛이 역력했다.

“요즘 힘든가?”

박씨가 물었다.

“네?”

“힘드냐고 묻는 거네.”

다시 엄씨의 입술 한쪽이 위로 치솟았다. 일이 뜻대로 되지 않아 긴장하면 나오는 버릇이었다.

“그렇게 하지 않으면 안 될 만큼, 이렇게 모질게 우리를 힘들게 할 만큼 힘든 거냐고 묻는 거네.”

“그건…….”

“자네 집이 어떻게 돌아가는지 정도는 보고 있네. 우리가 한양을 나서며 준 것만도 충분할 거야. 더 바라고, 더 욕심 내고, 조금 더, 조금 더… 그러다 보면 끝이 없어. 적당한 선에서는 멈추어주면 좋겠어.”

“그렇지 않습니다.”

“그만 만족하고 가.”

“그, 그것만이 아닙니다.”

엄씨의 목소리가 떨리기 시작했다.

“왜?”

"그것만이 아니라고요. 고작 돈 때문일 것 같습니까?"

엄씨의 얼굴에서 빠르게 핏기가 빠져나가기 시작했다. 가장 두려워하는 말을 하려는 것 같았다. 호랑이 앞에 손을 내미는 듯, 늑대 우리의 문을 열 듯 그런 얼굴로 그녀는 박씨를 보고 있었다.

엄씨가 작게 말했다.

"형님은 아직도 젊군요."

"무슨……."

"만나뵌 지 벌써 십여 년이 흘렀는데 어찌 그리 처음 뵀을 때하고 똑같습니까? 참으로… 부럽습니다. 저는 벌써 눈가에 주름이 지고 턱이 늘어집니다. 그런데 형님은 여전히 갓 시집온 새색시처럼 젊어 뵙니다."

"마음을 편히 잡으면 그래."

"하지만 아무리 편히 잡아도 형님 나이에 그리 젊고 곱지는 않을 것 같은데요. 형님, 고작 마음을 편하게 잡는다고 그리된 게 아니라는 거, 형님이 제일 잘 아시지 않아요?"

박씨가 이를 악물었다.

"무슨……."

그때 엎드린 효흔의 저고리 밑에서 방울 소리가 들렸다.

딸랑.

효흔이 놀라서 저고리 아래를 붙잡았다. 꽉 움켜쥐어도 계속 방울 소리가 났다. 곽씨가 안절부절못하며 효흔을 안았다.

엄씨가 일어나 두리번거렸다.

"어디서 방울 소리가… 형님, 안 들리시나요?"

박씨는 조용하게 앉아 있을 뿐이었다.

"형님……."

박씨가 맞은편 창의 문고리를 잡았다.

"자고 가게."

그리고 창문이 닫혔다.

"내일 아침에 이야기하지."

곽씨는 효흔의 어깨를 잡았다. 효흔의 어깨가 부들부들 떨렸다.

"아씨, 들어가요."

"어머니, 아버지가 서방님을 내보낸 거야."

"아씨!"

"나도 알아. 예전에 저 사람들을 갑자기 내보냈어. 갑자기 돈을 주고 땅과 집을 사주고 내보냈어. 내가 물어보니, 그 사람들이 알고 보니 먼 친척이라 이제부터 도와줘야 한다 하셨지. 서방님도 그렇게 내보낸 거야. 아, 생각난다. 그 사람, 그 사람이 죽은 다음이야."

"그만하세요!"

곽씨는 자기도 모르게 목소리를 높였다가 입을 틀어막았다.

효흔이 곽씨의 옷을 잡고 늘어졌다.

"기억 나, 그 남자!"

"그만하세요. 들어가요. 어서!"

"알아, 안다고. 거기에 서방님이 크게……."

효흔의 눈에 눈물이 고였다.

"서방님은… 그럼 이제 돌아오지 않는 거야?"

"네?"

"이 집이 무서워서, 그래서 떠나서 돌아오지 않는 거야?"

"그럴 리가요. 서방님은 돌아오실 거예요."

"아버지가 쫓아낸 거잖아. 나도 눈치는 채고 있었어. 그런데 그런 말 하면 아버지가 싫어하니까, 어머니가 또 날 미워하고 또 아무 말도 안 하실 테니까, 그러니까……."

"흠뻑 젖었어요. 감기 들려요. 들어가요, 아씨."

뜨거운 눈물이 효흔의 볼을 타고 계속 흘러내렸다. 곽씨는 차게 식어가는 효흔의 볼이 안쓰러워 그 눈물을 닦아주다가 작은 머리를 안았다.

"어서 들어가요, 아씨. 들어가서 이야기해요. 제발 울지 말아요."

다시 방울 소리가 들렸다. 곽씨는 행여 누가 들었나 주변을 살피다 나무 아래에 있는 사람을 발견했다.

효서였다.

"도련님."

효서의 눈이 곽씨를 향했다. 그 연한 색 눈이 푸르게 보였다. 빛을 담아 다시 뿜어내는 구슬 같았다.

"도련님……?"

효서가 몸을 당기더니 나무 아래로 사라졌다. 늘 그렇듯 바람이나 물이 흐르듯 빨랐다. 방울 소리가 갑자기 뚝 멈추었다. 곽씨는 효흔의 작은 머리를 꽉 끌어안고 속삭였다.

"들어가요, 아씨. 뜨거운 것을 좀 먹고 기운을 차려요. 저녁에는 제가 맛있는 것을 해드릴게요."

"효서, 효서가 왔지?"

"방으로 돌아갔어요. 어서 들어가요, 아씨. 어서. 그리고 이야기해요, 어디서 어떻게 서방님을 찾을지. 편지를 보내요. 그리고 돌아와 달라고 하세요. 마님께는 제가 말씀드릴게요. 정혼했다 파혼하면 과부나 다름없게 되어 시집갈 수 없는 몸이 된다고요. 그러니 다시 서방님을 뵙고 싶다고. 알겠어요?"

효흔이 고개를 끄덕였다. 곽씨는 효흔을 안아 들고 별채로 들어갔다. 빗줄기는 이제 구슬처럼 굵었다. 나무 위로, 풀 위로, 돌바닥 위로 굵은 빗방울이 떨어졌다. 연못 위로 수많은 원이 그려지며 사방으로 퍼져 나갔다. 노란 꽃창포의 물그림자가 그 빗방울에 노란 얼룩이 되어 흩어졌다.

효흔의 머리를 닦아주고 옷을 갈아입히고 재우는 것은 곽씨의 일이었다. 박씨는 곽씨를 부르지 않았다. 애초에 왜 안 오느냐고 말하지도 않았다. 곽씨를 돕는 부엌데기 삼월이를 데려다 저녁을 차리게 하고 손님상을 들여보냈다. 행여나 음식이 맛이 없다 하고 투덜댈까 신경 썼다.

비에 바람이 실리며 점점 거세어졌다. 날도 이르게 어두워졌다. 효흔은 저녁 생각이 없다고 버텼지만 곽씨는 흑임자죽을 끓여와 먹인 후 재웠다.

"한숨 자고 일어나면 다 좋아질 거예요."

그렇게 달래며 곽씨는 효흔을 덮어주었다.

효흔이 잠들자 곽씨는 불을 끄고 곁방으로 와서 장지문을 닫았다. 잠이 오지 않기로는 곽씨도 마찬가지였다. 엄씨는 대체 무슨 생각인 걸까. 그날 일에 관한 한 분명 그녀의 남편과 약조하지 않았던가. 거기에 그 남편도 이 집이 건재해야 자기도 잘 먹고살 수 있다는 정도는 알 것이다. 한양의 장사 관리를 배 행수에게 맡긴 것에 엄씨는 불만이 많았지만 어차피 그 남편은 장사에는 재주가 없는 사람이다. 그에게는 소작농들에게 논밭 던져 주고 철마다 세를 받는 편이 더 편할 것이다.

설마 다른 사람을 찾은 건가.

곽씨는 심장이 벌컥거렸다.

맞다. 그럴지도 모른다. 다른 사람, 이 집보다 더 부유하거나 그보다는 못하지만 권력이 충분한 사람을. 아니, 이 집보다 덜 부유하지만 쉽게 움직일 수 있는 집을.

곽씨는 입술을 물고 손을 마주 움켜잡았다. 빗소리가 점점 더 거세어지고 멀리서 천둥소리가 들려왔다. 두려움이 피어올랐다. 무언가가 사라졌지만 그 무엇으로도 그 빈자리를 채울 수 없다는 것을 알았을 때, 영원히 돌아오지 않는다는 것을 알 때의 두려움이 다리를 타고 올라와 가슴을 검게 물들이고 머리를 텅 비게 했다. 다시는 그렇게 되고 싶지 않았다. 잃고 싶지 않았다. 반드시, 반드시 지키고 싶었다. 지킬 수 없다면 그냥 죽어버리고 싶었다. 이제는 도저히 두 번 다시 외롭게 지낼 수 없다.

지금 상황에서 박씨는 엄씨로부터 알아낼 수도 없거니와 엄씨를 처리하기는커녕, 그저 입을 꾹 물고 고개를 돌리는 것밖에는 할 수 있는 것이 없다. 박씨는 이 집안의 여주인이지만 도자기나 나무 정도 밖에는 유용하지 못할 때가 많다. 특히나 오늘처럼 김낙천이 자리를 비운 날이면 그녀는 더더욱 무기력하다. 쌀쌀하고 차가운 것 자체가 허세의 일환이다.

—내겐 아무것도 말하지 마.

아직 나무 냄새, 기름 냄새도 가시지 않은 집 안의 안방에 앉아 박씨는 곽씨에게 말했다.

—이 댁 마님이시지 않습니까.

—그간 다 자네가 하지 않았나. 여기서도 그래 줘.

—거긴 한양이고 여긴 시골입니다.

—그냥, 그래 줘.

그 후 박씨는 효서의 처소를 만들어놓고서도 아들을 안채 건넌방에 재웠다. 아직 어리다. 조금 커도 아직 어리다. 늘 어리다는 것이 그녀의 핑계였다. 그러다 경인사에 건물 하나를 시주한 후에 날이 풀리면 바로 그곳으로 가서 지내기 시작했다.

효흔은 잘못 핀 꽃처럼 집안에 버려졌다. 늘 곽씨가 옆에서 지내긴 했지만, 그들이 남겨놓고 간 빈자리는 너무나 컸다. 꽃을 심은 자리는 아무도 모르지만 꽃을 뽑아낸 자리는 누구나 알 수 있다. 흙이 시커멓게 드러난 그 자리에서 흙냄새가 풍겨오면 사람들은 누구나 들여다보고 한숨을 내쉴 것이다. 그럴 수밖에 없다. 결국 김낙천이 그에 대해 말하기 시작했다. 박씨는 이미 문제 삼을 것을 알고 있었던 듯, 마치 준비라도 한 듯이 답했다.

—신랑을 들여 보는 게 어떨까요?

—무슨 말이오?

처음에는 김낙천도 아내가 무슨 말을 하는지 몰랐다. 너무 갑작스럽고 무엇보다 너무나 어이가 없는 말이었기 때문이다.

—그 아이를 보살펴 줄 신랑이 필요할 것 같아요.

—왜 하필 신랑이오. 부안댁이 잘 돌봐주고 있지 않소.

—아뇨. 신랑이 필요해요. 부안댁은 안 돼요.

—왜?

—보세요. 당신은 아버지예요. 저는 어머니죠. 언젠가는 그 아이와 헤어져야 해요. 효서도 마찬가지지요. 그러니 평생… 영원히 같이할 사람은 다름 아닌 남편이에요. 그러니까 그 아이에게 필요한 건 남편이에요.

그리고 박씨는 더 이상 말하지 않았다. 설득할 생각 같은 것은 없는 것이다. 그녀는 일단 말을 하고 그다음 고집을 부리는 사람이었다.

그런데 곽씨가 어이가 없게도 김낙천은 그 일에 대해 정말로 진지하게 이야기를 했다.

─안 된다는 거 아시지 않습니까.

─그래도 듣고 보니 집사람 말이 맞는 듯도 해. 집안에 사내 하나가 더 있어도 되지 않을까?

─정말로 아씨를 시집 보내실 생각입니까? 아씨는 너무 어리다고요.

─그럼 일단 내가 사람을 데리고 올 테니 자네가 살펴봐.

─또 문제가 될 거예요. 그러지 마세요.

─급히 처리하지는 않을 거네. 이번에는 순서를 지킬 거야. 그러니… 자네가 좀 봐주게. 자네라면 괜찮을 거야.

과연 이 집안에서 견딜 수 있을까? 곽씨는 걱정이 되었지만 김낙천은 몇 번 한양과 지방을 오가더니 쓸 만한 사윗감을 찾았다고 했다.

─어떻게 찾으셨습니까?

─방법이 있네.

─물어보시기라도 한 겁니까?

─그래.

그리고 문오가 오게 되었다.

젊고 착한 사람, 어디서 이런 사람을 구해왔는지 모를 정도로 백설기처럼 하얗고 착하기만 한 사람이었다. 너무나 착해서, 너무나 순백이라 그 누구도 차별하지 않고 별나게 여기지 않았다. 효서에게 낯선 사람이 그렇게 처음으로 잘 해준 적이 없었다. 아니, 일부러 잘해준 것도 아니다. 효서를 평범한 아이인 듯 대해준 사람은 문오뿐이었다. 잘 지낼 수 있을 것 같았다. 정말로.

천둥소리가 들리고 문 너머에서 신음 소리가 들렸다. 곽 씨는 얼른 장지문을 열었다. 효흔이 몸을 뒤척이고 있었다. 곽씨는 문을 연 채로 그냥 밤을 새워 버리고 말았다. 잠들고 싶지 않았다. 잠들면 컴컴하고 축축한 악몽이 산 짐승처럼 몰려와 피를 빨고 뼈를 깨물 것 같았다.

빗줄기가 점점 더 거세어져 밤이 되자 폭포처럼 쏟아졌 다. 바람 소리에 문이 몇 번이나 흔들렸다. 누군가가 밖에서 들여보내 달라고 하는 것 같았다. 효흔도 몇 번이나 뒤척거 렸다. 천둥소리는 처음에는 멀리서 쿵 하는 정도였지만 점 점 더 가까워지더니 지붕 바로 위에서 꽈르릉 울었다. 이런 날이라면 호랑이가 오는 게 아니라 지옥이 열려도 모를 것 같았다.

드디어 빗소리가 그쳤다. 뜰을 보는 문이 파랗게 밝아오 며 네모진 문살이 드러났다. 문지방 너머의 효흔은 이제 푹 잠들어 있었다.

하늘을 보니 구름이 길게 찢어진 창호지 조각들처럼 흘러 갔다. 바람이 강한 듯 구름은 아주 빠르게 흐르고 있었다.

아침을 시작해야 한다고 생각하며 곽씨는 손님이 머물고

있을 객사를 보았다. 밤새 잘 잤느냐고, 먹고 싶은 것은 없느냐고 물어야 한다고 생각했다.

객사는 이 집의 다른 건물들이 다 그렇듯 벽으로 막혀 있었다. 이 집은 모두 벽으로 막혀 있다. 아니, 가리고 있다고 봐야 한다. 사랑채에서 안채를 볼 수 없도록, 안채에서 작은 사랑채를 볼 수 없도록, 작은 사랑채에서 안채나 별채를 볼 수 없도록 그렇게 빈틈없이 가린다.

곽씨는 중문을 통과해 객사로 갔다. 오미자, 산수유, 미선 나무가 무성하게 자라 있었다. 나뭇잎마다 물방울이 방울방울 맺혀 있었다. 앞에는 아직 다 못 자란 감나무가 있다. 감나무의 반들반들한 잎 끝에도 물방울이 맺혀 있었다.

"일어나셨나요?"

작게 말하자 아무 소리도 들리지 않았다. 아직 남은 바람에 문이 흔들려 덜그럭 소리를 냈다. 곽씨는 객사 뒤로 갔다. 문이 열려 있었다.

"부인."

그러나 방 안에는 아무도 없었다. 금방 일어나 나간 듯 이불은 어지러웠고 베개는 구석에 내팽개쳐져 있었다.

곽씨는 숲을 보았다. 작은 단풍잎에 비와 피가 섞여 있었다. 곽씨는 손을 뻗어 그 나뭇잎을 건드려 보았다. 핏방울이 아래로 뚝 떨어졌다.

한양에서 있었던 일들이 파편처럼 머리를 떠돌았다. 곽씨는 이미 작은 사랑채로 달려가고 있었다. 보통 효서가 머무는 처소인 그 집채의 문은 닫혀 있었다. 곽씨는 신발 채로 마루로 올라가 사랑채의 문을 열었다. 효서가 앉아 있다가 급히 고개를 돌렸다.

"도련님?"

"아주머니."

효서는 이를 악물더니 주먹을 쥐고 이마를 짚었다. 그 눈은 어두운 물속으로 가라앉아 가는 구슬과도 같았다. 용이 놓친 여의주, 정성의 극한에서 부정을 타버린 도깨비의 구슬처럼 빛을 잃고 가라앉아 가고 있는 것 같다.

"어찌……."

효서는 눈길을 돌렸다. 그 눈길이 향하는 곳에 비에 흠뻑 젖은 숲이 보였다.

"저를 찾아왔습니다."

"네?"

젖은 자국이 있었다. 핏방울이 여기저기 흩어져 있었다. 경상 아래에 피에 젖은 문진이 굴러다녔다.

"그 여자가 무슨 짓을 한 겁니까?"

효서는 손을 들었다. 손등에 칼로 생채기가 나 있었다. 곽씨는 멍하니 그 손을 보다 잡았다. 효서의 흰 손바닥이 피에 젖어 있었다.

"이를 어쩝니까."

"크게 다치지는 않았습니다."

"그 여자는 어디로 갔나요?"

“도망쳤습니다.”

“제가 찾아볼게요. 멀리 가지는 않았을 겁니다.”

“미안합니다.”

“아니에요. 조심했어야 하는 건데.”

“어머니께는 아무 말 하지 마십시오.”

“네, 알겠어요.”

하늘이 빠르게 밝아오고 있었다. 구름이라도 있으면 좋으련만, 밤새 비가 깨끗하게 씻어낸 하늘은 거울처럼 반반하고 맑기만 했다.

효서가 맥없이 말했다.

“날이 너무 빨리 밝는군요. 그때는 그래도 동짓날이었는데.”

“그 여자가 뭐라고 하던가요?”

“다 안다고.”

“그래서 어찌하셨습니까?”

“보시다시피 이렇습니다.”

곽씨는 숲을 보았다.

동짓날의 일이 떠올랐다.

어찌할 수 없는 바로 그 밤의 일이.

남자들, 웃음소리, 그 킬킬 웃는 웃음이 얼마나 흉악했던가. 그들은 귀신보다 잔인했다. 그 속에 부인의 비명이 피를 쏟듯이 들려왔다.

그렇게 일이 터졌던 날, 그리고 더 먼 예전이 생각난다.

김낙천이 처음으로 박씨를 데리고 온 날, 그 품에 안은 하얗고 작은 아기 효서, 아기에 혼이 나간 김낙천은 막무가내였고, 거기에 곽씨도 약해질 수밖에 없었다. 하지만 그렇게 약해진 그날부터 곽씨는 일이 이렇게 될 줄 알았던 것 같다.

—아니 될 겁니다.

한 해, 두 해가 지나고, 이제 도저히 박씨하고 헤어질 수 없게 되자 그렇게 허망하게 말했다.

—그분은 아니 될 겁니다, 나리.

—불행이 시작될 겁니다. 손쓸 수 없게 되고 말 겁니다. 아니, 우리 손을 떠나 일이 벌어질 겁니다.

—삶이란, 사람과 사람과의 삶이란 그런 거니까요. 그물처럼 얽혀 있지만 그 그물의 줄과 코가 얇고 어설프기 그지없습니다. 한번 찢겨져 나가면 주변에 있는 다른 코와 올도 다 뜯겨 나가고 말아요.

조선비록
허깨비
헐기담

조선비록
혈기담

“자네, 송 대감 댁에 좀 다녀오게.”

문오가 덜렁거리는 문을 고치고 있는데 배 행수가 와서 그렇게 말했다.

“어디요?”

“송유준 도련님 댁 말이다. 자네가 그 집 도련님을 구했다는 소문이 자자해서 말이야.”

문오는 손을 저었다.

“제가 도련님을 구한 게 아닙니다. 도와준 사람이 있었는데, 누군지를 모르겠습니다.”

“송 대감 체면도 생각해야지. 소문이 그리 난 걸 어쩌겠는가.”

"제가 하지도 않은 일로 칭찬을 받거나 감사받고 싶지는 않습니다."

"자네가 처음 구한 건 사실이지 않은가. 어찌 되었든 감사 받을 일이 있는 것이니 시키는 대로 다녀오게."

"가만, 행수 어르신. 혹시 저더러 감사 인사를 받으러 가란 겁니까?"

"사람 참 까칠하긴. 자네 혼자 그러라고 가는 게 아니라 내가 드릴 게 있어서 그러네. 우리 집 하인보다는 그래도 자네가 가는 게 나을 것 같아서 말이야."

"그렇게 대단한 댁입니까?"

"북촌에 사는 그 누구도 다 자네보다 대단하네."

"대단한 정도를 구체적으로 말씀해 주십시오."

"예조참판 되시는 분이지."

"그거, 높은 겁니까?"

"자네가 내 발바닥이라면 그분은 내 귀 정도 되는 높이네. 알겠어?"

대충 어느 정도인지는 알겠다. 예조니 뭐니 하는 건 문오로서는 알 도리가 없는 거고, 그냥 높은 거구나, 뭐 좀 하는구나 정도로만 알아두기로 했다.

"그런데 왜 제가 굳이 가야 하는지……."

"우리 같은 장사꾼들이 아무나 잡아 보내면 문지방도 못 넘을 거네. 내, 그 댁하고 좀 알고 지내고 싶은데… 그분의 호가 무암, 즉 안개 안에 숨어 있는 바위지. 그에 맞게 집하고 대궐만 드나드는 분이라 어디 말을 드릴 틈이 있어야지."

"행수 어르신은 아는 벼슬아치도 많지 않으십니까. 그 뭐더라. 부원군 나리도 알고 계시고요. 그러면 되지 않나요?"

"권불십년(權不十年), 우악스럽게 권력을 쥐고 휘두르는 인간치고 명이고 집안이고 제대로 가는 사람이 없어. 오히려 송 대감처럼 물처럼 흐르고 바위처럼 굳건하고 소나무처럼 그윽하게 앉아 있는 사람이 오래가는 법이네."

"그런데 그런 분이면 아무런 기대를 해볼 수 없지 않습니까. 바라는 것이 없는 분일 텐데, 무엇을 주고 무엇을 받을 건가요?"

"바로 그럴 때 기회란 것을 봐야 하는 거네. 그리고 지금, 자네가 바로 내 앞에 있는 게지. 그리고 내가 청탁을 넣으려는 게 아니야. 워낙 고명하신 분이라 내가 존경의 표시를 아주 조금 하고 싶다는 게지."

이 핑계, 저 핑계 집어치우고 그냥 가라는 말이라는 것 정도는 알아먹겠다. 아마도 송 대감에게 청탁을 넣든 인연을 붙이든 하고 싶은데, 기회가 닿지 않아 눈치만 보다가 마침 문오가 그 집 아들하고 인연이 닿자 얼른 등을 떠미는 것 같았다. 그러나 부유하고 가난한 차이는 그러려니 하고 넘어갈 수 있지만 신분상 크게 차이가 나는 분을 뵙기는 참으로 부담스러웠다. 사람은 가난할 수도 부유할 수도 있지만 신분은 일단 태어나면 그 무엇으로도 뒤집을 수 없다.

"알겠습니다. 다녀오겠습니다."

그러나 역시 갈 수밖에 없다.

"잘 생각했네. 내 선물을 가지고 오겠네. 기다리게."

배 행수는 문오에게 보따리와 하인을 붙여주었다. 배 행수는 선물이라고 했지만 누가 봐도 뇌물이었다. 정성스럽게 수를 놓은 비단 보자기에 그 안에는 오동나무로 만들어 옻칠을 한 상자를 넣어두었다. 안에 뭐가 들어 있는지는 모르지만 값진 물건일 것이다. 천 서방에게 당한 것이 있어 문오는 하인이 자기가 들고 가겠다고 하는데도 보따리를 내주지 않았다. 문오의 태도에 하인이 불쾌해했다.

"이보시오, 댁이 김낙천 어르신이 보낸 사람이라 하지만, 그래도 같이 고용살이하는 처지 아니오. 내가 어르신 댁에 있어도 한참을 더 있었는데 그러는 게 아니지."

"아니, 그래도. 그냥 제가 들고 가겠습니다."

결국 화가 난 하인은 문오를 엉터리로 데리고 다니다가 길바닥에 버리고 사라졌다.

"에휴."

문오는 자신의 어리석음을 탓했다. 사람들에게 잘 보이는 재주 같은 건 배워도 모를 것 같았다. 배 행수 집 하인들이 문오를 어떻게 보는지는 알고 있었다. 시골에서 올라온 뜨내기, 소개서 잘 받아와서 바닥부터 시작하지 않고 중간부터 시작하게 될 사람, 거기에 온 첫날부터 기방이나 들락거리고 있으니 좋게 보아주려야 보아줄 수가 없지 않은가.

문오는 별수없이 취월을 찾아갔다. 오시(午時) 근방이라 기방은 절처럼 한적했다. 문오는 뒷문을 밀고 슬그머니 들어갔다. 빗장은 걸려 있지 않았다. 뒷마당에는 장독대가 모여 있고 그 옆에 돌로 막은 우물이 있었다. 우물 옆에는 굵은 오동나무가 자라고 있었다. 아직 피지 않은 오동나무 꽃대가 가지마다 올라와 있었다. 녹단이 그 나무 그늘 아래 툇마루에 붉고 검은 물을 들인 옷차림으로 길게 늘어져 있었다.

"어이, 녹단아."

살그머니 부르자 녹단이 눈을 떴다.

"어이, 우 서방."

그리고 녹단이 웃었다.

"내가 그리 고와서 오셨나. 내 정인이 되어주시겠다면 그리하시든지."

"농으로라도 그런 말 하지 마!"

"웬일이오, 서방님."

"송 도령 네에 가야 하는데 길을 몰라서."

"거긴 왜?"

문오는 보따리를 들어 보였다.

"내가 머무는 행수 댁에서 송 대감 댁에 보내는 게 있어서 말이다."

"서방님이 그 댁 하인이오?"

"하인 손에 들려 보내기에는 구색이 맞지 않나 봐. 내가 송 도령하고 아는 사이라며 들려 보내주더라고. 그런데 가는 길에 안내해 주는 하인 놈이 내뺐고, 길도 모르는데 나 혼자 양반 나리들 사는 동네에서 얼쩡대자니 무서워서."

녹단이 웃음을 터뜨렸다.

"양반 나리들이 사람 뜯어 먹는 도깨비요, 피 빨아 먹는 혈귀요? 왜 그러시오?"

"나는 그 정도 되는 분 근처도 가본 적이 없어서 그래. 하여간 너, 어디인지 알지?"

"알지. 당연히."

"너는 송 도령하고는 어떻게 알게 된 사이야?"

"우리 어머니하고 대감마님하고 아는 사이였거든."

"네 어머니 손님이셨나 보구나."

"그런 셈이지."

녹단은 다리를 당겨 앉았다.

"그런데 어쩌나. 내가 오늘 손님이 있어서 같이 가주진 못하겠는데."

"방금 전까지 놀고 있었잖아."

"기다리느라 그런 거지. 그런데 거기까지 다녀올 시간은 없거든. 사람 하나 붙여줄 테니 따라가시오."

"다른 사람은 못 믿는다. 배 행수가 붙여준 사람이 날 버리고 갔단 말이야. 여기 사람이 안 그럴 거라 누가 알아. 다들 나를 지푸라기 취급하는 것 같아."

그리고 축 늘어지자 녹단이 하하, 하고 웃었다.

"다 그렇게 뜨내기 시절 시작하는 거요, 서방님. 하지만 믿을 때는 믿고 따라갈 때는 따라가시오. 우리 집 애가 서방님 버리고 가면 당장 돌아와서 일러바쳐. 내가 때려주겠소.”

문오는 녹단의 가느다란 팔목을 보았다.

“네가 때리는 게 참 무섭겠다.”

“이래 봬도 내 주먹 참 맵다우. 그리고 모르면 다른 사람한테 물어보면 되잖소. 그냥 아무나 잡고 송임 참판댁이 어딥니까 하고 물어봐.”

“말이 쉽지, 다른 사람한테 물어보기…….”

“겁나시지?”

녹단은 다시 깔깔 웃었다. 어린 소년이 그런 둘을 보고 있었다. 녹단이 문오를 가리키며 말했다.

“장패야, 우리 서방님 좀 모셔다 드려라.”

“어디로요?”

“북촌 송 도령 댁 알지?”

“네, 압니다.”

소년의 얼굴이 미묘해졌다. 이거, 이거 표정들이 왜 이런가? 문오는 그 둘을 번갈아 보았지만 둘 사이에서 공유되는 비밀이 문오에게 공개될 것 같지는 않다. 문오는 바보 취급 받는 것 같아 기분이 나빴다. 녹단이 입술 위로 손가락을 가져갔다.

“다녀오시오.”

문오는 소년을 따라갔다. 소년은 둥근 얼굴에 가느다란 눈을 가진 귀여운 아이였다. 뒤에 늘인 댕기머리가 소년의 걸음마다 찰랑거렸다.

"녹단이 저 녀석, 일부러 안 가는 것 같은데."

소년이 고개를 흔들었다.

"당연히 그렇죠. 녹단 형님, 거기로 가는 거 싫어하십니다. 그 댁 노비였거든요."

문오는 보따리를 놓칠 뻔했다.

"그리 안 보이던데."

"지금도 노비예요."

"그런데 저렇게 돌아다녀도 되는 거야?"

"신분상으로만 그렇다는 게죠. 송 대감 나리는 언제고 방면해 주실 날만 보고 계십니다."

"노비였구나……."

소년이 웃었다.

"말 놓으셨던 게 억울하십니까?"

"아니야. 그렇게 신세를 졌는데, 노비였다고 함부로 대하면 벌 받는다."

"그래서 녹단 형님이 형님을 편하게 대하시는 것 같군요. 방금 무척 놀랐습니다."

"아무한테나 버드나무 가지처럼 기댈 놈으로 보이던데. 말투도 이상하고."

"아닙니다. 사람 많이 가리시는 분이에요. 때때로 아주 모질기도 하고. 저리 보이셔도 기방 기녀들하고 우리 하인들 모두 그분을 좀 무서워합니다. 저분 다루는 분은 취월 아씨뿐이셔요."

"안 그래 보이던데."

"그게, 형님이 강아지처럼 순해서 그러시는 것 같아요."

"칭찬이야, 욕이야?"

"칭찬이지요. 착한 사람 놀리면 벌 받는다고 녹단 형님이 늘 그러셨거든요. 형님이 정말 마음에 드나 봅니다."

"송 도령하고는?"

"그야 주인댁 도련님이라 모시는 거지요. 둘 사이는 그다지 좋지 못합니다. 송 대감 어르신이야 녹단에게 잘해주려 하시지만, 송 도령은 좀 쌀쌀맞으신 분이라."

"그렇긴 하지."

그래서 그날 그런 건가. 쌀쌀맞고 도도한 건 사실이다. 좀 뻔뻔하기도 하다. 문오에게 부축하라느니 집까지 업고 가라느니 하고 있으니 말이다. 물론 그날은 기방에 데려다주는 다행스러운 결말이었지만 말이다.

소년은 송 도령의 집 대문 앞까지 데려다 주었다. 소년이 기다리겠다고 했지만 문오는 그 등을 떠밀어 보냈다.

"언제 끝날지도 모르는데 먼저 가렴."

"돌아오시는 길은 아시지요?"

"당연히 알다마다. 길은 한 번 외우면 되는 거 아니니."

문오는 기와집이 가득한 동네를 둘러보았다. 문오의 마을은 대부분이 초가집이나 한 칸짜리 오두막이었다. 그래서 처음 본 효흔의 집은 궁궐이나 다를 바 없었다.

이곳은 그 정도 되는 집이 즐비하고 안에 들어 앉아 사는 사람은 호랑이보다 무서운 권력자들이다. 무엇이든 살 수 있는 부에 대한 두려움보다 무엇이든 없앨 수 있는 권력이 더 두렵기는 했다. 그렇게 생각하니 이 솟을대문에서 무엇을 어떻게 해야 하는지 모르겠다. 두드리면서 나와주세요, 라고 해야 하나, 이리 오너라, 하고 크게 외쳐야 하나.

결국 문오는 담벼락을 돌아 뒷문으로 들어갔다. 뒤뜰에는 커다란 감나무와 느티나무가 자라서 길까지 뻗어 있었다. 장독대에 있던 여종이 독 안에서 간장을 푸다가 문오를 보았다.

"뉘십니까?"

문오는 보따리를 앞으로 내밀며 말했다.

"우문오라고 합니다. 배처흠 행수라는 분의 심부름으로 이렇게 왔습니다."

"우문오. 아, 알아요. 마님께 들었어요. 어서 오세요."

"마님이요? 그분이 저를 어떻게 아십니까?"

"그야 도련님을 구해주신 분인데 모르면 도리가 아니지요. 세상에, 그런데 왜 뒷문으로 들어오십니까? 앞문 놔두고."

문오는 지레 겁을 먹은 것이 후회가 되었다. 장인도 입이 닳도록 말하지 않았던가. 너무 조심조심하면 아랫것들이 무시한다. 거만하게 굴거나 으스대라는 말이 아니다. 속에 기개를 가지고 대해야 사람들이 그 기개를 존중한다.

"불러도 아무도 안 나오더군요."

그래서 그렇게 말했다. 여종이 웃었다.

"압니다. 집이 워낙 조용하다 보니 일하는 놈이고 년이고 틀어박혀 자기 일만 하죠. 도무지 손님 맞을 줄을 몰라. 제가 사과 드립니다. 어서 들어오세요. 마님이 나리가 오시면 안에 들여보내라 하셨답니다."

"나리라니요. 가당치 않습니다."

"들어오기나 하세요."

문오는 고개를 저었지만 여종은 자신의 여주인이 중전마마라도 되는 듯 완강했다.

"뭐하십니까. 어서 들어오십시오."

문오는 엉거주춤 안으로 들어갔다.

참판댁은 검푸른 팔작지붕을 얹은 안채와 바깥채 두 개, 별채 하나에 행랑채가 적당한 크기로 갖추어져 있는 집이었다. 뜰에는 여러 꽃이 피어 있었다. 사랑채에는 모란을 심어놓았고 안채 쪽으로는 채송화와 앵초를 심었다. 뒤뜰 텃밭에는 가지와 상추, 오이 등을 가꾸고 있었다. 텃밭은 정성들여 가꾸어 뜰과 담에 잡초 하나 없었다. 민들레와 제비꽃이 보이긴 했지만 적당히 어우러져 일부러 놓아 둔 듯했다.

"저기, 청지기님을 불러주실 수 있나요? 이걸 전해 드려야 해서."

문오는 그러며 보따리를 내밀었다.

"어머나, 그럼 기다리세요."

문오는 중문 안을 들여다보았다. 앵두나무와 대추나무가 있는 뜰이 보였다. 구군복을 입은 덩치 큰 남자가 막 나오다 문오와 마주쳤다. 눈썹은 까맣게 태운 송충이 같고, 수염은 털 방망이처럼 거칠고 수북했다. 어복만 아니면 누구라도 검계나 도적이라 생각할 얼굴이었다.

"거기 누구신가?"

남자가 큰 소리로 물었다. 문오는 움찔했다.

"우문오라고 하옵… 아니, 그게……."

다행히 그때 이 집 청지기가 왔다. 그는 무관에게 문오를 소개했다.

"나리, 이분은 지난번에 도련님을 구해주신 분입니다."

단번에 남자의 얼굴이 밝아졌다.

"아, 자네로군!"

목소리가 너무 커서 귀가 왕왕 울렸다.

"나 때문에 우리 준이가 고생하는데, 나는 구해주지 못했는데 자네가 구해주었다니! 정말 감사하이! 정말 고마워!"

그리고 등을 쳤는데, 무관의 기준으로는 장하다며 두드려주는 것일 터이지만 문오에게는 두들겨 맞는 것이나 다를 바 없었다. 보따리를 놓칠 뻔한 것을 간신히 다시 잡아 청지기에게 주었다.

"배 행수께서 전해 달라 했습니다."

"이게 뭡니까?"

"저는 모릅니다. 그냥 들고만 왔습니다."

"알겠습니다. 그런데… 대감마님이 이런 거 별로 안 좋아하시는 거 알면서 또 보내오셨군요. 나리가 들고 오니 거절할 수도 없고."

청지기가 난처해했다. 다른 하인을 시켜 보냈다가는 문안으로 들어가지도 못했을 것을 문오니까 하인들의 환대를 받으며 들어올 수 있었고, 청지기는 난처해하면서도 직접 되돌리지 못하는 것이다.

"그런데 대감마님이 안 계십니다. 어쩌나."

"뵙지 않아도 됩니다. 저는 그만 가겠습니다."

"그래도 대접이라도 해드려야 하는데요."

"아닙니다. 정말로."

"기다리십시오. 가지고 가실 거라도 챙겨 드리겠습니다."

"괜찮은데……."

옆의 무관은 청지기가 자리를 뜨자 문오를 보며 웃었다. 야차상이 웃는 듯 오싹 소름이 끼쳤다. 사랑채 문이 열리며 조용한 목소리가 들렸다.

"그만해. 큰형이 그러면 누구라도 겁먹으니."

"나는 감사 인사를 하려 그러는 거란다, 준아."

"그건 내가 할 테니."

사랑채 마루에 유준이 서 있었다.

"큰형은 늦지 않았어? 남 포교가 난처해할 텐데."

"알겠다. 이만 가마. 잘 있으니 되었다. 네 형수가 나를 얼마나 쪼아대는지, 나 때문에 네가 다쳤다지 않느냐. 내 일을 돕느라 관직도 없는 아이가 원한을 샀다 뭐라나."

"괜찮다고 전해 드려."

"잔소리가 그걸로 끝날까 모르겠다. 평소에는 입 양 끝에 바위라도 매단 듯 말을 안 하는데, 한번 잔소리 시작하면 우레다, 우레."

"큰형, 다른 사람 앞이야."

덩치 큰 남자는 얼른 입을 막았다. 이제 보니 옆에 포교도 서 있었다. 지난번에 산에서 본 그 포교였다. 그는 문오를 알아보고 빙그레 웃었다. 그러나 옆의 무관이 귀찮게 할 거라 생각했는지 아는 체는 하지 않았다. 포교가 말했다.

"그럼, 도련님께서 말씀하신 자는 곧 수배하겠습니다."

"수고해 주시오."

포교는 상관에게 말했다.

"나리, 이만 뜨시지요."

"아, 그래. 얼른 가야지, 참, 가만있자, 준아. 청이가 곧 온다고 하니……."

유준의 얼굴이 해쓱해졌다.

"작은형은 안 오면 안 되는 거야?"

"부끄러워하지 말거라. 우리 형제가 석 달 만에 보는 거 아니냐.”

“알았어. 그리고 저… 아냐. 내가 직접 말하지, 뭐.”

유준이 피곤해하는 것이 역력했다. 문오는 지난번에 쓰러진 말이 그 형의 말이었다는 것을 알고 있었다.

“형수님께 안부나 전해줘.”

“그래.”

두 사람이 중문을 나가 사라지자, 유준은 문을 활짝 열며 문오를 보았다.

“들어와.”

“그나저나 저분은…….”

“큰형님이다.”

“하나도 닮지 않았네요.”

“다들 그러지. 어서 들어와.”

“저, 제가 들어가도 됩니까?”

“괜찮다. 올라와라.”

문오는 신을 벗고 안으로 들어갔다.

책장에는 서책이 단정하게 꽂혀 있고, 경상 옆에 놓인 연상에는 먹과 벼루가 놓여 있었다. 붓은 필통에 가지런히 꽂혀 있었다. 문갑과 책장에 잘 맞추어 정돈된 책들은 제목조차 읽을 수 없는 어려운 책들이었다. 사대부 도련님 방은 구경도 해본 적이 없는 문오라 감탄이 절로 나왔다. 저런 걸 다 읽고 쓴단 말인가. 사방에서 풍겨오는 먹향과 종이 냄새에 동경심마저 들었다. 문오로서는 평생

해도 이 소년이 지금까지 해온 것의 반에도 미치지 못할 것이다.

"몸은 괜찮으십니까?"

"별거없다. 아버지에게 통금 당해서 감사 인사하러 가지 못했다."

"통금이요?"

"그럴 일이 있다. 화가 아주 많이 나셔서 당분간 문지방도 넘지 말라 하셨다. 그래서 이리된 거다. 그날 고마웠다."

"그다지 감사받을 일도 아니지 않습니까."

"사방에 네가 나를 구했다고 소문이 났고, 따지자면 네 덕에 위험을 넘긴 것도 사실이잖은가. 그러니 감사 인사하면 그냥 받아. 퉁긴다고 튀겨지는 게 아니니까."

말이 얄밉다. 문오는 손아래 동생에게 하듯 한 대 쥐어박고 싶은 기분이 들었다.

"양반만 아니면 한 대 들이받고 싶겠지?"

"아닙니다."

"눈빛만 봐도 안다."

"절대로 아닙니다."

"신경 쓰지 않는다. 그리고 신경이 쓰인다는 이유 하나만으로 억울한 사람으로 만들 정도의 권세도 없다. 대놓고 해도 괜찮아."

"정말로요?"

“그렇다고 정말 그렇게 한다면 자네가 무례한 거지.”

하라는 건지 말라는 건지 모르겠다.

“아버지가 너를 부르시면 적당히 둘러대 줘. 취월에게 말한 대로 호랑이가 나타났었다고 말이다.”

“그게 그렇게 쉽게 나타나는 물건입니까?”

“그냥 그렇게 둘러대. 사람이 나타났었다는 이야기만은 하지 말고. 안 그랬다가는 내년까지 밖으로 나가지도 못할 거다.”

“왜요?”

“위험하다고.”

“아이도 아니고.”

“아버지 뜻이 그런 걸 어쩌겠는가. 거짓말 못하는 성품인 듯하니, 그냥 글쎄요, 모릅니다, 하고만 말해라.”

“알겠습니다.”

“그리고 그날 네가 어떻게 되는지 보았다.”

“네, 좀 다쳤지요.”

순간, 흰옷이 펄럭인다 싶더니 갑자기 단도 하나가 텅, 하고 경상에 박혔다. 엄청난 속도였다. 문오는 신음을 삼켰다. 단도는 문오의 손을 뚫고 경상에 박혀 있었다. 단도 날 아래로 피가 고이다 바닥으로 뚝뚝 떨어졌다. 유준은 단검을 뽑았다.

“뭐, 뭐하시는 겁니까!”

“봐.”

문오는 그가 가리키는 대로 손등을 보았다. 상처가 빠르게 들러붙고 있었다.

"어라?"

문오는 손을 들었다. 손등에는 아무런 상처도 없었다. 분명 피가 바닥에 떨어져 있고 손등과 소매 부리에도 붉은 피가 배어 있는데 상처는 없었다. 유준은 수건으로 단검의 피를 닦고 칼집에 밀어 넣었다.

"그날 너는 거의 팥죽이 되었다. 팔이 부러지고 다리가 뜯겨 나갔지. 그러나 다음 순간에 자네는 새로 태어난 듯이 멀쩡했다."

"마, 말 피였습니다."

"한 번 더 찔러줘야 정신 차리고 인정할 건가? 그날 내 말은 안 다쳤다."

"물어뜯기고 찢어발겨졌습니다."

"우리 집 마구간에 있다. 발을 절룩거려 바보 말이 되긴 했지만 말이다."

"그럼 왜 그날 그리된 겁니까?"

"모르겠다. 우리가 잘못 본 것이거나."

"둘이 동시에요?"

"아니면 여우에 홀린 것이겠지. 그날 다친 것은 너의 몸과 내 다리였다. 믿기 싫다면 다시 보든지."

그리고 다시 단도를 들었다.

문오는 얼른 손을 감추었다.

"도련님이 장난치신 것이 아닙니까?"

"나는 장난 같은 건 안친다. 그리고 그런 재주도 없고."

"저, 도련님이 조화를 부리신 게 아닙니까. 기이한 재주가 계신 듯하던데요."

"다시 한 번 말한다. 나는 그런 재주 없다."

"없다니요?"

"나는 평범한 사람이니까."

문오는 자기도 모르게 크헝, 하고 코로 웃다가 유준이 노려보자 입을 다물었다.

"자네가 멀쩡했다면 옷이 그 모양이지는 않았을 것 아닌가."

"옷이 그 모양이라니요."

"넝마가 되어서 취월의 집에서 새로 받아가지 않았나. 그때 보았다. 걸레짝이더군. 그런데 몸은 멀쩡하니 이상하지 않은가."

문오는 얼른 손을 움켜잡았다.

"저, 혹시 중한 병에라도 걸린 겁니까?"

"그렇게 다치고 옷이 찢겨 나가도 아무 일도 없었던 거라 생각했다는 게 병이라면 병이지."

"…멍청해서 참 죄송합니다. 하여간 이게 무슨 병입니까?"

"병이라면 병인데, 그렇게 태평한 것을 보니 다른 증상은 없는 것 같군. 기이하게도 정말로 아무 증상도 없어."

유준은 문오를 살피고 있었다.

"죽을병입니까?"

"아직 안 죽었으면 앞으로도 안 죽어."

"네?"

"그 '병'은 사흘 안에 죽지 않으면 안 죽는 병이다. 하루일 수도 이틀일 수도 있지만 사흘 이상 가지는 않아."

"사흘이 지났는지 지나지 않았는지 어찌 압니까."

"나와 만났을 때 자네는 이미 그 병에 걸려 있었다. 그 직전에 그 병에 걸렸다면 사흘이 지난 지금 살아 있잖아."

"꼭 사흘이라는 보장도 없지 않습니까."

"자네는 예외일지도 모른다는 건가?"

"네."

"그럼 어쩔 수 없지."

"……."

"어디서 당한 건가?"

"네?"

"어디서 당한 것이냐 물었네."

"당한 거라뇨? 병이 옮은 곳이요? 아니, 병이 어디서 옮는지 그걸 아는 사람이 어디 있습니까."

유준은 그런 문오의 반응이 의외인 듯했다.

"뭐 크게 문제가 되는 건 아니겠지요? 보시다시피 저는 지금 괜찮지 않습니까."

"모든 병은 처음에는 다 괜찮은 법이다."

"안 괜찮아질 거라는 말씀이시군요."

"내가 판단할 수 있는 일은 아니지. 그저 자네 경우가 진귀한 건 사실이네. 그러니 말해보게. 언제 어떻게 된 건가. 지난번 나는 교하 쪽에서 그 병이 돌고 있다 하여 가보았네. 하지만 그날 자네가 물리지는 않았으니 거기서 옮은 건 아니다. 훨씬 전이야."

"어찌 아십니까?"

"일단 물리면 누구라도 열이 펄펄 끓네. 당장 몸이 타오르지. 자네는 아니잖아."

"제가 특이체질일 수 있지 않습니까."

"글쎄, 그럴지도."

"……."

"어디서 물린 것 같나?"

문오는 득이의 일에 대해 설명했다.

"그자인가?"

"그날 아침에 보았던 사람들과 비슷했습니다."

"그리고 그자는 죽었고?"

"네."

"자네 집 하인은 전날 아침까지는 멀쩡했다 이거지."

"네, 그렇습니다."

"당한 그날 자네를 물려고 간 거군. 여러모로 자네가 운이 좋았던 것 같군. 제대로 된 혈귀도 아니었고, 그 덕에 잡아 죽일 수 있었으니. 하나, 그 일과 같은 귀의 짓이라면 참으로 험한 귀군."

"네?"

"힘없는 사람들에게 해를 끼치니 험한 귀라는 것이다."

"부잣집은 그래도 되는 겁니까?"

"다 같은 사람이니 부잣집도 사람이고 가난한 사람, 힘없는 사람도 다 사람이지. 하지만 속수무책으로 당할 수밖에 없는 자를 일부러 그리 공격하니 이번 혈귀의 흉사는 도무지 도리도 모르는군."

"그러니까 부잣집은 괜찮은 거냐고……."

"괜찮은 건 아니지만 모든 것을 잃지는 않지 않은가. 하지만 몸뚱이 하나밖에 없는 자에게 그러면 안 되지. 이만 나가 보게. 이상한 일이 생기면 다시 찾아오고."

"도련님은 왜……."

"음?"

"왜 이 일을 하시는 건지 궁금해서요. 보아하니, 아직 관직에 계신 것도 아니고, 큰형님을 도와주시는 겁니까?"

"반반이다. 내가 알아봐야 할 것도 있고, 또 이건 큰형님의 일이기도 하니 동생 된 도리로 도와야지."

"네."

"이만 가보고, 아버님께 적당히 모른다고 둘러대는 것 잊지 마라."

"참판 어르신이라 들었는데, 제가 거짓을 말해도 되는 겁니까?"

"안 들키면 되잖아. 그리고 심문하는 것도 아니고, 자네가 우리 집 겸인(傔人)도 하인도 아닌데 들킨다 하더라도 문제 될 건 없어."

"그래도 들키면 화를 내지 않으시겠습니까."

"들키면 아마도 나만 혼날 거다. 자네는 무사할 거야."

"도련님이 혼나시면 언짢지 않으시겠습니까?"

"자네에게 언짢겠지. 그리고 아마도 직접 화를 내기도 할 거야. 그게 싫으면 알아서 하게."

"노력하겠습니다."

문오는 어색하게 웃으며 인사를 한 뒤에 일어났다. 친절했다 이상했다, 다시 이상했다 친절했다, 도무지 종잡을 수 없는 도련님이었다. 녹단이 별로 좋아하지 않는 이유를 알 것도 같다.

긴장이 풀린 문오는 다리가 물로 변한 것 같다고 생각하며 유준의 방을 나왔다. 집은 뜰이나 집채 근처에 하인 하녀들이 하나도 보이지 않아 호수처럼 고요했다.

반가란 이런가. 모든 것이 고요하게 다듬어져 있었다. 배행수나 김 부자 집이 더 호화로웠다. 꽃도 많이 심어놓지 않았고 희귀한 나무도 없다. 감나무 몇 그루에 매화와 살구나무 몇 그루 정도밖에는 없다. 꽃바람이 지나간 뒤라 나무는 잎만 남아 한창 푸르렀다. 목이 말라 우물가로 갔다. 수정처럼 맑은 물이 입구까지 찰랑거렸다. 물을 마시고 고개를 들자, 안채 대청마루가 보였다. 그 위에 귀부인이 앉아 있었다. 얼른 피해야 한다고 생각하면서도 부인의 표정이 너무나 부드러워 넋을 놓고 보았다. 이목구비가 조화롭게 들어 있어 배꽃처럼 고왔다.

부인이 손짓을 해 문오를 불렀다. 문오는 주변을 둘러본 뒤에 안채로 갔다.

부인이 말했다.

"자네가 우문오라는 사람이지?"

조용한 목소리다. 장모 박씨의 목소리가 고요하고 서늘하다면, 그녀의 목소리는 깃털처럼 부드럽고 따뜻하게 느껴졌다. 거기에 얼굴에 활짝 피어오르는 천진한 분위기는 부인을 어린 소녀처럼 보이게 했다. 몇 살일까? 그 큰형의 나이를 생각한다면 쉰은 넘을 듯 보이는데 앞의 부인은 젊은 듯도 하고 나이 든 듯도 했다. 그러나 유준의 아내라 하기에는 나이가 들었고, 분위기도 새색시는 아닌 것 같다.

"자네가 우리 유준이를 구해주었다지?"

역시 마님이었다. 문오는 얼른 인사하지 않은 자신의 둔함을 탓하며 깊이 허리를 숙였다.

"구해 드린 게 아닙니다, 마님. 다른 사람이 도왔습니다."

부인은 손을 저었다.

"그러지 말아. 우리 은인이 아닌가. 나는 반상의 도리니 하는 것을 따지는 사람이 아니네. 오히려 자네에게 감사하고 있다네.”

“아닙니다. 일전에 도련님이 제 목숨을 구해주신 적이 있습니다. 미미하게나마 은혜를 갚게 된 듯싶어 오히려 제가 감사하고 있습니다. 게다가 따지자면 제가 구한 것도 아닙니다.”

“그 애가 그런 말은 안 하던데.”

“기억도 못하시던데요.”

“그 아이가 워낙 말을 잘 안 하지. 아직도 우리를 어려워하는 것 같아. 하지만 기억하고는 있을 거야.”

“그럼 왜 그런 말씀을 하신 겁니까?”

“기억한다고 하면 귀찮아질까 봐 그런 거겠지. 그런 아이거든.”

문오는 부인에게서 이런 말을 들어도 되나 싶었다. 아들 친구가 찾아왔을 때 불러다가 하는 말 아닌가. 문오와 유준 사이에는 친우 관계가 성립조차 될 수 없는 까마득한 신분의 벼랑이 있었다. 그뿐 아니라 유준은 애초에 친구 같은 것을 만들지 않는 소년으로 보인다.

“하여간 와줘서 감사해.”

사람들 오는 소리가 들렸다. 내외 엄한 양반댁 마님 앞에서 얼쩡대다가 들켰다간 도련님의 은인이고 뭐고 빗자루에 두들겨 맞고 쫓겨날 것이다.

부인이 말했다.

“너무 오래 잡았나 보이. 이만 가보게.”

"죄송합니다. 안녕히 계십시오."

"그래."

문오는 안채를 빠져나와 대문으로 가려다가 뜰에 하인, 하녀들이 나와 있는 것을 보고 기둥 뒤로 숨었다. 갈색 말 위에 이 집의 주인 나리가 앉아 있었다. 역시 뒷문으로 갈 걸 그랬다. 문오는 벽에 붙어 살금살금 걸어가 중문을 통과해 작은 사랑채로 향했다. 그 옆에 쪽문이 있는 것을 보았기 때문이다.

송임이 말에서 내렸다. 궁에서 왔는지 관복 차림이었다. 키는 크지 않았지만 인상이 훤칠하고 어깨도 꼿꼿한 남자였다. 유준이 나와 있었다.

"왜 나왔느냐. 그냥 안에 있지."

"걸어다닐 만은 합니다. 잘 다녀오셨습니까."

"나야 조정에 다녀오는 길이니 다칠 일이 있겠느냐. 걱정하지 않아도 된다. 그래, 다리는 어떠냐?"

"괜찮습니다."

"너는 혀가 부러지지 않는 한 다 괜찮다고 말할 테지. 내가 윤 의원에게 직접 물어보는 편이 나을 것 같구나."

"의원들은 하나가 아프면 열이 아프다고 수선을 피우지요."

"윤 의원은 그럴 사람도 아닌데다 내 오랜 벗이니라."

"죄송합니다. 하지만 정말 괜찮습니다."

아들을 보는 아버지의 얼굴은 속아주는 얼굴이 아니었

다. 문오는 유준이 아버지에게 말하지 말라고 한 이유를
알 것 같았다. 그러나 부자 사이에 너무 격을 차리는 것 같
다.

"그래, 나 없는 동안 준비는 다 되었느냐?"

"네, 미흡하나마 제가 알아서 했습니다."

"수고했다. 이만 들어가자."

문오는 바닥에 들러붙어 살금살금 뒷문으로 갔다. 순간,
누군가 문오의 뒷덜미가 낚아채었다. 놀라서 돌아보니 유준
이었다. 유준은 문오를 작은 사랑채 옆으로 난 쪽문으로 끌
고 가 문을 활짝 열고 밖으로 내던졌다.

"죄송합……."

문이 쾅 하고 닫혔다.

"안 들키면 된 거지 이렇게 버리듯이 할 필요가 있나."

투덜거리고 돌아서는데, 문 옆에 있던 여종이 화들짝 놀
라 일어났다. 문오를 들여보내 주었던 그 여종이었다. 여종
은 문오에게 주머니를 쥐어주었다.

"이거, 마님이 전하라 하십니다."

"네?"

"남들 보기 전에 얼른 가져가십시오."

그리고 여종은 황급히 벽을 돌아 뒷문으로 들어갔다.

주머니를 들추어보니 옥가락지가 들어 있었다. 값진 것
으로 보여 으악, 소리가 저절로 나왔다. 다시 뒷문이 열리
며 하녀가 나왔다. 문오는 방금 그 하녀라 생각하고 붙잡

았다.

"저기……."

하녀가 고개를 돌렸다. 문오는 얼른 손을 놓고 뒤로 물러났다. 그를 물끄러미 보는 하녀는 눈이 하나밖에 없었다. 하나만 뜨고 있는 것이 아니었다. 얼굴 중앙에 거대한 눈이 박혀 문오를 물끄러미 보고 있었다.

힉, 하는 신음조차 나오지 않았다. 하나밖에 없는 눈이 가늘어졌다. 비웃는 것 같았다. 문오가 멍하니 서 있기만 하자, 하녀는 고개를 돌리고 벽 모퉁이를 돌아 사라졌다.

"어."

비명을 질러야 하나, 내가 헛것을 보았나, 문오는 멍하니 있었다.

"여기서 뭐하쇼?"

굵직한 목소리에 문오는 놀라 펄쩍 뛰어오를 뻔했다. 거대한 남자가 지게에 나무를 지고 서 있었다. 지게의 나무는 문오보다 높았다.

"들어갈 거 아니면 비키쇼."

문오가 옆으로 비키자 남자는 집 안으로 들어가며 말했다.

"가만, 이리 보니 마님 손님이구만. 잘 가슈."

"아, 네. 그리하겠… 습니다."

"뱀이라도 보았소? 왜 그리 놀라쇼?"

문오는 남자를 보며 어색하게 웃었다. 남자의 머리 양쪽

에 황소 뿔이 돋아나 있었다. 따지자면 뱀이야 어디에든 있
지만 이 남자는 어디에도 없을 것이다.

"아… 안녕히 계십시오."

문오는 돌아서 천천히 걷기 시작했다.

잠시 뒤, 문오는 발이 빠져라 달리고 있었다.

조선비록

은(听)

혀ㄹ기담

조선비록

혈기담

"도깨비 집?"

"그래, 송 도령네는 도깨비 집이야!"

대체 어떻게 찾아왔는지, 왜 온 건지 본인도 알 수가 없었지만 문오는 헐떡이며 녹단 앞에서 그렇게 말하고 있었다.

녹단은 가야금의 기러기발을 여기저기 움직이며 줄을 퉁기고 다시 움직이며 음을 다스리고 있었다. 장단이 나오기 시작하더니 금방 연주를 하기 시작했다. 음악은 밝고 이국적이었다.

"중국 음악이오. 청나라 상인에게 배웠지."

"좀 다르긴 하다. 하여간 도깨비 집이야!"

"저런, 저런. 가엾으신 우리 서방님. 송 도령 처음 만났을 때를 생각해 봐. 어땠소?”

“평범하지는 않았지.”

녹단은 줄을 퉁기며 말했다.

“송 도령네는 터가 그러오. 원래 이매가 잘 드나드는 터야. 흠, 예전에 송 대감도 이매에 홀린 적이 있소.”

“어떻게?”

“밤길에 당했다는데, 거의 한 해를 끙끙 앓았지. 그 병 탓에 자식을 못 본 거라는 사람이 많다오.”

“자식이 없진 않잖아. 그 댁 도련님은? 형님도 있던데.”

“송 도령은 양자라오.”

“양자?”

“대감마님의 오촌 조카, 즉 사촌형의 셋째 아들이야. 형들은 본가의 큰형이지. 그리고 마님 되시는 장씨 부인 은의 조카이기도 하오. 송 도령의 어머니가 마님의 큰언니거든.”

문오는 손가락을 펼쳐 촌수를 세어보았다.

“양반댁들은 복잡하구나.”

“원칙 따지다 날밤 새우는 이들이오. 하지만 원리원칙이란 게 어쩔 수 없는 것이, 그걸 하나둘 어기다 보면 금방 와르르 무너지는 거 아니오. 직접 칼을 뽑을 수 없는 나라에서는 세 치 혀가 가장 큰 무기가 되는 법이니.”

“그럼 그 댁 드나드는 것들을 어떻게 부리는 건데? 일을 하는 것 같던데.”

“도깨비들 중 착한 애들이 많다오. 부엌문 옆에 쌀을 한 사발 퍼놓으면 그들이 알아서 먹고 일을 도와주지. 순한 애들이오.”

문오는 녹단이 그 집 노비였다는 것을 기억해 냈다. 녹단은 그에 관해 말한 적이 없다. 문오는 자신이 그 일을 안다 말하는 것이 옳은지 옳지 않은지 잘 모르겠다. 문오 주변 사람은 양반들 빼고는 거의 비슷비슷한 사람이었다. 김낙천의 집 하인들도 고용살이를 하는 사람들이지 문서에 매인 노비는 아니었다.

녹단은 연주를 계속했다. 이국적이고 경쾌한 음악은 그리 길지 않아 금방 끝났다.

“그런데 그거 말하러 여기 온 거요?”

“말할 사람이 없어서.”

“내가 알까 봐?”

“아니, 뭐랄까, 여기에 친구라곤 너 하나뿐이잖아.”

녹단이 문오를 보았다.

“친구?”

“설마 송 도령이 내 친구겠냐.”

“그럼 나는 왜 서방님 친구요?”

“아니었나?”

“아닌 건 아닌 것 같소만.”

그러며 피식 웃었다.

“그런 셈 치지, 뭐. 따지자면 나에게 따질 것이 많지 댁에게 따질 것이 있겠소. 백설기처럼 밖도 하얗고 안도 하얀 분일 터이니."

녹단은 다시 연주를 했다. 문오는 두 다리를 펴고 그 음악을 들었다. 방금 전과는 다른 곡이라 반복되는 선율이 확 달라졌다.

"기왕 온 거 놀다 가시오."

"기생들하고 놀 일 없다."

"그럼 여기서 노시든지. 놀고 즐기러 오는 게 기방인데, 그리 멍하게 앉아 있다 가는 것도 이런 곳에 대한 예가 아니거든."

문오는 주변을 둘러보았다. 지금 문오는 녹단의 방 안에 있었다. 녹단의 어머니가 쓰던 방으로, 녹단은 어린 시절부터 이곳에서 살았다고 했다. 그 어머니는 기생에서 물러난 다음 달리 몸 맡길 곳이 없어 이곳에서 침모로 일했다. 기생일을 하다가 같은 집의 침모가 되었으니 자존심 상하는 일일 것이다. 취월도 그 마음을 헤아려 행랑채에서 머물게 하지 않고 따로 처소를 비워 지내게 해준 것이리라.

방에는 녹단의 어머니 물건들이 그대로 있었다. 장신구와 화장 도구를 넣어두는 붉은 화각함에, 옷가지를 넣어둔 나무 반닫이가 전부였다. 그러나 책이 무척 많았다. 대부분 소설책이었다. 악보나 시문을 적은 책도 있었으나 그것은 따로 분류되어 있었다.

문오는 그중 하나를 집어 제목을 보았다. 저자의 이름인 듯 감선이라고 적혀 있다.

"어머니가 남기신 거요. 하지만 다 연애 소설이라 사내가 읽기에는 재미없을 거… 보고 있구먼."

금방금방 읽혀서 한 시진도 되지 않아 문오는 벌써 절반 넘게 읽고 있었다. 가난한 소녀가 멋진 도련님을 만나 사랑하고, 고생하고, 등등.

녹단은 다시 가야금을 뜯었다. 그의 연주는 때때로 속을 불쾌하게 했지만, 그러면서도 계속 귀를 홀리는 힘이 있었다.

"화가……."

문오가 중얼거렸다.

"음?"

녹단이 연주를 멈추었다.

"화가 나 있는 것 같아, 넌."

"왜?"

"그냥 그런 것 같다고. 들으면 그런 것 같아."

녹단이 웃음을 터뜨렸다.

"나처럼 실실 잘 웃고 다니는 놈이 무슨."

"그래도. 나는 이만 배 행수네로 돌아가야겠다."

"이 밤에? 그냥 자고 가지 그러시오."

"벌써 평판이 땅에 나뒹굴고 있는데 여기서 자고 가면 이제 개천가에 나뒹굴게 될 거다. 게다가 배 행수가 자기 집에서 밥을 먹어야 한다고 어찌나 신신당부하던지."

문오는 신을 신었다. 녹단이 같이 신을 신으며 말했다.

“같이 가줄게.”

“찾아갈 수 있어.”

“괜찮기는. 뜨내기가 제집도 아닌 곳을 밤에 어떻게 찾아가.”

문오는 부아가 치밀어 입을 내밀었다.

“자꾸 뜨내기 뜨내기 하지 마.”

“모든 나비가 번데기 시절이 있고, 모든 개구리가 올챙이 시절이 있는 거 아니겠소. 누구나 뜨내기 시절이 있는 게지.”

“그러는 너는? 토박이라 이거냐?”

“나는 한양 개지.”

“무슨, 그렇게 말을 험하게 해.”

“개라오, 나는.”

“관둬라. 여기서 내가 떠들어봤자 너하고 나하고 잘 아는 사이도 아니고. 쳇.”

“왜 그리 화를 내시오?”

“다른 사람 앞이라면 몰라도 내 앞에서까지 그럴 필요 없잖아.”

“그러니까, 왜?”

“일부러 사람 화나게 하려는 것 말이다, 별로 기분 좋은 일이 아니야.”

“삐치긴.”

멀리서 종소리가 들렸다. 성문이 닫히려는 것 같았다.

녹단이 문오의 등을 두드려 일으켜 세우고 기방을 나섰다. 종소리는 길게 이어졌다. 문오는 그 소리를 들으며 말했다.

"이 한양은 이상해. 시간만 되면 궤를 닫듯이 문을 닫고, 그러면 이 많은 사람이 밤새도록 꼼짝도 못하지. 새도 하늘을 나는데 사람들은 이러고 있고."

"나라 법이 그러지 않소."

"그래도 왜 꼭 지켜야 하는 건지 모르겠어."

"지키라고 하니 지켜주어야지."

"왜?"

"규율이라는 거지. 사람 많은 곳의 규율."

그때 문오는 이상한 소리를 들었다. 웃는 소리였다.

문오는 주변을 둘러보았다. 녹단이 물었다.

"왜 그래?"

웃음소리가 더 크게 들리기 시작했다. 개울가로 늘어진 버드나무 가지들이 흔들리기 시작했다. 문오는 발걸음을 멈추고 고개를 들었다.

"안 들려?"

웃음소리가 더 커지며 개울가의 나뭇잎들도 몸을 들썩이듯 크게 흔들렸다. 문오는 몸에 소름이 돋았다.

"왜?"

녹단은 주변을 둘러보았다. 이제 사방에서 낄낄대는 웃음소리가 들려왔다. 히죽대는 웃음, 날카로운 비명, 그 소리가 그들을 향해 달려들었다. 예전, 숲에서 길을 잃고 헤맬 때 이런 소리가 들렸다. 문오는 녹단의 옷을 잡아 주변을 둘러보게 했다. 그러나 녹단은 아무것도 보이지 않는 듯 무표정한 얼굴로 보고 있을 뿐이었다.

"대체 왜……?"

"안 들려?"

"서방님 할딱대는 소리만 들리오."

그때 옆에서 푸른빛이 작은 나비처럼 둥실둥실 떠올라 주변을 휘감아 떠돌더니 갑자기 문오를 향해 달려들었다. 문오는 얼른 그 푸른빛을 피했다.

"대체 왜?"

"정말 안 보이냐고!"

녹단은 고개를 저었다. 문오는 푸른빛이 녹단 쪽으로 가는 것을 보고 그를 잡아당겼다. 반대편에서 또 푸른빛이 나타났다. 웃음소리는 더 커졌다. 이제 아이들처럼 깔깔 웃고 있었다. 문오는 다시 녹단을 잡아끌었다. 푸른빛이 계속 문오를 따라붙었다.

"이쪽으로 와요."

여자 목소리가 들렸다. 문오는 벽 모퉁이에 웬 부인이 쓰개치마를 쓰고 서 있는 것을 보았다. 부인이 든 초롱이 금빛을 냈다.

"어서."

문오는 녹단의 손목을 잡고 그쪽으로 달려갔다. 푸른 도깨비불이 사방에서 그들을 향해 달려왔다. 부인이 초롱을 내밀었다. 그러자 그 불빛이 물이라도 떨어진 듯 뒤로 확 물러났다.

"어서."

부인은 초롱을 들고 문오를 이끌었다. 문오는 녹단을 질질 잡아끌고 가며 그녀를 따랐다. 여자 걸음인데 문오보다도 빨랐다.

"여기로."

송 대감댁 뒷문이었다. 언제 여기로 온 건지, 그다지 가까운 거리도 아닌데 금방 온 것이 기이했다.

문오는 부인이 이끄는 대로 안으로 들어갔다. 녹단이 들어가지 않고 머뭇거렸다.

"왜?"

"나, 이 집에서 쫓겨났거든."

"그래서?"

"이 댁 마님이 내가 다시는 들어오지 못하게 했소. 그래서 못 들어가."

"대체 무슨 잘못을 해서 그렇게 쫓겨난 거야?"

"그게……."

문오는 여자를 보았다. 여자가 쓰개치마를 벗어 던졌다. 연꽃처럼 단정한 얼굴이 드러났다. 마님이었다.

"마님."

"들어오라고 해. 내가 허락했다고."

문오는 문밖으로 머리를 내밀고 녹단에게 말했다.

"녹단아, 마님이 들어오라고 하신다."

녹단이 답하는 대신 무표정하게 문오를 물끄러미 보았다.

"어서 들어와. 왜 못 들어온다고 하는지 모르겠지만, 일단 마님이 허락하셨으니 들어와도 된다."

녹단은 문지방을 바라보다 넘어왔다. 아무 일도 없었다. 녹단은 아무 일도 없는 것이 의심스러운 듯 문밖을 돌아보았다. 푸른빛이 녹단이 서 있던 곳으로 모여들었지만 녹단은 보지 못하는 듯했다. 부인이 초롱을 들고 나갔다. 푸른 불빛이 초롱불 안으로 빨려 들어갔다. 초롱은 아주 밝아졌다가 차츰 잦아들더니 꺼졌다. 부인은 뒷문 옆에 초롱을 놓아두고 안으로 들어왔다.

"감사합니다, 마님."

"감사할 거 없네. 위험한 것도 아닌걸. 일단 들어왔으니 여기 편히 있어."

녹단은 아무 말도 하지 않고 있었다. 얼굴이 아주 창백했다. 문오는 그 허리를 푹 쑤셨다.

"왜?"

"너도 감사 인사 해야지."

부인은 웃는 얼굴로 고개를 저었다. 양반댁 마님으로서 받을 대접이 아닌데도 전혀 괘념치 않아 보인다. 문오는 녹단에게 눈치를 주었지만 녹단은 꿈쩍도 하지 않았다. 결국 문오가 대신 사죄했다. 부인이 손을 저으며 말렸다.

"자네가 그럴 일이 아닌걸. 괜찮아."

"아무리 그래도 마님 앞인데 너무 건방지지 않습니까."

"괜찮아. 그게 억지로 되는 일인가."

"억지로라도 해야 하는 일이잖아요."

부인은 문밖에 놓아두었던 초롱을 들며 말했다.

"제사 끝나면 섬옥이에게 끼니거리라도 내오라 할 테니 기다리게."

"오늘 제사셨습니까? 죄송합니다. 이런 날 폐를 끼쳐서."

"아니, 아니야. 그냥 편하게 여기게. 배나 채우고 가."

"우리 신분에 어찌……."

"음복은 손님이 오면 반드시 나누어야 하는 거 아닌가. 그럼 쉬게나."

부인이 자리를 떴다. 명주 치마에서 나는 사륵 소리가 듣기 좋았다. 그윽한 미모와 더운 물 속의 찻잎처럼 우러나오는 부드러운 분위기가 좋았다. 넋을 놓고 보고 있는데 녹단이 문오의 등을 쳤다.

"어이."

"왜?"

"침 떨어지겠군. 뭘 그리 넋을 놓고 보오. 꽃이라도 보셨나?"

그때 문오를 들여보내 주었던 여종이 나타났다. 여종은 녹단을 보자마자 배 터진 쥐라도 본 듯 노려보았다.

"너 어떻게 들어왔어?"

"들어와져서 들어왔다."

"세상에, 그럼 마님이 너를 들여보내신 거니? 참 관대하기도 하시구나. 귀한 집에서 기품있게 자란 분은 달라도 이렇게 다르시지."

그리고 사납게 노려본 다음, 문오를 볼 때는 얼굴이 확 바뀌며 상냥하게 웃었다.

"어서 오세요. 소개를 못했지요. 섬옥이라 하옵니다. 식사는 조금 기다리셔야 할 것 같습니다."

녹단이 말했다.

"섬옥아, 이번에 내 밥에서 쥐머리가 나오는 일 같은 건 없었으면 좋겠는데."

"곳간에 쥐가 많거든. 너 같은 여우새끼한테는 좋은 밥 아니니?"

"그걸 내 밥에 놓아두려고 일부러 잡은 네가 더 대단하더이. 그리고 밥을 못 먹겠다고 하니 큰마님한테 내가 멀쩡한 밥을 버린다고 일렀지?"

"덕택에 종아리도 맞고 좋았잖니? 응? 네 꼬라지에 어디 큰마님 안방에 들어갈 수나 있을까. 그래, 이번에는 뭘 넣을까?"

녹단이 웃으며 문오를 가리켰다.

"밥 나오면 이분하고 바꿔 먹을 거다."

"그래, 그럼."

"바꿔 먹지 않을 수도 있지."

섬옥의 얼굴이 붉어졌다.

"그러니 알아서 해."

"그럼 간단하구나. 네 밥 안 주면 되는 거지."

그리고 휙 돌아서 안채의 부엌으로 갔다.

문오는 입을 벌렸다.

"뭐 저리 살벌해?"

"아, 나 어린 시절에 여기 잠깐 있었잖아."

"대체 기방에 있던 놈이 여긴 왜 있었던 거야?"

"송 대감이 아버지라서."

문오는 쿨럭, 하고 기침을 토했다.

"이 댁 대감마님하고 우리 어머니 사이에서 태어난 게 나요. 어머니 돌아가신 뒤에 이 집으로 들어왔는데 얼마 못 버티고 취월 이모네로 도망쳤지. 그 후 마님과 대감님 사이에 자식이 없어서……."

"양자를 들이신 거야?"

"내가 유일한 아들인 건 맞다만, 국법이 이렇다 보니 양자보다 못하지."

녹단이 눈웃음을 보였다. 문오는 그제야 녀석이 저렇게 웃을 때마다 왜 보기 좋지 않았던 건지 깨달았다. 이건 웃는 얼굴이 아니라 서늘한 냉소였고, 그 웃음이 품은 것은 기쁨이 아닌 분노였다. 비웃는 얼굴은 화내는 얼굴보다 더 기분이 나쁜 법이다.

녹단이 말했다.

"지금 어쩔 수 없다고 생각하고 있지?"

"너는 새벽부터 일어나 네가 관심도 없는 공자니 맹자니 외우고, 남들 하는 똑같은 과거 공부 하면서 살고 싶냐?"

"그러고 싶었을 수도 있잖소."

"네가 연주하는 거 억지로 해서 되는 게 아니야. 그리고 양반집 도령은 흔해빠졌지만 악사 녹단은 어디에도 없어. 양반집 도령 송녹단은 누군지도 모르게 사라졌을 사람이지만, 악사 녹단은 모르는 사람이 없게 될걸."

"그래도 천한 신분 아니오."

"세상에 스스로 천하지 않은 사람이 어디 있으며, 스스로 귀하지 않은 사람은 또 어디에 있겠니."

"무슨 말이오?"

"스스로 천하다고 생각하면 천해지는 거고 귀하다고 생각하면 귀해지는 거라고. 네가 악사라서 천한 게 아니야. 좋아하면서 천하다고 여기는 게 나쁜 거라고."

"잘나셨소."

"그리고 너는 그 기생 말투만 버리면 너한테 잘해주는 사람이 배로 늘어날 거다."

"도련님은 까치처럼 짹짹대고 서방님은 얌전한 암소처럼 웅얼대고 나는 기생처럼 말하오."

"잘났다."

섬옥이 다시 나타났다. 의기양양하게 턱을 들고 있는 그 아이 옆에 송 도령이 있었다. 유준은 녹단을 싸늘하게 보았

다. 녹단이 사람을 불쾌하게 하는 차가움이라면, 송 도령은
사람을 압도하는 차가움이었다.

"왜 온 거냐?"

"오면 안 되는 거요? 어쩌다 뵈면 아버지 잔소리만 전해
주면서, 그게 나 보고 싶다는 게 아니었나."

"아버님이 왜 그러시는지는 헤아려라."

"피 하나 안 섞인 너는 아버님이고 아들인 나는 대감마님
이야. 너도 나를 좀 헤아려 주면 좋겠소."

"이놈이!"

섬옥이 손톱을 세우고 튀어 올랐다. 유준이 섬옥을 잡아
말렸다. 문오도 할 수만 있다면 녹단의 입을 틀어막고 싶었
다.

"세상에는 밤낮 투정해 봤자 바뀌지 않는 게 있다. 네가
모를 리 없다고 생각한다. 그럼에도 불구하고 네가 내 앞에
서 그렇게 말하는 건, 그냥 나를 한번 긁어보고 싶어서 그러
는 거겠지. 자고 가든 말든 네 마음대로 해라. 그런데 하나
묻자. 대체 누가 너희를 들여보낸 거냐? 특히 너."

그러며 문오를 가리켰다.

"이 댁 마님이 들여보내 주셨습니다."

유준이 한쪽 눈썹을 들어 올렸다. 미심쩍다 못해 너 미쳤
냐는 얼굴이다.

"어머님이?"

"네. 이 댁 마님이요."

잠시 가만히 있던 유준은 고개를 숙였다.

"어머님이 그리하셨다면 그런 거지. 있어."

"네?"

너무 쉽게 물러난다. 아버지 눈에 뜨이지 말라며 집 밖으로 던지더니, 어머니가 허락했다니 그냥 있으란다. 이 집에는 대감마님보다 마님이 더 강력한 것 같다.

"뒤뜰에서 얼쩡대지 말고 내 처소 건넌방에 가 있어라."

"우리더러 거기에 있으라고요?"

"몇 번 말하는 건지 모르겠다만, 어머니가 들여보내 주셨다면 어머니의 손님. 어머님의 손님은 곧 내 손님이기도 하다. 들어가. 식사는 제사가 끝나야 먹을 수 있으니 배고프다고 투덜대지 말고 앉아 있어라."

"가만요, 요 녹단이는요? 녹단이도 설마 그곳에 가 있으라는 겁니까, 도련님?"

섬옥이 당황하며 말했다.

"내버려 둬라. 어머니가 뜻이 있으셔서 들여보내 주신 거겠지."

그리고 자리를 떠 안채로 갔다. 섬옥은 눈을 있는 대로 부라리며 녹단을 노려보았다.

"마님도 마님이지만, 도련님도 마님 말씀이라면 어떻게 그렇게 고분고분한지 모르겠다니까."

"어머님이니까 당연한 거 아냐?"

"찢어 죽일!"

“그러는 너는 마님 말 안 들어?”

기어코 섬옥의 손바닥이 녹단의 뒤통수를 갈겼다.

“마님이 마음씨가 너무 고우셔서 너 같은 빌어 처먹을 년을 들여보내 주지만 나는 그렇지 못해서 마님 대신 네년을 때려주는 거야. 이게 하늘이 내게 주신 일이다, 이년아.”

“네 계집애 패악은 여기 사는 내내 당했으니 새삼 더 더할 거 없다.”

“웃기셔. 이런 건 다 그때 그때 정산하는 거야.”

문오는 녹단을 잡아끌어 사랑채로 갔다.

“세상에 서자가 너 하나만 있는 것도 아닌데, 세상 서자가 다 이러고 살지는 않는 것 같다.”

“마님이 앓아누워도 내 탓, 마님이 입맛이 없어도 내 탓, 마님이 자식이 없다고 문중 부인들한테 쪼이는 날이 바로 저 계집애가 나 잡는 날이었소. 거기에 저 계집애에게 맞기도 엄청나게 맞았다오.”

“너, 나이 몇이냐?”

“스물하나.”

“쟤는?”

“열여섯? 일곱?”

“그게 몇 년 전이지?”

“한 열 해쯤 전이지.”

“그럼 열 살도 되지 않아 그랬다는 거냐?”

“그렇지.”

"쟤가 못된 거니, 네가 견딜 수 없는 놈이었던 거니?"

"둘 다라고 봐야지."

"저리 싫어하니 갈 곳이 있다면 다른 곳으로 가주는 게 도리 같기도 해 보인다."

"그럼 지는 것이지 않소."

"그건 지는 게 아니라 합의를 보는 거지. 그렇게 불편하게 살면 차라리 굴 파고 따로 사는 게 낫겠다."

그리고 문오는 녹단을 앉히고 신발을 벗어 던진 다음 유준의 방 안으로 들어갔다. 창문 옆에 놓인 문갑 위에 그림이 꽂혀 있었다. 녹단이 그림을 하나 뽑았다. 문오는 분명 난이나 대나무일 거라 생각했지만, 커다란 삽살개를 그린 것이었다. 유준이 데리고 다니던 개와 비슷했다. 녹단이 차례차례 뽑았다. 호랑이, 까치, 까마귀, 거기다 나비나 벌을 그린 것도 있었다. 사대부집 아들이 아니라 양민이나 부인들이 그린 그림 같았다.

"누가 보면 사대부 도련님 댁이 아니라 무당 집인 줄 알겠다. 화공이라도 되려는 건가."

"제대로 화공이 되면 그런 그림은 못 그리잖소. 화공이 될 생각이 없으니 멋대로 그리는 게지. 나만 해도 영업용으로 연주하는 것과 나 좋을 대로 연주하는 건 완전히 달라."

문오는 큰 종이에 그린 그림을 펼쳤다. 도깨비 그림이었다. 하나 세상에 존재하지 않은 것을 그렸다고 믿을 수 없을 정도로 정교하고 생생했다. 거대한 이빨, 부라린 구슬 같은

눈, 돋친 귀와 그 주변을 감싼 털, 굵고 거친 손에서 뻗어 나
온 거대한 발톱, 털 한 오라기 한 오라기가 날릴 듯 생생했
다.

문오는 다음 그림을 펼쳤다. 연꽃처럼 고운 이 댁 마님의
초상이었다.

"마님이시구나."

"마님 초상화를 보며 볼은 왜 붉히시오?"

"고우시잖아."

녹단이 보던 그림을 말아 꽂았다.

"속지 마시오. 성격이 장난 아닌 분이시외다. 사내로 태
어났으면 천하를 호령했을 분이지."

"이리 고우신데."

문오는 다시 넋을 놓고 초상화를 바라보았다.

"아무리 어머니 연배의 분이라지만 이미 혼인한 사대부
댁 마님을 그런 눈으로 보면 어쩌우."

밖에서 덜그럭거리는 소리가 났다.

"송 도령이 돌아왔나."

"제사인데 벌써 돌아올 리가."

갑자기 쿵, 하는 소리가 들렸다. 아주 가까이에서 들린 것
이다. 문오는 문을 보았다. 장지문 너머로 검고 큰 그림자가
보였다. 그림자가 여기저기 둘러보다가 고개를 돌리고 문틈
으로 보는 문오와 눈이 마주쳤다. 시뻘겋게 타오르는 두 눈
이 보였다.

녹단이 뒤에서 물었다.

"왜 그러시오?"

"저기, 저, 저, 물러나. 등 뒤로 가."

녹단이 문을 벌컥 열어젖혔다. 문오는 납작 엎드렸다. 문이 열리자마자 앞에 붙어 있던 검은 그림자가 큰 새처럼 훌쩍 날아가 담 너머로 사라졌다.

녹단이 문오를 일으켜 세웠다.

"일어나시오. 그러고 있으면 나 잡아 잡수시라는 것 같잖소."

"또 혈귀야! 이 한양 안에 있다니."

"원래 혈귀는 사람 많은 곳에 더 많소."

"어디로 간 거야? 알려야 하지 않아?"

"가만, 가만."

그때 마당 쪽 문이 쾅 소리가 나도록 열렸다. 문오는 저쪽에서 나타났다며 외치려고 가리켰다.

"무슨 짓들이냐!"

유준이었다. 문오는 바닥을 구르는 그림을 경상 위에 놓았다.

"죄송합니다. 그림이 너무 훌륭해서 그만. 아하하!"

유준은 문오가 아닌 담 너머를 보고 있었다. 문 너머에서는 아무 소리도 없었고 그림자도 더 이상 나타나지 않았다. 유준은 문고리를 쥐고 있던 손을 놓았다.

"그만 소란 피워라."

"죄송합니다."

"녹단이 너도."

녹단은 아무 말도 하지 않고 팔짱을 끼고 그런 유준을 보고 있었다. 유준은 더 잔소리를 하지 않고 쏘아본 다음 돌아서 중문으로 향했다. 문 너머로 보이는 안채에 제사상이 차려져 있었다. 괜한 소란을 피운 것 같았다. 보통 상민의 집에서도 제사는 중요한 일인데, 양반댁에서의 제사는 더욱 중요한 일일 것이다.

문오는 담을 보았다. 아무것도 없지만 담 너머에 그 무서운 것이 아직 숨어 있을 것 같아 두려워졌다.

"또 송 도령을 노리나?"

"송 도령이 뭐가 맛있어서 노리겠소. 피가 얼음처럼 차고 비릴 거요. 살은 굳은 떡처럼 딱딱할 터이고."

"……."

문오는 안채를 보았다. 제사상에 차려진 사과와 배가 보인다. 그 옆에 부인이 앉아 있었다.

"뭘 그렇게 봐?"

"오늘 어느 분 제사인 거야?"

"누구 제사긴, 마님 제사지."

문오는 입을 벌렸다.

"뭐?"

"올해로 삼 년이오. 왜?"

안채의 마루는 마님이 방금 전과 똑같이 앉아 있었다.

"그럼 저분은 누구야?"

"누구 말이오?"

"저기, 저기에 앉아 계신 부인. 분명 이 댁 마님이라 하셨는데."

녹단은 안채를 보았다.

"저기 하늘색 저고리를 입은 저분. 홍옥 박은 비녀를 꽂은 분."

"홍옥 비녀라 했소?"

"그래. 내가 오늘 여기 왔을 때부터 하고 계시던 건데. 너는 저분이 안 보여?"

"아까부터 이상하다고 생각했다. 우 서방, 대체 누굴 보고 그러는 거요?"

"저분 말이다. 우리를 들여보내 주셨잖아. 그때 너도 옆에 있었잖아."

"서방님, 처음부터 서방님 옆엔 아무도 없었소."

"방금 그 섬옥이가 우리를 들여보내 주며 마님이 그러셨다고 했잖아."

"그 녀석은 마님이 돌아가신 뒤로 부엌에 쌀을 담아놓고 점을 치지. 이것도 저것도 요것도 마님의 뜻이라는 게 입에 붙었소. 하지만 귀신들렸다고 보기에는 원래부터 못된 년이었고, 미쳤다고 보기에는 너무 멀쩡하게 성격이 더러워 다들 원래 마님이 별난 분이어서 그런 거라 생각하였소."

"야, 그럼 내가 마님 이야기를 할 때 뭐라고 생각한 거야?"

"댁이 헛걸 보고 헛소리를 하는 거라 생각했지."

"그럼 내가 어떻게 이 댁 마님의 얼굴을 알아서 그 초상화를 보고 마님이라고 했겠냐."

"그렇긴 하군."

"……."

이놈은 기생을 어머니로 두어서가 아니라 정말로 바보 같아서 구박받았던 것 같다는 생각이 드는 문오였다.

녹단이 문오의 어깨를 쳤다.

"그나저나 나 좀 나가봐야 할 것 같소."

"왜?"

"금방 올 테니 기다리고 있으오."

"왜 나가는 거야? 방금 이상한 거 나타난 거 봤잖아. 안에 있어."

"봤으니까. 내가 알아보고 오겠소."

"위험한 거면 어쩌려고. 네가 무슨 힘이 있다고."

"어쩔 수 없지. 하지만 걱정 마시오. 어머니가 그러시길, 내 피는 너무 차서 혈귀들이 이도 안 댄다 하더이."

"같이 가자. 난 한 번 물렸으니까 이번에는 괜찮을지도 몰라."

"일단 내가 가서 위험하면 부를게."

"그냥 같이 가자."

그러나 녹단은 문오를 뿌리치고 곁문을 나갔다. 문오는 어떻게 하나 하고 안절부절못하다가 신을 신었다.

그때 옆에서 자그마한 목소리가 들렸다.

"들켰나."

문오는 비명을 지르려다 혀를 깨물었다.

"작은 사랑채가 소란스럽던데, 네 손님 탓이었더냐."

송임이 말했다.

"죄송합니다. 오늘 같은 날에."

"화내는 게 아니다. 알잖느냐. 나는 이날이 되면 조용한 것이 싫다고 말이다."

송임은 누구냐고 물어볼 생각은 없었다. 물속의 돌멩이 같은 소년이라 친하게 지내는 사람도 별반 없다는 건 알고 있었다. 그러니 역시 친구는 아닐 것이다.

"이제 곧 진시(辰時)다. 시작해야지."

"드릴 말씀이 있습니다."

"계속 네가 머뭇거리고 있다는 건 알고 있었다. 그래, 말해라. 지난 일에 대해서는 실컷 혼나고, 또 앞으로 꽤 오랫동안 내 허락을 받고 나가야 할 테니 그만하면 되었다. 그 일보다 더 나쁘지는 않기를 바란다."

"죄송합니다, 그 일은."

"무사히 돌아오면 되었다만, 앞으로도 계속 무사할 거라는 보장이 없으니 당분간은 내 말을 좀 들어다오."

"네."

"할 말이나 얼른 하려무나. 무슨 말을 하려 그랬던 거냐."

"그게……."

유준은 모든 문이 활짝 열린 집을 둘러보았다. 이즈음이 되면 송임은 신들린 듯 온 집의 문을 열어두었다. 그러지 않아도 된다고 유준이 말했었지만 송임은 듣지 않았다. 비가 오나 쌀쌀하나 상관하지 않고 내내 문을 열었다. 들장지는 죄다 천장에 붙이고, 장지문이고 살문이고 창문이고 죄다 열어젖힌다. 밤에 잘 때조차도 열어두고 싶어했다.

"한 달 전에 형님이 저를 불렀던 적이 있습니다. 아시지요?"

"그래."

"그때 만난 사람이 있습니다."

"만난 사람?"

"남자였습니다. 키가 크고 목소리가 굵은."

"그래서?"

송임의 얼굴이 굳어갔다.

"그자가 분명 아버지를 알고 있었습니다."

"사람이더냐?"

"사람이 아니었습니다. 제 개가 반응했습니다. 사람이면 그러지 않습니다."

"그런 마당에 교하까지 다녀온 거란 말이냐. 그래, 그자가 너를 알아본 거냐."

"알게 되었겠지요."

"그걸 이제 말하면 어떻게 하느냐. 너에 대해 알게 되면 그자가 가만히 있을 거라 생각하느냐."

"상관없는 사람이지 않습니까."

"그자들과 얽혀서 좋을 것 하나도 없다, 유준아. 행여 그
자가 너까지 노리면 어쩌려고 그러느냐."

"감수한 것입니다."

"네가 다치거나 해를 입으면 나더러 충주의 형님을 어찌
뵈라고 그러는 게냐. 차라리 호랑이를 잡으러 가지 그러느
냐. 아니, 호랑이면 차라리 낫다. 그건 눈에 보이고 어디에
살고 있는지도 아니. 하지만… 혈귀는 아니다. 내 평생 그들
을 피하며 살아왔다. 네 어머니가 없었다면 나는 벼슬은커
녕 밖에 나돌아 다니지도 못하고 살았을 거야. 운이 더 좋지
않았다면 평생을 동굴 속에서 살게 되었을지도 모르지. 이
정도로 끝난 것만 해도 나는 다행으로 여기고 있다. 그러니
하지 마라."

"아버지가 나을 수 있을지도 모릅니다."

"사람은 멈추어야 할 때를 알아야 한다. 누구나 완전히 채
울 수는 없으니 그대로 사는 것이 도리일 때가 있는 법이다.
건드리고 싶지는 않구나. 나는 이십여 년을 피하고만 살았
고, 그것은 알고 싶지도 끼고 싶지도 않아서였다."

송임은 고개를 저었다.

"그러니 하지 말거라. 내가 이리 부탁하마."

"하지만… 언젠가는 이상하게 볼 것입니다."

"세상 모든 것을 깨끗하게 긁어낼 수는 없단다. 아예 없앨

수 있는 해악 같은 것은 세상 어디에도 없다. 그 해악을 없애면 다른 해악이 나타나고, 해악이 아니었던 것이 해악이 되기도 하지. 그러니 그냥 덜 해악이 되게 놓아두는 수밖에 없어."

"그쪽에서 넘어오면 어찌 되는 겁니까?"

"그때는 어쩔 수 없지. 맞서는 수밖에."

송임은 어깨가 무거워지는 것을 느꼈다. 그를 보는 유준은 설득되지도 이해하지도 못하고 있었다. 그저 그 담담한 검은 눈으로 말을 듣고 있을 뿐이었다.

"이제 그들은 더 이상 나에게 오지 않는다. 그러니 우리도 그 선을 넘지 말자, 유준아."

"아버지, 이제 어머니는 없습니다. 그리고 오늘로 삼년상도 끝납니다."

"무슨 말을 하려는 거냐. 네 어머니가 다시는 오지 못하게 된다는 말이거든 하지 마려무나."

"그건 아닙니다. 그건 아버지가 가장 잘 아실 겁니다. 다만……."

"다만?"

유준이 주변을 훑었다.

"왜 그러느냐?"

일순, 담 너머로 붉은 눈이 번뜩였다 사라졌다.

"다녀와야 할 것 같습니다."

"뭐가 온 거냐?"

“뭔가가 집 근방을 돌고 있습니다. 제가 처리하겠습니다.”

“유준아.”

“어머니의 삼년상이 끝나면… 찾아올 수 있는 건 혈귀만이 아닙니다.”

“무슨 말을 하려는 거냐?”

“아시지 않습니까.”

송임이 유준을 잡고 있던 손을 놓았다.

“그건 제가 처리하겠습니다.”

장씨 부인은 천진한 얼굴로 웃고 있었다. 유령이니 귀신이니 하는 말과 어울리지 않게 그 얼굴은 맑고 고상했다. 귀신이 아니라 선인 같아 보였다.

문오는 얼어붙어 그런 부인을 보고 있었다. 처음 보았을 때의 경외감은 아직 건재했지만, 오싹오싹 소름이 돋는 것도 사실이었다.

“젊은 남자가 그리 보면 내가 쑥스럽지 않겠는가.”

“아무리 세상을 뜬 분이라 하더라도 어찌 남편이 살아 계신 분한테 그런 마음을 품겠습니까.”

“오해는 하지 말게. 아들 또래 청년을 귀엽게 봐주는 거라고 편하게 생각하게.”

“마님.”

장씨 부인은 웃는 얼굴로 마당을 보았다.

"나리도 그랬지. 별난 나를 나대로 받아들여 주고 사랑해 주었다네. 자식 하나라도 남겨두고 갈 수 있었으면 좋으련만, 허락이 되질 않더군."

"그게, 저, 마음대로 되는 일이 아니지 않습니까. 거기에 양자이신 도련님은 정말로 훤칠하시고 잘생기시고… 거기에… 또……."

"붙임성은 없지. 거기에 어찌나 말이 없는지, 보고 있으면 우리 큰언니하고 참 많이 닮았어. 그 아이 친어머니지. 늘 무뚝뚝하고 사람들에게 쌀쌀맞지만 그래도 나는 언니를 참 좋아했어. 말도 안 되는 고집도 좀 부리지만 너그럽고 공정하거든. 그런 언니와 닮았지. 내게도 그런 아들이 있었으면 좋았을 것을, 마음대로 되지 않더군."

말이야 이리하지만 외아들에게 시집와 자식이 없었으니 부인의 고생은 이루 말할 수 없었을 것이다. 그러나 청지기에서부터 하녀들까지 모두 이 부인을 경애했을 것 같다. 그런 그들에게 녹단은 정말로 미운 놈이었을 것이다. 인자한 마님에게는 자식이 없는데 밖에서 본 자식은 있으니 마님이 불쌍해서 얼자를 미워하는 것이다.

문오를 보는 부인의 얼굴이 그윽해졌다. 그 얼굴을 감도는 부드러움은 모든 날카로운 것을 푹신하게 감싸는 부드러움이었다. 모난 돌도 단단한 칼도 그 푹신함에 휘감기면 그 단단함과 날카로움을 잃을 것 같았다.

"부인, 그렇게 보시면 오해합니다."

"나는 이미 죽은 사람. 예법이니 내외니 하며 귀신한테 따질 필요가 없네."

"아니, 그래도."

"보는 사람, 책할 사람이 없으니 괜찮아. 그런 건 때로는 남보다는 자기 자신을 위해 지키라고 하는 사람이 많아. 자기가 보기 불편하니, 자기가 보기 싫으니, 자기가 그동안 지켰으니 그리하라고 타박하고 책망하지. 자기는 그 예를 지키느라 귀찮고 번거로운데 남이 자유로우면 또 그게 싫어져. 그래서 때때로 과하게 남을 탓하고 책하지."

부인은 저고리에 손을 얹고 바람 냄새를 맡듯 눈을 감았다. 바람이 귓볼을 간질이고 목덜미를 더듬고 사라졌다. 짙어가는 봄의 훈기에 여문 잎이 흔들렸다. 여름이 오는 것 같았다. 더운 여름이, 숨 막히는 여름이. 그러나 사방이 기이할 정도로 조용하다. 아무 소리도 들리지 않는다.

부인의 시선이 담 너머를 향했다. 문오는 같은 곳을 보았다. 담 너머에 다시 검은 그림자가 얹혀 있었다. 붉은 두 눈이 확 커졌다. 문오는 부인 앞으로 갔다. 귀신이든 아니든 상관없었다. 아니, 그녀가 이미 죽은 사람이라고 느껴지지도 않는다.

문오는 유준이 작은 사랑채로 오는 것을 보았다. 유준은 문오가 있든 말든 지나쳐 방문을 열고 들어가 활과 화살을 들고 나왔다.

"녹단이 그 녀석은 어디 갔는가?"

유준이 물었다.

문오는 고개를 저었다.

"모르겠습니다. 방금 나갔는데."

다시 담 위에서 검은 그림자가 나타났다. 유준이 활을 쏘았다. 화살이 담 위를 넘어 사라졌다. 동시에 유준의 머리 위로 검은 그림자가 나타났다. 지붕 위에 있던 개가 검은 그림자를 향해 뛰어내렸다. 검은 그림자와 개가 뒤엉켜 나동그라졌다.

유준의 화살이 검은 그림자를 향해 날아갔다. 그중 하나가 검은 그림자의 팔에 맞아 떨어졌다. 껍질이 벗겨지듯 그림자의 검은 빛이 사라지며 둔갑이라도 하듯 다른 모습이 드러났다.

거대한 덩치에 푸른 중치막 차림의 사내였다. 사내가 유준의 방문으로 뛰어들어 뭉갰다. 방문이 안으로 쓰러져 부서지며, 그 안에서 엄청난 짐승들이 튀어나왔다. 작은 새, 큰 새, 닭, 벌레, 호랑이. 그 속에서 털 난 도깨비의 주먹이 기둥을 뽑듯 솟아나와 사내를 후려갈겼다. 유준의 화살이 사내의 등을 꿰뚫었다. 화살은 사내의 몸을 뚫고 맞은편 문살에 꽂혔다.

"이런!"

유준은 다시 화살을 뽑았다.

사내가 엎드린 채로 유준을 보았다. 금방이라도 덤비려고 하는 듯 몸을 꿈틀대다 갑자기 방향을 틀어 방 안으로 들어갔다. 문오는 사내의 다리를 붙잡았다. 사내의 발이 문오의 턱을 갈겼다. 유준의 화살이 다시 사내를 쏘았다. 그러나 화살은 사내의 몸을 맞추고도 그냥 뚫고 나갔다. 저놈은 이쪽을 때리고 밀 수 있는데 이쪽에서는 아무것도 할 수 없는 것이다.

사내는 문오를 걷어차고 안으로 들어가 종이를 잡아 뜯기 시작했다. 안에 있던 짐승과 도깨비가 사내를 향해 달려들었다. 사내가 울부짖으며 몸을 뒤틀었다.

부인이 문오에게 다가와 어깨를 잡았다.

"괜찮나?"

"네, 네."

문오는 찢어진 턱을 훔쳤다. 피가 나다가 멎었다. 부인이 문오의 어깨를 두드리며 말했다.

"안채로 가게."

"네?"

"안채로 가서 나리에게 말해주게. 은이의 물건을 달라고. 어서."

"은이가 누군데요?"

"날세."

"그럼 마님의 것을 달라고 해야 하지… 네, 네, 죄송합니다."

문오는 안채로 달려갔다.

송임이 그런 문오를 보고 놀랐다.

"자네 누구인가?"

문오는 마님이 전한 대로 말했다. 송임은 말이 끝나기도 전에 안방으로 들어가 아내의 책궤를 열었고, 그 안에서 단정한 필치로 쓴 종이 다발을 꺼내어 나갔다.

문오는 그 뒤를 따라 나갔다. 유준이 송임을 보고 당황했다.

그때 유준의 방 안에 있던 사내가 송임을 보았다. 순간, 사내가 송임을 향해 달려들었다. 사내의 입에서 분노에 찬 고함이 터졌다. 증오하는 사람, 혐오하는 사람을 앞에 둔 자의 고함이었다. 송임의 몸이 떠밀려 넘어지며 그 손에 든 종이 다발이 낙엽처럼 흩어졌다. 문오는 아무 종이나 잡았다. 단 한 글자가 적혀 있었다.

멸(滅).

붉은 먹으로 쓰여 있다. 부인이 그 종이를 집어 던졌다. 종이가 날아가 유준의 발치에 떨어졌다. 유준이 그 종이를 집어 구기더니 화살에 묶었다.

유준이 활시위를 당겨 화살을 쏘았다. 화살이 붉게 물들었다. 그러다 갑자기 확 타오르며 커다란 불덩어리가 되어 침입자를 향해 날아갔다. 침입자의 몸이 뚫렸다. 뚫고 지나간 자리가 그대로 밖으로 타들어가며 삽시간에 그 몸을 휘감아 불태웠다.

아침의 차가운 빛이 동쪽 하늘에서 솟구쳐 나와 하늘을

휘감았다. 빛은 하늘에서 오고 어둠은 땅에서 온다. 하늘의 빛이 내려오며 땅의 어둠은 점점 땅속으로 스며든다.

유준은 활을 내렸다. 이제 사내는 완전히 사라지고 없다. 남은 것은 엉망진창이 된 유준의 방과 그 방 안에 놓인 검붉은 기괴한 탈뿐이었다.

"이놈일 줄 알았다."

유준은 탈을 집어 올렸다. 그리고 한번 노려본 다음 밖으로 던졌다. 누군가가 나타나 탈을 잡았다. 녹단이었다.

"너, 이거!"

"찾으러 간 거였소."

"태워 버리라고 했잖아!"

"그게 내 맘대로 할 수 있는 게 아니잖아."

"당장 태워!"

유준이 녹단을 노려보았다. 문오는 쓰러진 송임을 일으켜 세우고 흩어진 종이를 남김없이 주웠다. 은이의 물건이라 했으니 부인의 물건이고, 부인의 손이 닿았으니 하나라도 허투루 날리도록 할 수 없었다. 유준도 같이 그 종이를 줍기 시작했다.

부인도 옆에서 같이 주웠다. 다른 사람에게는 종이가 바람에 날리는 것처럼 보이는 것 같았다. 유준이 종이를 중간에 잡았고, 마침 부엌에서 나온 섬옥도 부인이 가지고 가던 종이를 잡아 문오에게 주었다. 종이를 모두 모아 송임에게 주자 부인이 다가가 송임의 손을 잡았다.

"이제 다 된 건가?"

"네, 하나도 남김없이요."

송임에게는 부인이 보이는 것 같았다. 유준은 부인이 있음 직한 자리를 볼 뿐 정확하게 부인을 보고 있지는 않았다.

"이만 갑시다. 수고했소."

송임이 웃으며 부인의 손을 잡았다. 문오가 슬쩍 물었다.

"나리, 행여 마님이 보이시는 겁니까?"

"그래. 자네 눈에도 보이나?"

"네. 도련님 눈에는……."

유준이 말했다.

"나한테는 안 보이신다."

송임은 부인의 어깨를 안았다.

"아무리 산 자와 죽은 자라 하나……."

"네."

"내외의 법은 지켜야지. 그런 눈은 대체 무엇인가?"

놀란 문오는 얼른 엎어졌다.

"죄송합니다!"

"농담이네. 아침 차려주라 할 테니 거기서 기다리게나."

녹단이 문오를 발로 툭 찼다.

"어이."

"……."

조선비록
허루기담
송임의 이야기

조선비록

헐기담

섬옥이 제사상에 올랐던 음식을 골동반으로 만들어 문오 앞에 놓았다. 솔 향이 풍겨오는 장김치도 같이 올라왔다. 꽤 벼슬 높은 집의 손님상이지만 호화롭지도 요란하지도 않았고 냄새도 강하지 않았다. 녹단이 문오의 밥에 숟가락을 대려 하자 섬옥이 번개처럼 나와 녹단을 후려갈겼다.

"그건 손님상이야! 넌 이 집 하인이니 하인들하고 같이 먹어야지 어디 노비가 손님하고 겸상을 하려고 해!"

"그냥 먹을게요. 그러지 마세요."

문오가 말렸지만 섬옥은 눈을 부릅뜨며 말했다.

"아닙니다. 손님께서 아무리 마음이 넓다 하나 반상의 도리가 있는 법입니다. 손님답게 처신하셔도 됩니다. 손님께서 양반 사대부가 아니라 하더라도 이 댁의 손님이십니다. 그러니 저는 손님을 극진히 모실 겁니다."

"아니, 그래도 얘가 우리 집 하인도 아닌데 그리할 수는 없습니다."

"저놈은 하인도 아니라 노비예요, 노비. 그리고 손님의 하인이 아니더라도 우리 집 노비이기는 하니 제 말을 들어야죠. 한 숟가락도 주지 마십시오. 주시려거든 길에 다니는 개에게 주십시오."

그리고 섬옥은 부엌으로 들어갔다. 문오는 적당한 그릇에 밥을 나누어 녹단에게 건네주었다. 옆의 미선나무가 바스락거리더니 족제비 한 마리가 나와 코를 벌름거리다가 사라졌다. 봄꽃들이 대부분 지는 계절이라 나무 밑에 꽃잎 몇 개만 흩어져 있을 뿐, 뜰은 진한 녹색으로 익어가고 있었다.

녹단이 물었다.

"아직 마님이 보이오?"

"네 뒤에서 노려보고 계시다."

"……."

앞이 조용해서 고개를 들어보니 녹단은 정말로 파랗게 굳어 있었다. 녀석이 조용하니 그 나름 괜찮기도 해서 문오는 아무 말도 하지 않았다.

식사를 마치자 섬옥이 식혜를 들고 왔다가 그 모습을 보고 화를 냈다. 그러나 이미 끝난 식사라 그녀도 별수없는 듯 식혜를 놓고 사라졌다.

"정말로 미움받는구나."

문오는 식혜를 마시며 말했다. 부안댁 곽씨의 맛이 그리워졌다. 섬옥이 솜씨없는 아이는 아니었으나, 곽씨에 비하면 천지차이였다. 거기에 곽씨는 다과에도 능해 늘 상에는 철마다 과일편이 올라오고 겨울에는 숙실과를 올려주었다. 그러나 그렇게 호화로운 차림은 상인 집이니 가능할 것이다. 양반들은 호화롭게 차려 먹는 것을 오히려 저어한다고 했다.

녹단이 뜰을 보고 있었다. 햇살은 따뜻해 다디달게 느껴졌다.

"서방님 보시기에 이 댁 마님, 어떤 분 같더이?"

"좋은 분 같던데. 얼굴도 고우시고 자태도 단아하시고."

"홀딱 반한 듯하오."

"내 어머니뻘 되는 분한테 무슨."

문오는 얼굴을 붉혔다.

"장씨 마님은 나를 별로 좋아하지 않으셨소."

"투기하셨다고 미워하는 거니."

"그런 걸로 원망하면 아니 되지. 투기심은 사람의 본능이오. 투기를 하지 않으면 애초에 연모하지도 않는다는 뜻이오. 마님들더러 투기하지 말라, 투기하지 말라 하는 것은 계집질하는 사내놈들 골치 아프기 싫어서 그러는 게지. 진심으로 부인을 아낀다면 투기하지 않으면 오히려 섭섭해. 그걸로 골리는 것 또한 맛이지."

"네가 기방 놈이라는 것을 깜빡 잊었구나."

녹단이 피식 웃었다.

"하나 마님은 나를 별로 좋아하지 않으신 거지 미워서 괴롭히려 한 것은 아니오. 나를 싫어한 건 큰마님, 지금 화양에 계시는 송임 대감의 어머니였소."

"손자… 인데?"

"손자도 손자 나름. 큰마님은 나를 우환덩어리라고 보셨소. 정말로 어쩔 수 없이 나를 들여보내 주시긴 했다만 끝끝내 나를 싫어하셨으이. 하나 정작 당사자인 장씨 마님은 내 어머니를 투기한 적은 없으시오. 오히려 가엾게 여기셨지."

"그런데 왜 사이가 나쁜 거야?"

"마음이 그렇다고 다 잘되는 건 아니지 않소. 게다가 나한테 이상한 게 붙어 있어 마님으로서는 대감마님을 위해서라도 나를 멀리 둘 수밖에 없었소."

"저거?"

문오는 녹단 옆에 있는 탈을 가리켰다.

"그렇소. 이건 기물이지. 그리고 이게 지금 마님께 원한을 품고 있는 거요. 마님이 세상을 뜬 지금도. 마님이 나를 별로 좋아하지 않으신 건, 나하고 같이 있는 이걸 싫어한 거라고 봐야 하오. 내가 쫓겨난 후 나는 이 집에 들여보내지도 않으셨지. 이게 내 옆에 붙어 있으니."

"그럼 이번에 왜 들여보낸 거야?"

"모르겠소, 나도. 들어오자마자 이렇게 사고를 치는데

왜…….”

그때 유준이 나타나는 바람에 녹단은 더 이상 말하지 않
았다.

“다 먹었나?”

“다 먹었습니다만, 왜 그러하십니까?”

“따라와라. 아버님이 부르신다.”

문오는 몸이 바짝 굳었다.

“아버지가 사람 잡아먹는 역귀라도 된다는 건가? 표정이
왜 그래?”

“그게, 어제 신신당부하신 것이 있어서.”

문오가 짧게나마 송 도령에 대해 알게 된 것이 있는데, 화
가 치밀어 오르지만 짜증을 낼 수 없을 때 콧구멍에 힘이 들
어간다는 것이다. 이번에도 콧구멍이 커져 있었다.

“내가 벌써 말했으니 네가 더 할 말 없을 거다.”

유준이 데리고 간 큰 사랑채는 대청마루가 아주 넓어 수
십 명이 앉아도 될 정도로 컸다. 사랑방 건넌방의 장지문은
떼어낼 수 있어 그 문을 떼어내면 아주 많은 사람이 앉을 수
있을 것 같았다.

“할아버지께서 강연하던 곳이다.”

“할아버지라면…….”

“양부님의 아버지, 내 친할아버지의 동생 되는 분으로,
외할아버지와도 친구 사이셨지.”

친부와 양부가 사촌지간이니 할아버지들끼리는 형제지간

일 것이다.

"겨울에는 춥겠군요."

"백두산 꼭대기가 따로 없지."

유준이 누마루가 붙은 방을 보며 말했다.

"아버지, 데리고 왔습니다."

안에서 들어오라는 말이 들렸다. 부드럽고 듣기 좋은 목소리였다. 문을 열고 들어가자 송임이 경상 뒤에 앉아 자리를 권했다.

"밤새 애써주어서 고맙네. 어서 앉게나."

"송구스럽습니다."

"편한 만큼 여기에 머물게. 손님을 위한 별채가 있으니 자네 집처럼 쓰게나."

"아닙니다. 제 신분에 무슨……."

"신분 가지고 그리하지 말게. 두 번이나 신세를 졌으니 대단한 은인인데, 은인에게 신분을 따지며 하대하는 것은 옳지 못하네."

"아니옵니다. 별로 한 일도 없는데 은인이다 하며 나대면 안 됩니다."

"자네는 어른 같군."

"네?"

송임이 손을 저었다.

"겉늙었다는 게 아니라 말 그대로 유준이에 비해 어른 같아 보인다는 말이야. 물론 유준이가 어린아이 같다는 말은 아니네. 하지만 그 아이는 너무 혈기왕성한 데가 있어서.”

문오는 동의하기 어려웠다. 유준이 혈기왕성하다라……. 그 정도가 혈기왕성하면 녹단은 불도깨비다.

“유준이가 내게 다 말했네. 자네에게 나를 만나면 모른다고 둘러대라 했겠지?”

“그게…….”

“뻔하지. 자네가 나가면 나한테 혼이 단단히 날 게야. 그런 일을 하나도 말하지 않고 있었다니 말이야. 하지만 그전에 내가 자네에게 말해야 한다는 생각도 들었네. 안사람이 자네를 부른 것도 우리 둘이 이야기해 보아야 한다고 생각한 것 같네.”

“무슨 말씀이신지요?”

“자네가 그 사람을 보고 내가 그 사람을 보는데 어찌 준이는 보지 못하겠는가.”

송임이 책상의 서랍을 열어 작은 단도를 꺼냈다. 봉투나 종이를 자를 때 쓰는 것 같았다. 문오는 얼른 옷소매 안으로 손을 감추었다.

송임이 그 칼을 들어 자신의 손등을 내리찍었다. 문오는 윽, 하며 신음을 삼켰다. 피가 흘러나와 바닥으로 뚝뚝 떨어져야 했다. 그러나 단검이 뚫고 간 손에서는 아무것도 나오지 않았다. 송임은 단검을 뽑았다. 손등에는 단검에 찍힌 자국만 있을 뿐 피는 흐르지 않았다. 상처는 입을 다물 듯 오므라들었다.

등골이 오싹한 공포가 아니었다. 바닥이 푹 꺼지는 공포
였다. 그것은 등지고 외면해 오던 것이 앞에서 와르르 쏟아
졌을 때, 부정하고 부정하던 두려움이 바로 코앞에서 얼굴
을 들이밀며 비웃는 그런 종류의 공포였다.

"혈귀에게 물리면 얼어붙듯이 멈추지. 늙지도 다치지도
병들지도 않고 그렇게. 내 몸 안의 피는 이미 오래전에 소진
되어 이제 아무리 다쳐도 피가 나지 않네. 내 가슴속의 염통
은 텅 비어 있을 거네."

"어쩌다……."

"이야기하면 기네. 저 녹단의 어미 감선이의 이야기까지
해야 하니 더욱 길어지지. 그것이야말로 내 고통이자 내 생
의 업이네."

밖에서 치맛자락 소리가 들렸다.

"대감마님, 차 가지고 왔습니다."

"그래, 가지고 오너라."

문이 열리며 섬옥이 아닌 다른 여종이 차와 흑임자 다식
이 담긴 소반을 놓고 물러갔다.

송임은 문오 앞에 잔을 놓고 차를 따라주었다.

"송구스럽습니다."

"자꾸 송구스러워하지 말게. 내가 무안하지 않은가. 젊은
이에게 차는 싱거울 터이니 제주(祭酒)가 남았는데 그거라도
마실 텐가? 주상께서 술을 금하셨으나 그것은 마셔도 괜찮
다네."

"술은 못합니다."

"그런가?"

송임은 자신의 잔에 차를 따르고 한 모금 마셨다.

"이야기를 들어보겠나?"

"이야기요?"

"내가 어쩌다 이리되었는지 말이네."

＊

내가 자네만 할 때였네. 나는 남들이 하는 정도에서 약간 나은 청년이었고, 그런 자식을 둔 부모가 거의 그렇듯 내가 아주 잘난 아들인 줄 아셨지. 거기에 외아들. 여동생과 누님들이 있긴 하지만 집안의 기대를 독차지하는 건 나였다네.

그런 사람에게 세상이 매정해지면 버틸 재간이 없지. 버티는 방법도, 이겨내는 방법도 알 수 없어. 집이 어려워진다거나 우리 집안이 속한 당파가 몰락한다거나 하는 거라면 상관이 없네. 많은 이들이 그 일을 겪고 쓰러지고 일어나다 다시 겪으니까.

사람이 가장 괴로울 때는 자기에게만 일어나는 일, 다른 사람에게는 일어나지 않는 일을 홀로 겪을 때지. 고통도 고통이지만 자기 자신을 믿지 못하고 남도 믿지 못할 때, 혼자이되 그 혼자조차 믿을 수 없을 때의 고통은 더욱 괴롭네.

감선이, 녹단의 어머니를 만난 것은 내 나이 스무 살 때였

지. 엄한 집에서야 아들들이 기방을 들락거리는 것을 못마
땅해하지만, 대부분의 집안에서는 심하지만 않으면 적당히
눈감아줬네. 사대부는 기방에 들어갈 수 없다……. 그러나
다들 닳도록 드나들지. 주상께서 내린 금주령이 전혀 지켜
지지 않는 것과도 마찬가지야. 걸린 사람만 벌을 받을 뿐이
지. 그런 법이 지켜지지 않는 것은 즐거움을 억누르기 때문
이지. 금하면 금할수록 즐거움은 더 커지지. 그게 바로 즐거
움의 속성이니까 말이야.

나는 기생들을 가엾게 여기는 사람이네. 돈 때문에, 시키
는 일이라 좋아하지도 않는 사람에게 웃어주어야 한다는 게
가엾네. 그게 또 그들의 일이라 별수없다 하지만, 그들이 먹
고사는 업이라 그래야 한다 하지만, 나는 하필 업이, 그런
업인 것이 가엾었네. 그리 말하면 취월 같은 기생은 화를 내
네. 그녀는 이해 못하는 게지. 그녀는 예기(藝妓) 중의 예기.
그녀의 춤과 음악, 거기에 시와 재기, 사람들은 옥처럼 빛나
는 그녀의 재능을 숭배하고 존중하네. 그리고 취월 같은 사
람은 그렇게 존중받는 것에 자부심을 느끼네. 그래, 나도 예
기들이나 일패기생 모두 존중하네. 그러나 술 시중드는 데
힘을 쓰는 기생들은 가엾게 여겨. 일패기생들이 향기도 진
하고 아름다운 꽃이라면, 그 기생들은 그저 시간이 지나면
시들어 잊히는 잡꽃들이 아닌가.

그래, 스물. 각자 가진 천성들이 꽃을 피우기 시작하는 연
배지. 내 친구 중 하나가 극히 방탕해져서 기방에 들락날락

거리며 나를 끌고 가려 했네. 그는 나를 막무가내로 다루며 가지고 노는 것을 즐기기도 했지. 그래서 내가 기생들을 좋아하지 않는다는 것을 알면서도 일부러 끌고 왔네.

어느 날 나를 또 끌어다 앉혀놓았지. 그날따라 나를 놀리는 게 참 심해졌지. 그래도 술이 더 오르니 저절로 나를 놓아주더군. 기분이 좋지 못해 눈치만 보다 틈을 내어 집으로 가려고 나왔지. 그러다 연못 정자 앞에 앉아 있는 소녀를 보았네. 처음에는 차림이 허름해서 찬모인 줄 알았지. 그러나 얼굴이 무척 예쁘고 자태도 고왔어. 이런 아이를 누가 찬모로 두겠나.

"추운데 들어가라."

내가 말하자, 그 아이가 꽤 놀랐지.

"저는 오늘 일 안 합니다."

손님 받으라는 게 아니라고, 그냥 추울 것 같아 들어가라고 한 것뿐이라고 말해주었네.

"걱정 안 하셔도 됩니다. 제가 추워지면 알아서 들어갈 겁니다."

"보기 안쓰러워 그러는 거다."

"그럼 도련님 속이 상하는 거지 제가 속이 상하는 게 아닙니다."

어이가 없었지. 하나하나 되바라지게 받아치는데, 과연 기생인가 싶더라고. 하지만 그 덕에 오히려 편안해지며 안심이 되었지. 애교를 떨거나 치근덕대면 내가 더 싫었을 테니까.

"추워도 여기에 있어야 할 정도로 즐겁다면 못하게 하는 것도 도리가 아니지."

감선이가 처음으로 나를 보더군. 마주 보니 정말로 그림처럼 예쁜 소녀였지. 누구라도 올려다보지 않을 수 없게 만드는 높은 나무 위에 핀 꽃처럼 아름다웠어.

며칠 뒤에 친구, 김평호 영감의 장남인 김대명, 그래, 바로 방금 전에 말한 그 친구라네. 그 방탕한 친구가 또 나를 그 기방으로 끌고 가더군. 나처럼 재미없게 노는 놈을 왜 데리고 가느냐고 물었더니 감선이 그 아이가 나를 보고 싶어한다더군. 나도 그 별난 아이가 보고 싶어지기도 해서 따라갔네.

역시 그 자리에 감선이가 단장하고 앉아 있더군. 다른 기생이 그 아이를 소개하며 말했지.

"애교도 없고 재주도 없어서 예뻐하는 분이 없는 아이이니 도련님이라도 귀엽게 여겨주세요. 세상에나, 그 못생긴 계향이나 사내나 진배없는 초화도 예뻐하는 분이 있는데 이렇게 어여쁜 아이가 아무도 없다니, 불쌍하지 않으세요. 보세요. 가락지도 없고 뒤꽂이 하나 없네요. 어디 농사꾼 아낙네인 줄 알 겝니다."

다른 아이들이 웃었지. 다들 감선이의 놀라운 미모를 시기하고 제대로 할 줄 아는 게 하나도 없는 것을 비웃었네.

그래, 화초기생, 화초기생 하는데, 그 아이만큼 그 말에 어울리는 아이도 없었지. 노래니 춤이니 하나도 제대로 하지 못했지. 시도 못 짓고 그림은 솜씨가 없고, 다루는 악기도 하나 없었지. 그래도 얼굴만은 참 예뻐서 그런 자리에 장식용으로 앉혀놓는 아이였지. 처음에는 워낙 예뻐서 관심을 주지만 조금 있으면 재미가 없어서 자리를 뜨게 만드는 아이였어. 그러니 불쌍할 수밖에. 재주가 없는 곳에 끌려와 앉혀 있는 건 괴로운 일이지. 할 줄 모르고 잘되지도 않는 것을 억지로 하는 것은 정말 고통스러운 일이야.

가엾은 마음에 나는 몇 번 더 그 아이를 찾아가 주었다네. 다른 생각은 없었지. 내 여동생이 잘못 태어났다면 이렇게 되었을 테지, 내 어머니도 그랬을 테지, 그저 그런 생각이 드니 참 측은했던 거야. 평범한 집에서 태어나 남편을 만나 혼인하였다면 그 별스럽고 표독한 성격을 드러낼 필요도 없이 남편의 사랑을 받으며 살았을 텐데, 어쩌다 기생이 되어 그리된 건지 가엾기도 했지.

이야기를 나누어보니 나는 그 아이가 생각보다 더 별나다는 것을 알게 되었네. 그리고 그 아이는 친구라며 괴상한 탈도 보여주더군.

"기물 중의 기물이라 합니다. 어린 시절에는 그 때문에 따로 떼어놓기도 했답니다. 하지만 제가 울며 가져다 달라 해서 돌려받았지요. 그 후로 이 아이는 제 친구입니다."

탈을 마치 아이나 친구라도 되는 듯 달래고 어르는 것이 신기했지. 오죽 친구가 없었으면 저러나 싶기도 했고.

"이 아이가 제가 도련님을 좋아하니 샘도 냅니다."

"샘?"

"네, 샘을 내네요. 하지만 괜찮다고 말해주었습니다. 이 아이에게 제가 부탁했어요. 도련님이 내 사람이 되게 해주고, 도련님의 아이를 낳게 해달라고요."

나는 어이가 없어서 웃었지.

"이 아이는 제 부탁을 꼭 들어줍니다. 이 아이에게 말하면 다 들어줘요."

그 말이 맞는 걸까, 술이 너무 들어갔던 걸까, 나는 나도 모르게 그 아이에게 다가가 있었지.

"한 번 써보시지 않겠어요?"

"사대부가 어찌 광대의 탈을 쓰겠느냐."

"문을 닫아놓았는데 누가 알겠습니까."

감선이가 고개를 숙였어. 손을 맞잡고, 한숨을 내쉬고, 그러며 고개를 젖혀 내 가슴에 머리를 기댔지. 처음으로 가까이에서 맡아보는 여자 향기에 취하는 듯했네.

"머리 올린 이래로 다른 분과 같이 남은 것은 이번이 처음입니다."

나도 여자는 처음이었지. 감선이를 가엾게 여기고, 또 그 아이가 잘 지냈으면 하는 마음은 있었어. 하지만 내가 그 아이를 여자로서 품에 안는 것은 완전히 다른 문제였네.

늘 그리 생각해 왔는데 그날은 정말 홀린 것 같았지. 내 손이 내 손이 아니었고 내 몸이 내 몸이 아니었어. 정신을 차리고 보니 나는 그 아이를 품에 안고 있었네. 그리고… 나는 아직도 그날의 나를 납득하지 못하겠네.

하지만 그 후 나는 오히려 그 기방을 멀리했네. 일부러 가지 않았어. 그렇게 부끄러울 수가 없었어. 다른 사내들은 얼마든지 할 수 있는 일, 쉽게 하고 쉽게 잊을 그럴 일이라지만 나는 너무도 부끄러웠네. 무엇보다 감선이에게 미안했어. 마음에도 없이 그런 짓을 하다니. 차라리 사과라도 하고 싶었지. 하지만 그것이 감선이를 얼마나 치욕스럽게 할지 알기에 그럴 수도 없었어. 나 편하자고 그 아이를 부끄럽게 할 수는 없지 않은가.

그 후로 공부에만 힘쓴다는 핑계… 거기다 어머니, 아버지 핑계도 좀 대며 친구들이 불러도 나가지 않았네. 감선이가 나를 찾는다. 내가 없으니 이제는 파리조차 날아오지 않는 시든 화초가 되었다며 말들이 많았지만 나는 애써 잊었네.

다음해였던가, 아버지가 내 혼처를 고르고 있을 무렵이었지. 감선이를 찾아가지 않은 지 거의 한 해를 훌쩍 넘었다네. 어느 날 갑자기 감선이가 찾아왔네. 아버지가 기겁하시는 건 당연지사. 어머니도 놀라셨지. 내가 방탕한 놈이었다면 일어날 일이 일어났다고 혼부터 났겠지만 그게 아니었으니까.

감선이는 품에 내 아들이라며 아기를 안고 데리고 온 거야.

나는 아직 혼인도 하지 않은 몸이야. 거기다 기생이 직접 와서 문 앞에서 그런 모습을 보였으니 얼마나 창피하겠나. 아니, 창피하기 이전에 나는 받아들일 수가 없었네. 내가 감선이를 구경도 못해본 지 한 해를 넘어갔어. 아버지도 그걸 알고 있었어. 아니, 사방에서 알고 있었네. 기방에 있는 기생, 그 별명이 화중지왕이었네. 얼굴은 절색이지만 재주라고는 하나도 없는 꽃 중의 꽃. 나비와 벌 한 마리 들이지 못하는 향기 없는 모란, 그것이 바로 그 아이였는데… 아들을 낳았다며 첩으로라도 데리고 있어달라 하니 얼마나 어이가 없었겠나.

아버지는 신분에 엄격한 분이고 도와 예에 대해서 더없이 매몰찬 분이셨지. 할아버지에 비해 그 학식이 모자란 대신 행동으로 옮기고 싶어하셨지. 그 법도에서 너그러움의 대상인 건 그런 사내가 늘 그렇듯 아내와 딸뿐이었지.

당시 내 누이가 혼처를 받아두고 시집갈 예정이었지. 아버지의 정결함을 높이 사서 누이동생도 비슷한 집으로 시집갈 예정이었어. 어머니는 시댁에서 행여 흠이 잡힐세라 부지런히 바느질과 음식을 가르치고 계셨다네. 그런 마당에 기생이 찾아온다는 것은 수치 중의 수치였네.

아버지는 내치셨지. 당연하게도. 나는 감선이가 가엾었지만, 그때만 해도 정말 내 아이일 거라고는 조금도 생각하지 않았네. 태어난 날짜가 너무 황당하게 맞지 않았거든. 한 달 정도 늦거나 이르면 그러려니 하겠는데, 넉 달도 넘게 차이가 났네. 이르게 태어났으면 그러려니 하겠는데 더 늦게 태어난 거야. 내가 중간에 그 아이를 한 번 더 찾아왔었다고 감선이가 주장했더라면 덜하겠는데, 이 아이는 그날이라며 부득불 우기는 거네. 아버지가 더 황당하셨지. 결국 아버지는 분노와 함께 기방의 취월에게 그런 식으로 가문을 모욕하면 관아에 고할 것이라 하셨지. 취월이 어찌했는지는 모르지만 일은 그렇게 흐지부지되었지. 감선이는 그 일이 문제가 되어 정말로 더 이상 손님을 받지 못하게 되었지. 기방의 큰언니 되는 취월이 거두어주어 침모를 하며 생계를 꾸리게 되었다는 소문만 들었네. 나는 그 아이가 불쌍해서 돈이라도 주려 했지만 아버지가 말렸네. 그리하면 정말로 내 자식이라고 소문이 날 터이니 근처도 가지 말라고 했지.

다음해, 나는 초시(初試)에 합격했네. 이제 시작인 데도 아버지는 뿌듯해하셨지. 식년시 준비를 시작하는 중에 스승님 댁에 제사가 있어서 들렀다가 집으로 오고 있었다네. 스승님 댁이 집과 멀지 않아 하인 없이 혼자서 오갔어.

자시(子時) 근방이라 사람 하나 없었다네. 가을, 아니, 겨울에 가까웠어. 바람은 얼음처럼 찼고, 나무들은 잎이 몇 개 안 남아 바늘처럼 앙상했지. 나는 몸을 움츠리고 집으로 향했으나 가도 가도 집이 나오지 않았어. 태어나서 처음 간 곳을 헤매듯 내 집 앞을 헤매고 있었네. 달도 없는 컴컴한 밤이었지. 이런 밤에는 외출도 하지 말아야 한다고 우리 집 침모가 말한 적이 있었지. 피를 먹는 귀신이 사람을 찾아다닌

다고. 그때면 세상의 소리가 죄다 사라진다고 했어.

지쳐 주저앉기 직전, 우리 집으로 향하는 길에 있는 커다란 향나무 밑에 여자가 서 있는 것을 보았네. 밤에 피어난 꽃 같은 여인이었지. 그 손에는 그 아이의 유일한 친구인 탈이 들려 있었어. 탈의 붉은 갈기가 그 아이의 손에서 꿈틀대는 것 같았네.

"오랜만입니다."

감선이가 나를 보고 그리 말했지.

잘 지냈냐고 물었지만 참 어처구니없는 물음이란 생각이 들더군. 잘 지냈을 리가 없는 아이에게 잘 지냈느냐고 묻다니.

아이는 잘 크느냐고 나도 모르게 물어볼 뻔했지만, 아버지의 명령에 따라 함구했네. 감선이는 행여나 하는 기대를 품은 눈으로 나를 보다가 실망했지.

"그냥 묻고 싶어서 그렇습니다, 도련님. 저를 좋아하기는 하셨습니까?"

좋아하긴 했다. 그건 맞는 말이니까. 내 눈을 보던 감선의 얼굴에 희미한 미소가 어렸지. 싫은 진실과 마주한 자의 우울한 미소였지.

"그러면 되었습니다. 좋은 색시 만나 잘사십시오. 하지만 색시 맞이하더라도 우리 녹단이는 거두어주십시오."

내 아들인 줄 어찌 알고, 라는 말을 나도 모르게 해버리고 말았지. 해선 안 되는 말이었지. 등 뒤로 무언가가 다가온 것 같은 느낌이 든 건 그때였지. 조용한 가운데 안개가 다가온 듯 한기와 살기가 밀려들었어. 나는 등을 돌렸지. 손은 나도 모르게 감선이의 팔을 잡고 있었어. 부끄러운 일이네만, 나는 두려워서 그리한 거였던 게야.

밝은 빛이라곤 하나도 없이 구름이 낮게 깔려 붉게 빛났다네. 하늘이 피를 품은 것 같았지.

길 끝에 뭔가가 서 있었지. 사람으로 보이지도 않았네. 어두워 그랬는지 몰라도 붉은 하늘을 등진 그자는 산이 솟은 듯 거대해 보였네. 게다가 아무리 밤이라지만 그토록 소리가 없어질 수 있었겠나. 정말로, 정말로 아무 소리도 들리지 않더군. 그리고 커다란 새가 나를 덮친 것 같았지. 차가운 손이 목을 움켜잡았지. 돌처럼, 뱀처럼 차가운 손이었네. 역한 비린내가 풍겨왔지. 불타는 통증이 몸을 휘감았어.

처음엔 얼어붙은 듯 오싹 추웠지만, 잠시 뒤 열기가 돌았어. 온몸의 피가 불타는 듯 뜨거웠어. 머릿속에 불덩어리가 들어서고 가슴은 그 열기에 터질 것 같았지.

어린 시절에 열병에 걸린 적이 있었지. 그때는 오한이 들어 춥고 머리가 묵직했을 뿐 이렇게 몸이 깃털더미처럼 가벼우면서도 불덩어리가 된 것 같지는 않았어. 몸 안에 쇳물이 들어찬 듯 열기가 내 살을 바짝바짝 태웠어. 목이 타들어가며 무엇이든 마시고 싶었네. 목을 축여줄 것이 필요했어. 인가에서 풍겨오는 살냄새가 그다지도 달콤할 수가 없었지.

기척이 느껴졌지. 번쩍 고개를 들어 뭐라 말하려 했지만 목 속에서 나오는 것은 사람 목소리가 아니었네. 짐승의 으르렁거림이고 울부짖음이었어. 내가 내가 아닌 전혀 다른 것으로 변해 버린 거야. 그러나 그 사람은 내게서 떠나지 않았어.

흰옷을 입은 소녀였지. 이 깊은 밤에 웬 소녀가 있었던 걸까. 소녀는 괜찮으냐고 몇 번을 물었네. 그러나 나는 쓰러진 채로 굼벵이처럼 꿈틀거릴 뿐이었어. 소녀가 내 손을 잡아 주었지. 그 손은 차고 서늘했지. 그러나 눈 같은 차가움이 아니라 가을의 저녁 바람 같은 기분 좋은 서늘함이었지.

"어디 사는 누구신지 말씀해 주십시오. 댁에 알리겠습니다."

내가 어디에 산다고 말하자, 소녀는 고개를 끄덕이더니 치마를 잡고 달려갔지.

잠시 뒤 소녀 대신 우리 집 청지기와 하인이 달려와 나를 업고 갔네. 도련님, 이게 무슨 일입니까, 도련님. 감선이 그 계집애가 드디어 사고를 친 겁니까. 몸이 왜 이리 차십니까.

이상하지. 나는 온몸이 타는 것 같은데 그들은 너무 차다고 했어.

그리고 나는 병에 들었네. 그래, 그건 병이었어. 한겨울인데도 나는 춥지 않았어. 밤에 불이 꺼져 냉방이 되어도 냉방인지조차 알 수가 없었어. 몸의 피는 몇 날이고 계속 펄펄 끓었지. 그리고 서서히, 아주 서서히 그 허기, 그 끔찍한 허기가 시작되는 거네. 사람들이 살냄새를 풍기며 지나가면 견딜 수가 없어져. 여종이 지나가면 그 목을 잡고 안에 든 피를 마시고 싶어지고, 아이가 지나가면 뜯어 먹고 싶어지네. 그나마 나를 막는 것은 한 줌 남은 양심이었네.

참다 지치면 걷고 또 걸었지. 내가 아닌 다른 사람이 되는 꿈을 꾸고, 밤새도록 한양 시내를 배회하다 날이 밝을 무렵 정신을 차리면 처음 가본 곳에 앉아 있곤 했지.

종로, 광화문, 남대문, 서소문, 텅 빈 시전 거리, 심지어 반촌이나 가산에도 가 있었지. 온 한양 사람들이 다 나를 보았네. 양반 사대부도, 장사꾼도, 순라를 도는 나졸들도, 양민들도, 백정들도, 심지어 거지 떼들까지 나를 보았네.

부모님들은 나를 집에 가두고 밤에 방문에 자물쇠를 채우기도 했지만 소용이 없었어. 소문은 점점 무성해졌고, 점점 심해져 감선이의 원한이니 뭐니 하는 소문이 돌았네. 아버지로서는 수치스러운 일이었지. 나는 펄펄 끓는 몸을 끌고 산 귀신이 되어 방황하고 있었어. 그 뒤를 이어 다른 소문이 따라왔네. 혈귀가 나타난 거라고, 어느 사대부 댁 도련님이 혈귀의 병에 들렸다고.

의원이 다녀가고, 의원이 아는 다른 의원이 다녀가도 소용없더니 그 소문과 함께 지금 우리 집과 가장 긴밀하게 닿아 있는 윤 의원이 나타났지.

—귀신의 병입니다.

윤 의원이 마침내 그리 말했지. 아버지가 노발대발했어. 내 앞에서 무당의 일을 꺼내는 것이냐. 사람들 말대로 무당이라도 부르라고 하면 당장 쫓아내겠다.

—그러나 다스리는 약은 있습니다. 일단 약을 드십시오.

윤 의원의 약을 먹자 나는 열이 가라앉았지. 갈증은 여전했지만 못 견디게 심하지는 않았어. 그리고 몇 달 만에 처음으로 나는 사람의 말을 할 수 있게 되었지. 나는 부모님께 은혜를 입은 아가씨가 있다고 말했네. 어머니가 청지기를 불러 그게 누구였느냐고 물었네.

청지기는 흰옷을 입은 소녀였다고 말했어. 처음 보는 소녀가 새벽에 문을 두드려 이 댁 도련님이 길에 쓰러져 있는 것을 보았다며 얼른 가보라고 하더라고. 소녀는 자기를 따라오라며 직접 길을 달려 그들을 데리고 갔다고 하더군. 청지기가 쓰러진 나를 발견했을 때 소녀는 마치 꿈처럼 사라졌다고 했어.

"귀신이라도 나타난 걸까."

어머니는 죽은 첫째 누이가 생각난 건지 눈물을 찍으셨다네.

"그 아이가 너를 구하려고 저승에서 왔나 보다."

하지만 아니야. 나는 누나 얼굴을 기억해. 누나는 아니야.

"일단 약으로 다스렸으니 침을 놓아야 합니다. 그건 제가할 수 없어 다른 분을 모시고 와야 합니다."

윤 의원의 말이라면 무엇이든 듣게 된 부모님은 당장 그리해도 된다고 했네.

다음 날, 윤 의원은 쓰개치마로 몸을 휘감은 소녀를 데리고 왔지. 윤 의원이 자기 조카라고 소개한 소녀는 내가 누워 있는 방 앞에 쳐둔 발 너머에 앉았지. 윤 의원이 말했네.

"자리를 피해주셔야 합니다."

이제 산신령이나 다름없게 된 윤 의원이네. 그가 말하자마자 부모님은 얼른 자리를 피했지. 그런데 윤 의원도 자리를 피했어.

나와 소녀만 남았지. 소녀가 발 너머에서 말했네.

"이 병에 대해 알려 드리겠습니다."

"무슨 병이오?"

"귀신의 병이지요."

"그건 윤 의원도 말했소. 치료할 수 있는가?"

"없습니다."

"이대로 끝인 건가?"

"하지만 다스릴 수는 있습니다. 일단 이 한양에서 멀리 떨어진 곳으로 가십시오. 되도록 사람이 없는 곳으로 가십시오. 사람 살냄새를 맡으면 이 병에 든 자들은 포악해집니다. 그간 그리 참으신 것은 도련님의 인품 덕입니다. 몇 번이나 이 병에 든 자를 보았으나, 참으로 대단하신 참을성입니다."

"멀리 가서 어쩌라고?"

"요양을 하십시오. 약을 지어드릴 터이니 그 약을 먹으며 내려가십시오. 오래 먹으면 머리가 몽롱해지고 앞뒤가 구분 안 갈 정도로 어지럽기도 할 겁니다. 하지만 그 약을 먹지 않으면 사람을 죽이고 싶을 정도로 포악해질 터이니 꼭 드십시오."

나는 발을 올렸지. 소녀가 고개를 돌렸어. 행여나 내가 그
날 만난 은인이 아닌가 싶어서 그리한 거였네. 그러나 실망
스럽게도 아니더군. 화사한 얼굴의 소녀는 눈이 크고 요염
했지. 온몸에서 독한 꽃향기를 뿜어 올리는 듯했네. 열대여
섯 정도로 보였으나 그 눈 안에는 사내를 닳도록 알아온 퇴
기보다 더한 교태가 흘렀지. 감선이 목련 같다면 그 소녀는
장미 같았네. 영원히 지지 않으며 독한 향기를 뿜어 올리는
요기를 품은 장미.

"들어가십시오."

소녀가 조용히 말했지. 고작 의원 가문의 여자아이인데,
나는 그 말을 듣지 않을 수 없었어.

"손을 내미십시오."

손을 내밀자 소녀는 노리개에 달린 침통 안에서 긴 침을
꺼내 내 손에 박았지. 몸이 찬물 속에 들어간 듯 열기가 가
라앉고 갈증도 가라앉았지. 소녀는 침을 몇 개 더 내 이마와
목에 밀어 넣은 다음 말했어.

"이각(二刻) 뒤에 뽑겠습니다."

"괜찮은 건가?"

"적게는 열흘, 길게는 한 달, 도련님을 평범하게 만들어
드릴 것입니다. 그 안에 한양을 떠나십시오."

목소리는 물이 떨어지듯 또박또박했지.

"그냥 여기서 지내면 안 되는 건가?"

"저도 그렇다 말씀드리고 싶습니다. 하지만 아니 될 겁니다. 시골로 내려가 요양을 하십시오."

소녀는 자리를 떴다가 이각을 채울 무렵 작은 호리병 여러 개를 담은 상자와 함께 돌아왔지.

"약첩으로 드릴까 하다 짓기 까다로워서 제가 직접 지어 왔습니다. 유시(酉時), 닭이 잠드는 시간이 되면 드십시오."

그리고 그 소녀는 윤 의원과 함께 돌아갔어.

아버지는 계시라도 받은 듯 당장 그리하자 하셨지. 충주의 사촌형네 집에 머물기로 했네. 하지만 여행길이나 제대로 갈 수 있을지 의문이었네. 마르지도 힘이 빠지지도 않았네만, 그간 시달렸던 괴로움이 나를 두렵게 했지.

형님 댁에는 몇 번 다녀온 적이 있어서 혼자 간다고 했지. 어머니는 절대로 아니 된다고 반드시 하인을 데리고 가라 하셨지만 나는 완강하게 반대했네. 두 분이 뜻을 굽히지 않아 결국 새벽에 부모님 몰래 집을 나섰네.

노자와 옷만 대충 챙겨, 거기에 그 소녀가 남겨놓고 간 약을 잘 싸서 길을 나섰네. 성문을 나와 한강 나루로 가서 배를 탔지. 배는 다 가지도 않고 중간에 나를 내려주었네. 배 바닥에서 물이 새니 고쳐야 한다는 거였어.

강을 따라 걸어 내려가다 처음 나오는 여각에 머물기로 했지. 그러나 금방 길을 잃어버리고 말았어. 인가를 찾아 근방 산을 뒤지고 다녔지만 씨가 마른 듯 하나도 없더군.

그러다 나는 흰 도포를 입은 사내를 만나게 되었지. 내가 부르든 말든 그는 그냥 제 갈 길만 가더군. 그를 따라가다 보니 집이 나왔어.

그리 크지 않은 집이었지. 두 칸짜리 안채 하나에 바깥채 하나, 거기에 행랑채와 텅 빈 외양간이 있었지. 옆에는 우물 하나를 끼고 마당에는 평상이 놓여 있었네.

아무도 없는 것 같아 그냥 가려 했지만 캄캄한 숲으로 돌아가려니 무척 두려웠지. 그래서 안에 들어가 큰 소리로 사람을 불렀네. 부엌문이 열리며 창백한 여자가 나왔지.

"누구십니까?"

"길을 가던 과객입니다. 길을 잃어서……."

"그래요? 주인 나리가 차려놓으라고 하시더니 손님이 오려고 그러셨나 봅니다."

여자가 부드럽게 웃고는 작은 소반에 식사를 차려 나왔네. 나는 주인이 어떤 사람이냐고 물었지만 여자는 그냥 주인이라고만 했어. 주인은 나중에 올 거라며, 바깥채에 이부자리를 보아주었네.

"아무도 없습니까?"

"오늘 모두 나들이를 나갔습니다."

이 추운 날에 무슨 나들이인가 싶었지.

여자가 봐준 이불 속에 들어가 잠들려다 밖에서 자그마한 소리가 들려 문을 열어보았네. 여자가 부엌 앞에서 누군가와 이야기하고 있었지. 하지만 누구와 이야기하든 무슨 상관인가 싶어 방 안으로 돌아와 잠이 들었지. 깃털 속에 있는 듯 편안했어. 춥지도 덥지도 않았다네.

하지만 대체 왜였을까. 왜 하필 그때 깨어났을까.

꿈에 예전에 만났던 그 소녀가 보였네. 그녀가 속삭였지.
일어나요. 어서. 찬물이라도 떨어진 듯 나는 놀라 깨어났어.
두런두런 소리가 들려왔지. 나는 뒷문을 열어보았네.

감선이가 있더군. 대체 그 아이가 어떻게 이 먼 곳까지 와
있는지 알 수 없었지. 아니, 꿈일까.

나는 문에 바짝 붙어 살폈네. 감선이는 키 큰 사내와 이야
기하고 있었지. 순간 오싹했네. 집주인의 얼굴. 그제야 나는
그 사내의 얼굴이 기억났지. 그래, 분명 그날의 그 사내야.

애초에 내가 한양을 떠난다는 것을 알고 일부러 내게 접
근한 건가. 게다가 그날도 길을 잃었고 오늘도 길을 잃었는
데, 같은 술수를 부린 게 아닐까. 나는 앞뜰로 난 문을 열고
나갔지. 안채 문이 활짝 열려 있었어. 나는 사람이 오지 않
을까 두려워 부엌을 보았네. 내가 오늘 허기를 채운 그 부엌
이 불길한 기운을 내뿜었지. 부엌 뒷문 안에서 작은 그림자
가 튀어나와 나는 급히 도망치려 했지. 아니, 도망치고 싶었
지만 그렇게 하지 못했네. 붙잡히고 말았어.

순간, 앞에 감선이가 있었네. 정말 마르고 해쓱했지.

감선이가 스산하게 웃었어.

"안녕하세요, 도련님."

"여기, 여기가 어디냐?"

"제 생각보다 많이 무사하시네요. 소문으로는 벌써 산 귀

신이 되신 듯하던데.”

“무슨 짓이야!”

“인간으로서의 도리를 지키지 않으셔서 인간이 아니게 만들어 드린 겁니다. 이제 도련님은 평생을 괴물로 살아가야 할 겁니다.”

그제야 사람 살냄새만 맡으면 어쩔 줄 모르게 되었던 것이 기억났지. 윤 의원이 다녀가기 직전까지 그랬지.

감선이가 비웃었지.

“벌입니다. 대체 어떻게 이런 것들하고 알게 되었는지 궁금하실 테지요. 사람이 사람 취급을 받지 못하면 사람이 아닌 것들과 가까이 있게 되는 겁니다. 제가 부탁했어요, 도련님을 그리 만들어달라고. 이제 도련님은 기생만도, 노비만도 못한 처지입니다. 사람이 아니니까요.”

그리고 감선의 옆에 바로 그 사내가 나타났네.

사내가 말했지.

“우리 도움을 받으면 험하고 흉측하게 살게 되진 않을 거요.”

그제야 나는 내가 그 사내를 아주 오래전부터 알고 있었다는 것을 깨달았네.

친구가 끌고 가던 기방에서 나는 몇 번이나 이 사내를 보았어. 키가 크고 훤칠한 사내, 나이는 들어 보이네만 그 풍채는 젊은이보다 좋았지. 그런데 이상하지. 나는 그 사내를 봤음에도 여태 기억하지 못하고 있었으니. 아니, 내내 알고 있었는데 부모님에게도 의원에게도 말하지 못했어. 아니, 안 했어. 잊어서도 기억하지 못해서도 아니야. 나는 '생각하면 안 된다'는 명령이라도 받은 듯 아무 말도 하지 않은 거였네.

나는 뒤돌아 도망치기 시작했네. 사내가 외쳤어.

"절대로 빠져나갈 수 없소! 그만해! 괜히 진 빼지 마! 지치면 더 허기지게 된다고!"

그 말이 맞았어. 달리면 달릴수록 나는 그 집에서 가까워졌지. 숲으로 들어가도 그 집으로 향하고, 바위를 넘어가도 그 집으로 향하고, 개울을 따라 달려도 그 집에 도착했어. 나는 갇히고 만 거였어.

그래, 복수였어.

출사도, 부모님도, 혼인도, 그 모든 미래가 이 숲 속에서 사라지고 있었지. 하지만 그보다 더 두려운 것은 그냥 무서운 거였다네. 나는 아무것도 몰랐으니까. 감선이가 내게 한 복수는 목숨을 빼앗는 게 아니라 미래를 빼앗는 것이었어. 그리고 내가 모르는 두려움이 내 인생을 삼키도록 하는 거였어.

절망과 함께 멈추자 산 아래로 내려가는 길이 보였네. 그 길로도 몇 번을 내려갔는지 몰라.

그때 나무 사이로 흰옷이 보였네. 희고 마른 소녀가 초롱을 들고 서 있었네.

나와 눈이 마주치자 그녀가 얼른 손을 흔들었네. 오라는 거였어. 나는 그녀를 향해 내려갔네. 천천히. 그러다 달렸네. 갑자기 세상이 찌그러지기라도 하는 듯 끔찍한 소리가 났지. 다음 텅, 하는 소리와 함께 바닥에 나동그라져 있었네. 무언가가 나를 잡고 늘어지다가 놓친 것 같았지.

소녀가 내 손을 잡았지.

"괜찮나요?"

나는 소녀를 알아보았지. 그날 나를 구해준 그 소녀였어.

"일어나세요. 어서 가야 합니다."

"어찌 여기 계시는 거요, 낭자?"

"이런 곳이 생기면 저 같은 사람이 가장 먼저 압니다. 오세요. 어서. 서둘러야 합니다. 해 뜨기 전에 도망쳐야 해요. 해가 뜨면 사라지는 게 아니라 해가 뜨면 해가 질 때까지 닫힙니다."

그리고 그녀는 나를 끌고 갔지. 나는 뒤를 돌아보았지. 숲 속에 그 사내가 서 있었네. 그가 나를 노려보더니 성큼성큼 따라오기 시작했어. 소녀가 멈추더니 나무에 종이 한 장을 붙였네. 종이에 화(火) 자가 적혀 있었지. 소녀는 나를 끌어당겼어.

"어서 가야 해요. 해가 뜨기 전에 물을 건너야 구해 드릴 수 있어요."

소녀는 나를 데리고 달렸지. 소녀의 걸음인데 나보다 더 빨랐어. 마치 날개를 달고 나는 것 같았지. 사내가 종이를 붙인 곳으로 오자 나무 사이로 불길이 확 일어나며 숲이 대낮처럼 환해졌지.

불길 너머에서 사내가 고함을 쳤지. 그건 사람의 고함이 아니었어. 호랑이가 울부짖는 것 같았지. 사내는 으르렁거리며 타오르는 나무를 후려갈기고 뽑았지. 곰처럼 강했어. 나무들을 죄다 뽑아버리고 올 것 같았네.

소녀가 다시 종이를 꺼내 붙였어. 로(路) 자였지. 숲으로 덮여 있던 비탈이 갈라지며 길이 나타났지. 달려 내려가니 이제 거대한 강이 나타났네. 물이 아주 깊고 물살이 거세어서 도저히 건널 수 없어 보였지. 소녀가 다시 종이를 꺼내 바닥에 붙였지. 교(橋) 자였어. 징검다리 같은 돌이 보이며 나와 그녀가 걸어갈 수 있게 되었지. 나는 그녀를 따라 강을 건넜네. 날이 밝으며 나무둥치 사이가 붉게 물들고 있었네. 소녀가 내 손을 놓았네. 나는 다시 잡으려 했지만 소녀의 손은 잡히지 않았어. 주변을 둘러보았으나 소녀는 없었지. 그녀가 없다는 사실보다 그녀를 또 놓쳤다는 것이 안타까웠어.

마침내 아침이 밝아오고 햇살이 어둠을 휘어 삼켰네. 환한 강 건너에는 아무것도 없었다네. 물은 밤에는 그토록 거대해 보이더니 정작 날이 밝고 보니 걸어서 건너도 될 정도로 작은 시냇물이었네.

나는 해가 더 뜨거워지기를 기다려 강을 건넜네. 숲도 낮에 보니 야트막한 언덕에 불과하더군.

나는 소녀와 달렸던 그 길을 따라 올라갔네. 다 쓰러진 폐가가 하나 나왔지. 내가 타고 왔던 말이 서 있을 뿐 아무도 없었네. 나는 부엌으로 갔지. 부엌에 내가 전날 저녁에 먹었던 그릇이 고스란히 놓여 있더군. 국이라 생각했는데 그건 국이 아니었네. 피였어. 시뻘겋게 굳은 피. 구역질이 치밀었지. 그런데 그 피 향에 입맛을 다시는 내게 더 구역질이 치밀었어.

나는 말을 타고 숲을 나갔네. 몇 번이나 헤맸던 길인데 낮에 보니 내가 다 아는 길이더군. 한참을 말을 달려 강변 마을에 도착했네. 그곳에 길을 물어 해가 바짝 기울 무렵 사촌 형이 사는 마을에 도착했네. 새파랗고 차가운 하늘 아래 옹기종기 모여 있는 인가를 보자 나는 두려워졌네. 내 허기, 살냄새만 맡으면 치미는 그 허기가 두렵고, 사람을 보며 입맛을 다시던 내가 혐오스러웠네. 그 역겨운 피를 단술처럼 퍼마셨던 내가 너무도 두려웠네. 그럼에도 그 피가 계속 그리운 나한테 구역질이 났어.

그냥 돌아갈까, 이대로 숨어살까. 그러나 그런 집에서 그런 사람과 같이 살고 싶지 않았어. 내 집, 내 고향, 내 부모 옆에서 살고 싶었지. 앞날을 마음에 품고 기대하며. 나 스스로, 내가 원하는 대로, 내가 좋아하는 사람들과 살고 싶었지.

그러나 두려웠어. 그들을 해치게 될까 봐, 그들이 내가 어찌 되었는지 알게 될까 봐, 그리고 그 사내, 그 두려운 사내처럼 변할까 봐 두려웠지.

누런 겨울 풀이 맑고 차가운 햇살 아래 버스럭댔지. 에일 듯 차가운 바람이 불어닥쳤네. 그 언덕에는 커다란 나무 한 그루가 앙상하게 서 있었네. 그 나무의 가장 큰 가지에 그네가 매달려 있었지. 그리고 그네에 소녀가 앉아 있었네.

나는 소녀를 알아보았지. 나를 두 번이나 구해준 그 소녀였네. 환한 낮인데, 그런데 그 소녀가 앉아 있는 거야. 밤에만 보이는, 내게만 나타나는 그런 귀신이 아닌, 정말 그 소녀였지. 소녀는 멍하니 앉아 있다가 생각난 듯 발을 구르기 시작했지. 그네가 삐걱대며 흔들리더니 높이 솟아올랐지. 치마가 펄럭이고 댕기가 파닥댔지. 소녀의 몸이 허공으로 올라갔어. 아름다운 새가 날개를 치고 날아가듯 그렇게.

눈이 부셔서 깜빡이자 그 순간 그네만 허공으로 치솟았네. 새가 날아올라 사라진 것 같았지. 나는 한참이나 그 그네를 보다가 언덕 아래로 내려갔네.

아니다. 가자. 용기를 내자. 부끄럽지 않느냐. 그렇게 애써서 구해주었는데 겁에 질려 여기서 벌벌 떨고 있다니.

사촌형의 집에 도착하자 형수와 조카들이 몰려나와 나를 반겼지. 혼인한 지 얼마 되지 않았지만 벌써 애가 셋이었네. 장남 유문이, 차남 유청이, 장녀 호선이. 지금은 곰처럼 큰 유문이지만 그때는 병아리처럼 작았지. 유청이는 그때부터 훤칠한 미남이었고, 나주로 시집간 호선이는 젠체하는 새침데기였지.

행장을 풀고 형이 마련해 준 처소의 방을 둘러보고 뒤뜰로 갔지. 집 뒤에 무성하게 자란 대나무 숲 옆에 별당이 하나 있었네. 형님이 형수님과 아이들을 위해 마련한 곳이라 했어. 딸들이 더 태어나면 그곳에서 키울 거라 했지. 그 뒤로 꽃송이 같은 여자아이들이 둘이나 더 태어났으니 처음부터 크게 지은 것이 잘한 일이지.

그때, 나는 연못가에 흰옷의 소녀가 서 있는 것을 보았네. 여기서 또 보는 건가 싶어 나는 긴장했지. 소녀는 골똘히 연못을 보고 있었네. 별당 건물의 그림자가 소녀의 등을 가렸지. 그러다 소녀가 갑자기 사라졌어.

귀신이든 요물이든 나는 정말로 그녀를 다시 보고 싶었지. 주변을 둘러보아 어디서든 나타나길 빌었어. 추운 겨울이라 들장지가 다 내려와 닫혀 있어 별당은 큰 상자처럼 변해 있었네. 그중 문 하나가 위로 올라가 있었지. 열린 문 안에 바로 그 소녀가 창턱에 턱을 얹고 잠들어 있었지. 말이 통한다면 이름이라도 알고 싶었네. 하지만 말을 걸면, 건드리면 방금 전처럼 또 사라질 것 같아 그리할 수 없었지.

마침 형수가 조카들을 몰고 왔네. 형수는 조카들을 마당에 풀어놓고 별당을 보더니 놀라서 달려갔네.

"얘, 은아! 거기서 자고 있으면 어떻게 하니. 몸도 약한 애가."

소녀가 눈을 떴지. 죽은 꽃이 되살아나 활짝 피는 듯, 죽은 나무에 싹이 나듯 그건 기적이었지. 소녀가 눈을 비볐지. 그건 귀신도 도깨비도 아니었어. 살아서 눈을 뜨고 숨을 쉬는 진짜 소녀였지.

"어서 일어나. 봐라, 벌써 이리 볼이 차구나. 또 고뿔 들려 끙끙 앓으면 어쩌려고."

그러다 내가 보고 있는 것을 알고 어머나, 하고 몸을 추스 르고 소녀를 일으켜 세웠지.

"제 막내 여동생 은이랍니다. 여기서 머물고 있지요."

장, 은. 그녀의 이름이었지.

"은아, 형부 사촌동생인 송임 도련님이란다."

소녀가 빙그레 웃었지.

"알아요, 언니."

나도 웃었어.

지금 그녀는 사라지지 않을 테니까.

다음해 봄에 우리는 혼례를 올렸네. 한양으로 올라가 형 수님 동생을 아내로 맞이하고 싶다 하자, 당시 내 혼처란 혼 처는 죄 사라진 상황이라 부모님은 좋아하셨네. 행여나 충 주로 소문이 퍼지기라도 했을까 부모님은 서둘러 혼사를 밀 어붙였지. 형수가 그 사실을 알았다면 형님 목을 흔들어 혼 사를 막았을 테지. 어차피 형님은 좋은 게 좋은 거라 나았으 면 되는 게 아니냐 하실 테지만. 훗날 유준을 양자로 삼기 위해 내려갈 때, 나는 누구보다 형수님에게 제일 면목이 없 었네. 후사가 없는 것에는… 부모님은 그 문제를 우리 집 탓 으로 여겼네. 고생하는 안사람에게 미안한 마음도 컸고, 그

병으로 내가 후사를 볼 수 없는 몸이 되었다는 소문이 나는 것은 더욱 두려워하셨지. 그래서 문중으로부터 후처라도 들이라는 말을 들을 때마다 나보다 더 완강하게 반대하셨네.

혼례를 올리고 첫날밤이 되어야 나는 그녀와 마주할 수 있었네. 몇 번이나 보고 몇 번이나 이야기를 나누었네만, 기이하지. 그날이 처음이었던 거야. 우리 둘이 '진짜로' 이야기를 나눈 것은.

"이제야 처음으로 뵙는 것 같네요."

"남들 보는 눈이 워낙 많아 어쩔 수 없었소. 이제 방에 단둘이 있어도 뭐라 할 사람이 없으니 얼마나 다행이오."

"어린 시절부터 그랬습니다."

"무슨 소리요?"

"어린 시절부터 잠자는 동안에 그렇게 몸 밖으로 나갈 수 있었습니다. 이 몸일 때의 저는 달리기도 느리고 몸도 무겁습니다. 병약해 병도 잦고, 또 금방 지쳐 주저앉고 맙니다. 거기에 덜렁거리기도 참 많이 덜렁거리지요. 하지만 일단 잠들어 그런 몸이 되면 저는 여선(女仙)처럼 강하더군요."

오늘은 기쁜 채로 놓아두고 싶었건만, 그렇게 할 수도 없다는 것을 나는 잘 알았다네.

"도술도 부리시는 거요?"

"그냥 저절로 그리된 겁니다. 글을 쓰면 그게 이루어지죠. 하나, 잠에서 깨면 아무 소용 없어요. 제 큰오라버니도 저하고 비슷합니다. 집안에 그런 사람이 한둘씩 있어요. 사내아이나 계집아이나 가리지 않고 그렇게 됩니다. 제 오라버니는 결국 견디지 못하고 집을 나가셨지요. 지금 전국을 방랑하며 돌아다니다 가끔씩 집에 들르십니다. 평범하게 사는 것은 포기하신 지 오래지요. 그분이 제게 많은 것을 가르쳐 주셨습니다. 서방님을 구한 것도 그 덕입니다."

"감사할 따름이군요."

"제 부모님은 늘 걱정하며 원망하셨는데요."

"덕택에 내가 목숨을 구하지 않았소. 이를 원망하면 천하에 배은망덕이지. 나는 감사하오. 평생 이 은혜를 갚겠소."

사내로서 여자한테 그런 말을 하다니, 참 부끄러웠지.

"제 할 일이었는걸요."

"이제 내가 지아비인데 그러면 부끄럽지 않겠소."

"아뇨. 제 지아비가 되셨으니 제가 할 수 있는 일을 해드리는 겁니다. 처음 뵈었을 때부터 제 지아비가 되실 줄 알았습니다."

"운명도 읽으시오?"

"아뇨. 운명 같은 건 모릅니다. 미래도 모릅니다. 저는 그저 현재밖에는 모릅니다. 제가 알 수 있는 건… 바로 제 마음이죠."

어려워도 힘들어도 그런 와중에 얻는 인연이란 것도 소중한 거지. 아내와의 인연이 그러했고, 유준이와의 인연도 그러한 거라 생각되네.

"그래요. 이제 평생 함께 갑시다."

나는 그저 그녀가 내 아내가 된 것이, 돌봐줄 사람이, 믿을 사람이 생긴 것이, 그것이 은이 그녀인 것이 행복했을 뿐이네.

걱정도 한숨도, 감선이와 그 아들에 대한 일도 잊어버렸네. 새벽 닭 울음에 어둠이 감쪽같이 사라지듯 다 잊어도 되는 일, 아니, 잊어야만 하는 일이 되었지.

조선비록
허루기담
닭 울음소리

조선비록

헐기담

“대감마님, 김 승지 어르신이 오셨습니다.”

여종의 말과 함께 송임의 이야기가 끝났다. 파도가 밀려들어 모래성을 부수듯, 바깥 바람이 몰아닥쳐 촛불이 꺼진 듯 그렇게 이야기의 문이 닫혔다.

송임은 손가락으로 콧잔등을 꾹 누르며 말했다.

“이만 마쳐야겠군.”

문오는 굳은 채로 앉아 있었다. 송임이 그런 문오를 보았다.

“미안하네. 손님이 와서 이만 끝내야 할 듯싶네. 나머지는 유준이하고 이야기해 보게나.”

“알겠습니다.”

그러나 유준은 송임처럼 친절하게 이야기해 줄 사람이 아니다. 마지못해 툭툭 던지고, 알았지? 모르겠다고? 내 알 바 아니지, 하고 넘어갈 것이다.

하인이 열어준 문으로 나가보니 바깥뜰에 빈틈없이 차려 입은 노인이 서 있었다. 문오의 행색을 본 그 눈에 언짢음과 경멸이 스쳐 지나갔다. 문오는 얼른 인사를 하고 내려왔다. 갑자기 노인의 표정이 변했다.

"유준이구나."

문오는 고개를 들었다. 앞에 유준이 서 있었다.

"어서 오십시오, 어르신."

그 사이에 선 문오는 몸 둘 바를 모르고 쩔쩔매며 서 있었다. 송임이 김 승지를 사랑방으로 들인 뒤 문이 닫혔다.

"듣다 말았더군."

유준이 말했다.

"밖에서 듣고 있었다."

"계속 여기 계셨습니까?"

"달리 할 일이 없어서. 더 궁금한 게 있나?"

"녹단은 어찌 이 댁에 들어온 겁니까? 거기에 송임 대감 나리가 혼인까지 하셨는데."

"감선이 자결하여 집안으로 들여놓아야 했다."

"자결이요?"

"그래. 아버지가 혼인하신 뒤에 감선은 더 이상의 희망이 없고, 녹단이라도 이 집 서얼로라도 받아들여지게 만들려면 그 방법밖에 없었던 것 같다. 그래서 자결했다.”

녹단은 그 말을 한 번도 하지 않았다. 아니, 할 이유가 없었다. 녹단이 어머니 이야기를 하며 보이던 쌀쌀함이 이해가 되기도 했다. 생각하기 싫었던 것이다.

“하지만 감선의 평판은 갑자기 좋아졌지.”

“왜요?”

“밖에서 절개를 지킨 기생이 되어버렸거든. 집안 망신시킨 분수 모르는 화초기생에서 순식간에 열녀가 된 거지. 그런 이상, 아무리 녹단을 싫어하고 인정하지 못하던 할아버지, 할머니라도 어쩔 수 없었다. 아버지가 녹단을 들여보내 주신 것은 절반이 동정일 거다. 그런 분이시니까. 하지만 좋지 않게 시작해 좋지 않게 끝났다.”

“저기, 녹단이는 그럼 누구 아들입니까?”

“모른다.”

“도련님이 모르면 누가 알아요?”

“취월은 누구인지 모르겠다 하고, 감선은 죽었다 깨어나도 아버지 아들이라 하고, 가장 절친했던 초화라는 기생은 정말로 모르겠다 했지. 그러니 나더러 어찌 알라고.”

모른다는 말을 너무 당당하게 하니 문오가 민망할 지경이었다.

“…죄송합니다, 물어봐서.”

“거기다 내가 녹단과 그 어미 감선을 좋게 볼 리도 없잖아. 이모님… 아니, 어머니 입장에서는 억울하게 짐을 맡은 거다. 감선이 자결하는 바람에 어머니 입장만 난처해졌어. 첩은 집안의 적이지만, 밖에서 절개를 지키고 목숨을 끊은 기생은 열녀가 되니, 순식간에 어머니가 투기에 눈이 멀어 칠거지악을 저지른 죄인이 되더군.”

“그런 게 어디 있어요?”

“자기들 멋대로, 자기들 방식대로, 자기들 기준으로 정하고, 진실은 원하는 대로 골라잡아 자기 마음대로 맞춘 후에 당사자들을 혼내는 것이 남 말하기 좋아하는 사람들의 천성 아닌가. 따져 봤자 헛일이다.”

“화나잖아요.”

“가서 따지기라도 할 건가. 애초에 자기 머릿속밖에는 관심없는 자들은 자기들끼리 놀라고 해.”

“제가 보기에는 정말로 착해 보이시는 분인데 왜 그러는지 모르겠습니다.”

“그런 소문은 어차피 모르는 사람이 내는 거야.”

양반이든 상민이든 본성은 비슷한 것 같다. 문오가 살던 작은 마을에서는 작은 소문이든 큰 소문이든 그다지 날 필요가 없었다. 모두가 얼굴을 알고 모두가 사정을 아는 일뿐이었으니. 종종 마을 밖을 떠나는 사람에 대한 소문만 회오리치다 가라앉을 뿐 늘 평화로웠다. 그러다 김낙천의 집으로 들어가자 마치 불순물이라도 들어온 듯 문오에 대해 쑥덕댔다. 대체 어떻게 해야 그들의 눈에 들고 마음에 차는지 모를 일이었다. 다른 사람의 눈과 귀와 마음은 아주 깊고 좁

은 구멍 같았다. 안에 무엇이 있는지도 모르겠고 뭐가 튀어
나올지도 모르겠다.

"누가 너를 물었지?"

갑자기 나온 유준의 말에 문오는 혀를 깨물었다. 이렇게
기습당할 줄은 몰랐다.

"우리 집 하인이요."

"그리고 그자는 어찌 되었나?"

"죽었습니다."

"누구한테?"

좀 생각한 다음에 둘러댔다.

"우리 집 하인들에게 맞아 죽었습니다."

"거짓말이군."

"어찌 아십니까?"

"그런 일을 겪었다면 대부분의 사람은 그 일에 대한 답을
구하기 위해 늘 고민하고 생각하다 누군가 물어주면 하염없
이 말하게 된다. 그런데 자네는 방금 한번 생각하고 답하지
않았나. 그러면 뻔하지. 거짓말 생각하느라 시간이 필요하
고, 거기에 자네는 그 방면으로 그다지 영리하지도 않으니
더욱 시간이 걸린 거지."

문오는 더없이 민망해졌다. 유준은 네가 멍청한 짓을 하
니 내가 멍청하다는 말을 하는 거다, 라는 것이다.

"죽은 건 맞습니다. 하지만 어찌 죽었는지는 모릅니다."

"역시 거짓말이군."

"그건 또 왜요?"

"그렇게 별일이 아니라면 방금 전에 거짓말하기 전에 그렇게 말했을 테지. 정말 어떻게 된 거지?"

"제 처남이 잡았습니다."

"정말?"

유준의 얼굴에 믿기 힘들다는 표정이 떠올랐다.

"자네 부인이 있었나?"

"…그게 믿어지지 않으신 겁니까?"

"너무 어수룩해서 총각인 줄 알았다."

"왜 충격을 받고 그러십니까. 아직 신부가 어려 혼인은 못 했습니다. 올 가을에 혼인을 할 예정이었는데……."

"그런데?"

"사정이 있어 집을 나오게 되었습니다."

"파혼당했나?"

"그런 것 같습니다."

유준은 문오의 몸을 가리켰다.

"혈귀에 물린 것 때문이었나."

"저는 영문도 모르고 쫓겨났고, 쫓겨난 줄도 모르고 그리 되었습니다. 지금 생각해 보면 아무래도 그 탓인 듯합니다."

"그래서, 지금부터 어쩔 건가?"

"장인 어르신이 소개를 해주셔서 지금 일할 곳은 있습니다만."

"그런데 왜 숨기려 하나?"

"네?"

"자네 말이 맞는다면 어차피 남남 아닌가. 왜 그런 거지?"

"그게, 저도 잘 모르겠습니다."

"속이지 마라. 도움을 줄 만한 사람을 만나면 솔직하게 말하는 게 낫다, 이런 종류의 일은. 그런데 네 처남 될 사람은 힘이 장사인가?"

"좀 별난 아이입니다. 도련님처럼 말이지요."

"……."

"눈 색이 좀 별납니다. 거기에 귀도 밝고 몸이 고양이처럼 날래지요. 태어날 때부터 그런데다 그런 아이가 그 집 외아들인지라… 제가 그 집의 사위로 들어가게 되었습니다."

"그래? 의외군."

"네. 역시 그 집에서도 아무리 아들이 있어도 안 된다고 생각했나 봅니다. 그 아이에 대한 건 집안사람들도 쉬쉬하고, 또 저는 괜찮지만 바깥사람이 보면 도깨비처럼 보여서 무척 경계하기도 합니다. 그래서 그런 겁니다."

유준은 갓끈을 만지작거렸다. 그도 아는 바가 별로 없는 것 같았다.

"도련님, 혹시 그것도 병입니까?"

"그건 아닌 것 같다. 보통 도깨비 피가 섞이면 그런 일이 벌어진다고도 하는데."

"그런 경우가 있습니까?"

"오래전에 있었다. 전주의 어느 집안에서 그런 아이가 태어난 적이 있다고 해서.”

“어찌 되었습니까?”

“요물과 사통했다 하여 며느리를 쫓아냈다. 친정에서 찾으러 갔지만, 호랑이에게 습격당했는지 처참한 시신만 찾아냈다 했다.”

“끔찍하네요. 어쩌다 그런 일이 벌어진 거랍니까?”

“모르지. 천년 묵은 여우가 사내하고 살아주고 낳아놓고 간 아이의 후손인가 보네. 아니면 정말 사통을 한 것일지도.”

“참으로… 그럴싸합니다.”

“일단 나를 따라와라.”

유준은 자신의 처소로 문오를 데리고 갔다. 문오가 밖에서 기다리자 손짓을 해 안으로 들어오라고 했다.

“왜요?”

“거기서 기다리라고.”

유준이 종이를 꺼내 펼쳤다. 그리고 벼루에 먹을 간 다음 세필에 적셔 그림을 그리기 시작했다.

새하얗던 화선지 위로 검은 선이 그려지기 시작했다. 문오는 감탄을 하며 보았다. 선 하나하나가 맞물리며 모양을 만들어가고, 모양은 형체가 되고, 형체는 생명체가 되었다. 문오는 아무것도 없던 흰 종이 위에 그렇게 놀라운 광경이 나타날 수 있다는 것에 감탄을 했다. 허허벌판에 대궐이 들어서듯, 물속에서 용궁이 솟아오르듯, 아무것도 아니던 돌이 불상이 되듯 그렇게 놀라웠다.

문오는 넋을 놓고 유준의 그림을 보았다. 딱딱하고 차가운 유준이었지만, 그 손이 움직이는 동안만큼은 눈에 열기가 돌았다.

"수탉?"

수탉이 고개를 들고 하늘을 보고 있는 그림이었다. 닭의 등 너머로 소나무 한 그루가 있었다. 닭은 금방이라도 튀어나올 듯 허공을 노려보고 있었다.

유준은 그림에 낙관을 찍은 뒤 내밀었다.

"가지고 가라."

"주시는 겁니까?"

"그래. 품에 안고 다니든 벽에 걸어놓든 해라. 그리고 되도록 다른 사람은 보여주지 마라."

"그러면 큰일 나는가 보죠?"

"아니. 둘 중 하나다. 그림 팔라고 하든지, 아니면 나한테 와서 왜 자기한테는 안 주냐고 따지든지. 하나는 너한테 부담스러울 테고, 다른 하나는 내가 귀찮다. 그러니 보여주지 마."

그럼 귀한 그림을 준다는 건가? 문오는 눈을 반짝였다. 유준이 눈살을 찌푸렸다.

"왜?"

"도련님이 예뻐 보여서요. 제게 왜 친절을 베푸신 겁니까?"

유준의 콧구멍에 힘이 들어갔다.

"그게 아니라, 혈귀만도 복잡한데 거기에 다른 귀신까지 붙어서 그런 거다. 나한테 찾아올지 너한테 찾아갈지 몰라서 그런다."

"다, 다른 귀신이라니요?"

"녹단이 그놈이 달고 다니는 귀신 말이다."

"그거랑 이 닭이랑 무슨 상관이 있는 겁니까?"

"모든 귀신은 닭을 무서워한다. 닭 피를 뿌려두라고도 하고 싶지만 그건 네가 구하기 어려울 것 같으니 이거라도 가지고 가라."

문오는 그림을 챙겼다.

"그런데 궁금해서 여쭙는 건데요."

"말해봐."

"그날 교하 쪽에 왜 하필이면 녹단을 데리고 오신 겁니까?"

"필요해서."

"왜요?"

"들어서 알겠지만, 감선이 그 혈귀를 불렀다. 그리고 그 혈귀가 아버지 앞에 나타났을 때의 조화를 보면, 그건 혈귀만의 힘이 아니라 다른 귀신이나 도깨비가 부린 조화가 끼어들었어. 애초에 나는 혈귀가 사람 홀리는 힘이 있다고는 생각지도 않고, 내 스승 역시 그에 대해서는 같은 의견이었다."

"그래… 서요?"

"결국 도움을 받은 거지. 의심을 하려면 바로 그 귀신 붙은 바가지탈밖에 없잖아. 그래서 달고 간 거다. 행여 그자가 나타난 건가 싶어서 그 탈을 쓰고 돌아다녀 보라고 했다. 녹단은 내가 말하기도 전에 쓰고 다니더군. 나를 아주 싫어하는 녀석이라 내 말을 들을 리도 없으니 제멋대로 나돌아 다니게 했다."

"싫어하게 만들고 있다는 생각은 안 하십니까?"

"내가 그를 좋아할 이유라도 있나?"

"녹단도 마찬가지 아닙니까."

"그렇다면 내가 녹단이 나를 좋아하게 해야 할 이유가 있나? 신분상 우리 집 노비라 하나 아버지는 그를 곧 자유롭게 놓아주실 거다. 우리 집 사람이 아니게 될 거야. 나 역시 이 집의 친자가 아닌 양자. 그리되면 아직 그를 붙잡아두어야 하는 이유라곤 아버지를 문 그 혈귀를 찾는 것 외에는 없다. 그자를 찾고 아버지를 사람의 몸으로 돌려놓으면 그와의 인연도 끝난다. 하지만 그전까지 녹단은 나를 도울 의무가 있어. 아니, 도와야 한다."

"아니, 그게 왜 녹단의 책임이랍니까?"

"녹단은 감선의 아들이다. 어머니의 죄를 책임져야지."

"어머니 덕 본 것도 없던데요."

"태어났잖아."

"태어난 게 무슨……?"

“낳아줬으니 어머니 덕을 본 거 아닌가.”

“아니, 낳아놓으면 뭐합니까. 키워야죠. 제대로.”

“내가 보기에는 나름 애써서 키운 것 같던데.”

“그래서요?”

“그러니까 아들 된 도리로 어머니의 죄도 책임을 져야지.”

“그런 법이 어디에 있어요?”

유준이 어이가 없다는 듯이 혀를 찼다.

“그럼 누구더러 하라고.”

“네?”

“그럼 누구더러 하란 거냐. 할 수 있는 사람이 해야지.”

“아무리 할 수 있다 하더라도 그래도 사람이 예의가 있지. 도련님이 도움받을 만한 사람이 되거나 그가 자발적으로 할 수도 있잖아요.”

“왜 그래야 하는 거냐?”

“진심으로 일하면 더 잘할 수 있게 되는 것 아닙니까. 억지로 하면 사람이 해야 할 일의 반도 제대로 하지 않습니다.”

“자기 일이니 당연히 진심으로 일해야지.”

“하기 싫다고 도망가면요?”

“자꾸 녹단이 아주아주 하기 싫어한다는 듯이 말하는군. 대체 뭐가 문제냐?”

문오는 한숨과 함께 말했다.

“녹단이 도련님을 왜 싫어하는지는 분명하게 알겠군요.”

“왜?”

“말은 옳게 하는데, 듣는 사람이 민망하게 만들며 옳은 소리를 하십니다, 도련님은.”

“그게 어때서?”

슬슬 유준도 부아가 치미는 듯 다시 콧구멍에 힘이 들어가고 있었다. 문오는 고개를 저었다.

“아닙니다. 이만 가겠습니다.”

“이상한 일이 있으면 반드시 와서 고하든지, 차라리 우리 집에 있어도 좋다.”

“어디에 있으라고요?”

“어머니가 너를 이곳으로 부르신 거니 내 손님으로 대접해 방 한 칸 정도는 마련해 줄 수 있다.”

“할 일도 없지 않습니까. 아버지가 사람이 공밥을 좋아하면 안 된다 했습니다.”

“얼마나 되었나?”

“네?”

“자네를 문 자가 죽은 지 얼마나 되었나.”

이 소년은 정해놓고 묻는 게 아니라 되는대로 묻는 것 같다고 문오는 한숨과 함께 생각했다. 녹단이 이 점도 싫어할 것 같다. 대체 무슨 짓을 할지 감이 잡히지 않는다. 즉, 너무 제멋대로다.

“갑자기 그건 왜 물어보시는 겁니까?”

"생각나서 그런 거다. 얼마나 된 거냐?"

"석 날 좀 안 되었습니다."

"그래."

유준은 눈을 감았다.

"그렇군."

"왜요?"

"아니다."

문오는 잘 계시라 말하고 처소를 떠났다. 녹단이 데려다 주겠다 하며 나왔다.

"기다리고 있었어?"

"내가 책임지고 데려다 줘야 할 것 같아 그러오. 갑시다."

문오는 녹단을 끌어안았다.

"왜 그러시오?"

"반가워서. 고맙다. 그나마 네가 말이 통해서."

녹단이 문오를 꼭 끌어안고 등을 문질렀다. 슬슬 징그러 워져 문오는 그 몸을 떼어놓았다.

결국 이틀 만에 배 행수의 집에 돌아오게 된 문오는 들어 오자마자 바로 배 행수 앞에 무릎을 꿇었다. 어떻게 혼이 날 지 몰라 조마조마했다. 배 행수는 덩치 작고 목소리도 작은 사람이지만 빈틈이 없는 사람이었다. 모로 가도 만나고, 정 면으로 가도 만나고, 돌아가도 만나는 그런 사람이다.

"송 대감 댁에 잘 다녀왔나?"

"네."

"참 오래 걸리는군."

"어쩌다 보니 그렇게 되었습니다. 정말 죄송합니다."

배 행수는 문오가 가지고 온 그림을 물끄러미 보았다. 그가 가리키자, 문오는 유준의 말 때문에 망설였지만 배 행수의 말을 튕길 위치가 아닌지라 건네주었다.

그림을 펼쳐 본 배 행수는 눈이 튀어나올 것 같았다.

"이거 혹시 송 도령께서 그려주신 그림인가?"

"네."

배 행수의 눈이 번뜩였다.

"자네, 이러느라 늦은 겐가?"

"그런 셈이지요."

배 행수가 그림을 핥을 듯 보았다.

"진즉에 말을 할 일이지. 이보게, 우 가(家), 내가 늦었다고 타박해서 미안하네. 그럼 그렇지, 자네처럼 성실해 뵈는 사람이 그럴 리가 있겠는가. 혹시 송 도령의 그림을 더 보았나?"

"봤습니다."

"얼마나 보았나?"

"집에 있는 것은 대충 다 봤는데."

"송 도령이 보여줬단 말이지?"

보여준 건 아니지만 보긴 본 겁니다, 라고 우물우물 말했다. 배 행수가 그림을 잡으며 말했다.

"자네 정말로 송 도령하고 친해졌군. 단단하기로는 천년 묵은 소나무보다 단단하고, 까다롭기로는 계곡 난초보다 까다로운 송 도령하고 어떻게 친구가 된 건가? 자네가 학식이 있나, 안목이 있나, 하나같이 하나도 없는 몸인데 대체 어찌?"

"그게, 어쩌다 보니……."

"역시 그리 겸손하게 굴면 안 되지. 자네가 은인이 맞았던 게로군. 좋아, 이 그림 나한테 팔게."

"안, 안 됩니다! 저한테 주신 겁니다. 그건 절대로 안 됩니다."

"그래? 그럼 친한 사이니 그림 한 장만 더 달라고 하게. 내가 자네 아버지라고 말해."

"성이 다른데 어찌 그럽니까."

"그럼 매형?"

"그러기에는 나이가……."

"그럼 외숙부! 성도 맞고 나이도 맞지 않은가. 응?"

"송 도령의 그림이 그렇게 유명합니까?"

"당연하지! 거기에 송 도령 집 담을 넘은 그림이 열 장도 안 된다네. 사람들 말로는 괴상한 것을 많이 그려서 그렇다는데, 송 도령이 그린 동물 그림은 정말로 뛰어나지. 일전에 송 도령이 할아버지인 송 승지에게 이 첩 병풍에 잉어를 그려 선물한 적이 있다네. 청나라 사신에게 그 그림을 보였더니 다른 그림 얻어달라고 간곡히 사정을 했지. 송 승지께서는 별수없이 염치불고하고 손자인 송 도령에게 그림 한 장을 얻어갔지. 그 후 청에서 상인이 와서 송 도령 그림을 사겠으니 달라고 하잖아. 그러자 송 도령 그림은 딱 그날부터 송 대감 댁 담을 넘지 않았지. 자, 그러니 이 그림 한 장이면 자네도 자그마한 집 한 칸 정도는 마련할 수 있네.”

“종이 하나에 먹 조금 발라 그림을 그린 것뿐인데요?”

“그리 따지면 황진이는 그냥 치마 두른 계집이겠군.”

“죄송합니다.”

“보게, 자네가 어르신이 소개해서 왔고, 그러니 나도 자네가 정말 내 아들 같으이. 그러니… 내가 소개할 테니 그림을 팔게.”

만난 지 며칠 만에 아들 같아진다면, 정이 너무 많은 게 아닌가. 문오는 그림을 말며 급히 말했다.

“선물로 받은 그림을 드릴 수는 없지 않습니까.”

“그럼 한 장만 더 얻어다 주게.”

“그것도 곤란할 것 같고요, 저도 얼결에 얻은 것이라……”

그러며 고개를 숙여 슬그머니 피하자, 배 행수는 무릎에 손을 얹고 몸을 흔들었다.

“가만있자, 그럼 내가 빌리면 안 되겠나. 보여줄 사람이 있어서 말이네.”

이 정도로 나오면 문오도 어쩔 수 없었다. 남의 집에 얹혀 있는 처지라 계속 거절하기도 어렵다. 문오는 그것만은 허락하고 말았다. 이 일이 송 도령 귀에 들어가면 그 성격에 문진 하나로 끝나지 않을 것 같았다. 화살에나 안 맞으면 다행이겠지.

"일단 오늘은 저를 주십시오."

"그래, 얻었으니 오늘은 자네가 감상하고 내일모레 그 상인하고 술 한잔하기로 했는데 그때 자네가 직접 가지고 오게."

문오로서는 약속이 원래 있던 건지 방금 생긴 건지 모르겠다.

"알겠습니다."

"수고했네. 정말로 수고했어!"

배 행수가 활짝 웃었다. 어제까지만 해도 군식구 하나 억지로 맡아서 언제 쫓아내나 눈치 보고 있더니, 지금은 어찌나 기특하다는 얼굴로 보고 있는지 문오가 쑥스러울 지경이었다.

방으로 돌아간 문오는 그림을 펼쳐 벽에 걸었다. 그림의 닭은 금방이라도 나올 듯 선명했다. 보는 사람을 노려보는 눈동자는 타는 듯 매서웠다. 수탉은 수탉인데 그 기개는 독수리였다.

"그냥 예쁜 여자애나 그려주지."

유준이 여자를 쳐다만 봐도 움찔움찔해서 안 되려나.

작년만 해도 시골 사내 문오였는데 지금은 이렇게 백 냥짜리 그림을 앞에 두고 앉아 있는, 앞으로 뭘 해야 할지 모

르는 사내다. 그림을 보고 있으니 녹단 어머니의 이야기가
생각난다. 귀신의 일은 천지개벽 같은 것이라 쳐도, 녹단의
어머니 감선의 일은 어찌할 수 없는 일이 아니었다. 이 일에
서 가장 무서운 존재는 갖은 이매들이 아니라 바로 그 감선
이라는 여자였다.

남녀 사이의 마음이란 그런 건가. 상당한 미모였다면 싫
다는 남자 쫓아다니기보다는 좋다는 남자를 줄 세우고 고르
는 편이 나았을 것이다. 문오가 보기에 송임은 점잖고 생각
도 깊은 사람이기는 했지만 연모의 정을 나눌 정인으로서는
지나치게 우유부단하고 몰염치한 사람이었다. 아내인 장씨
부인에게야 좋은 남편이지만, 그건 장씨 마님이 그를 남편
으로 만들었으니 할 수 있는 소리다. 정인으로만 끝났다면
아무리 장씨 부인이더라도 속이 뒤집어졌을 것이다.

밤을 새워서 피곤했다. 문오는 길게 기지개를 켠 다음 손
을 맞잡고 머리에 대고 누웠다. 그렇게 누워 돌아보니 아직
도 문을 고치지 않아 여전히 그 틈이 한 뼘이나 벌어져 있었
다.

순간, 문짝이 뽑혀져 나가 바닥에 내동댕이쳐지며 부서졌
다. 묵직한 것이 머리 위로 떨어지며 몸이 바닥에 부딪쳤다.
굵고 큰 손이 머리를 뽑기라도 할 듯 강하게 당겼다.

"뭐야!"

문오가 일어나기도 전에 굵고 거대한 발이 가슴을 내리찍
었다. 등골이 깨질 듯 아팠다.

고개를 들고 올려다보자 거대한 남자가 벽처럼 서서 문오를 보고 있었다. 문오는 그를 짓누른 다리를 치우려 했지만 박힌 듯 꿈쩍도 할 수 없었다.

"큭."

문오의 방에서 닭이 뛰쳐나와 길게 목을 빼고 울었다. 하늘을 통째로 울리는 듯 길고 깊은 울음소리였다. 닭이 꼬꼬댁 울더니 날개를 치며 달려들었다. 남자가 닭의 목을 휘감아 바닥에 내동댕이쳤다. 닭은 다시 날개를 치며 일어나 빠르게 뒤로 물러나 고개를 길게 뺐다.

꼬끼오—!

귀청이 울리게 깊고 컸다. 하늘이 울리고 처마가 울렸다. 다시 닭이 울었다. 종 안에 머리를 넣은 듯 그 울음소리는 어마어마했다. 문오는 귀를 틀어막았다.

*

유준은 닭 울음소리를 들었다. 그대로 벼루 위에 붓을 놓고 일어나 활을 챙겼다. 막 나가려 할 때, 문밖에 있던 사람이 유준의 팔목을 잡았다. 돌이 닿은 듯 차갑다.

"어디로 가는 거냐?"

송임이었다.

"아버지."

"분명 나가리라 생각해서 내가 여기서 지켜보고 있었다."

"나가봐야 할 것 같습니다."

"가지 마라."

"하지만 제가 가지 않으면 또 올 것입니다."

"그래도 가지 마라."

"또 오고, 또 올 것입니다."

"그러다 정말 그 혈귀가 다시 나타나기라도 하면 어쩌려고 그러느냐. 위험하다고 했잖느냐. 그자가 다시 나타나지 않기만 바라고, 나타나 주지 않으면 천행으로 여기면 된다. 그리 쑤시고 다니다 그쪽에서 화를 내서 오면 어쩌려고 하느냐."

"아버지, 저는 어머니가 어떤 방법으로 그자가 아버지를 노리지 못하도록 하였는지는 모릅니다. 그리고 어머니는 그 방법을 제게 알려주지 않고 세상을 뜨셨습니다. 그건 제가 알아서 하길 바라셔서 그러신 걸 겁니다."

"그래서 너는 그것을 기어코 알아내 무찔러 없애겠다는 게냐?"

"실체를 알아야만 하겠습니다. 무찌르게 될지 못할지는 하늘이 정할 따름이지요."

"꼭 그리 해야겠느냐?"

"언제고 위험해질 것입니다. 제가 이 집에 온 그날부터 정해져 있던 일입니다."

양부의 얼굴에 실망과 죄책감이 스쳐 지나갔다. 그제야 유준은 자신이 그와 거리를 둔 만큼 그는 가까워지고 싶어

했다는 것을 깨달았다.

"나는 네가 위험하지 않았으면 좋겠다."

"늘 위험했습니다."

그래서 나를 양자로 들인 거 아니냐는 말을 하려다가, 방금 전처럼 언짢은 상황이 다시 올까 그만두었다.

유준은 상대방을 건드리게 되는 것이 싫었다. 한두 번 건드리면 그들은 몇 배로 유준에게 신경을 썼다.

다시 닭 울음소리가 들렸다.

"가야 할 것 같습니다."

"저 소리가 무엇이냐?"

"우문오에게 준 것이 있습니다. 귀신이든 혈귀든, 무엇이든 그를 찾아갈 것 같아서 주었습니다. 뭐가 찾아가든 찾아오면 닭이 우는 겁니다. 그러니 가겠습니다."

"그럼 그 젊은이가 위험하다는 거냐? 혹시 그것도 내 탓인 게냐?"

"애초에 그는 평범한 사람이 아닙니다."

"그렇다면 내가 직접 가봐야 할 것 같구나."

유준은 쓸모없다는 말이 나올 뻔했다. 송임이 눈치채고 두 팔을 내렸다.

"이럴 줄 알았다면 무술이라도 좀 닦아둘 걸 그랬구나."

송임은 천부적으로 몸이 느려 터져서 걸어도 걸어도 앞으로 나아가질 않고, 활은 쏘아봤자 화살 대부분은 과녁을 제한 어딘가 알 수 없는 곳에 꽂혔다. 혈귀의 피가 섞인 자 중에 보통 사람보다 느린 자는 송임이 유일할 것이다.

"기다리고 계십시오."

"미안하구나."

"무사하시기만 하면 됩니다."

유준은 말에 탔다.

자식도 없고 친척들이나 다른 가문들 간의 교류 없이 단둘이 살아온 숙부 부부였다. 송임은 언제나 아무하고도 인연을 맺지도, 편을 들지도 않았다. 누구의 눈에도 뜨이지 않았고, 누구의 환심도, 누구의 적의도 사지 않았다. 그러다 보니 수많은 사람들이 벼 타작하듯 벼슬이 떨어지고 귀양을 갈 때도, 그들이 돌아와 반대편을 타작할 때도 그는 늘 그대로였다.

새벽 호수처럼 고요한 이 집 안으로 들어오며 '고용' 이라고 스스로 말했다. 그렇게 믿어왔다. 집에 도착했을 때도 그렇게 생각했고, 양부모를 만났을 때도 그랬다.

예의와 책임을 다하라.

충주의 친어머니는 그렇게 당부했다. 작은 변화도 송임을 당황하게 할 거라 유준도 짐작은 하고 있었다. 그것은 작은 변화도 싫어해서가 아니었다. 작은 변화조차 두려웠기 때문에, 고요함이 흔들리면 언제고 그가 두려워하는 일이 생기고 말 거라 생각해서 그런 것이다. 양부 송임의 인생은 두려움으로 차 있었다. 그 누구에게도 손을 내밀지 못하고, 이야기하지도 못하고, 오로지 아내와 살아갈 수밖에 없었다. 그는 항상 두려워한다. 사람이 찾아오는 것을, 사람과 알게 되는 것을, 그들에게 자신을 들키는 일을, 그리고 누군가를 좋아하게 되거나 아끼면 그들이 다치는 일을 항상 두려워했다.

유준은 말머리를 돌려 집 안으로 들어갔다. 송임은 아직 마당에 서 있었다.

"걱정 마십시오."

송임은 유준을 올려다보았다.

"꼭 무사히 돌아오겠습니다. 그리고……."

유준은 자신이 무슨 말을 하려고 돌아온 건지 도무지 알 수 없었다. 목 안에 매번 하고는 싶었지만 한 번도 하지 못했던 말이 끓어오르고 있었다.

"고향에……."

"고향에?"

"같이 가고 싶습니다."

"거긴 왜?"

"보여 드릴 게 많습니다. 아버지를 괴롭히던 것이 없어지면, 그때는 편하게……."

"……."

유준은 고개를 숙였다.

"제가 보여 드리고 싶습니다."

양부의 얼굴이 환해졌다.

"그래, 그러자꾸나."

유준은 말머리를 돌렸다.

처음부터 당신들이 가엾었다고, 당신들이 늘 품고 있는 공허함이 가엾었다고, 누군가는 넘치도록 가지고 있는데 당신들에게는 아무것도 주어지지 않았던 것이 가엾었다고, 내가 채워줄 수는 없지만 그래도 내가 있어서 덜 외롭기 바란다고, 내가 완전한 아들이 될 수는 없지만 최소한 믿어는 달라고 그렇게 말하고 싶었다. 자신은 자신을 지킬 수 있도록 강하다고 말하고 싶었다. 그리고 그 공허함을 일으킨 원인을, 송임을 가둔 벽을 없애고 싶었다. 치료하고 싶었다. 도와주고 싶었다. 학처럼 자유롭게 날게 해주고 싶었다. 처음에는 가엾어서, 그다음에는 안타까워서, 그다음에는 그 일만이 송임을 그 고통의 감옥에서 해방시켜 줄 거라 생각해 그리해 주고 싶었다. 송임을 편안하게 만들어야 유준도 편안해질 것 같았다.

그러나 두렵기도 했다. 유준 자신이 할 수 없을까 봐 두려웠다. 무능할지도 모른다는 것이, 아무것도 할 수 없을지도 모른다는 것이, 할 수 있다는 확신이 없어 두려웠다.

말은 오래된 향나무 옆으로 난 길을 달렸다. 다시 닭 울음소리가 들려 그쪽으로 말을 달렸다.

문오는 사내와 뒤엉켜 싸웠다. 막싸움이었다. 옛날이야기

에 나오는 무인들처럼 멋지게 싸우고야 싶었지만 그저 마음일 뿐, 문오로서는 곰 두 마리처럼 엉켜 싸우는 것이 최선이었다.

휙, 하고 바람 소리가 나더니 살 뚫리는 소리가 들렸다. 피가 튀었다. 덩치 큰 사내가 풀썩 나가떨어졌다.

문오는 얼른 몸을 일으키고 고개를 들었다. 사내가 어깨에 활을 꽂고 쓰러져 있었다. 문오는 얼른 화살이 날아온 곳을 보았다.

유준이었다.

"도련님, 오셨습니까."

유준은 다시 활시위를 당겼다.

"어서 그자를 살펴라. 만약 혈귀라면 이 정도 활에 쓰러지지 않아."

문오는 쓰러져 있는 사내를 보았다. 싸울 때는 곰처럼 거대해 보이더니, 엎어놓고 보니 그리 크지도 않았다.

사내가 꿈틀거렸다. 다시 유준의 화살이 사내를 꿰뚫었다. 사내가 몸을 일으키는 것과 동시에 갑자기 그 몸이 무너져 내렸다.

유준이 활을 내렸다. 사내가 있던 자리에는 사내 대신 붉고 검은 깃털로 가득했다. 닭을 한 마리 잡아 뿌린 것 같았다. 유준의 닭이 이리저리 다니며 깃털을 쪼았다.

유준이 말에서 내려 붉은 털을 집어 올려 살핀 뒤 던졌다. 바람 한 점 없어 깃털은 바닥에 천천히 가라앉았다.

“귀신이군.”

“녹단이 녀석 거요?”

“그놈이 또 장난을 쳤군.”

문오는 주변을 둘러보았다.

“이상하네요.”

유준이 물었다.

“왜?”

“너무 조용하지 않습니까.”

“그런 것 같긴 하군. 그런데 그게 왜 이상하다는 거냐?”

“저기, 여기까지 어떻게 오셨습니까?”

“달려서.”

“어느 정도 걸리셨습니까?”

“모르겠다.”

문오는 주변을 둘러보며 귀를 기울였다.

사방에 사람이고 뭐고 모조리 증발한 듯 아무 소리도 들리지 않는다. 그런데 그래선 안 된다. 배 행수의 집은 운종가의 가게와 이어진 집이라 항상 사람 소리로 가득하다. 거기에 이 집은 뒷마당에 닭을 여러 마리 키우고 외양간과 돼지우리도 있다. 항시 시끄럽고 냄새가 나는 곳이다.

“아무래도 조화(遭禍)에 들린 것 같습니다.”

“조화라니?”

“보십시오. 여긴… 이상합니다. 사람 사는 세상 같지 않아요. 도련님이 금방 오셨다 했지요. 그럴 리가요. 저는 한

시진 넘게 걸어왔습니다. 말로 온다 하더라도 어느 정도는
걸려요."

"무슨…….''

"그 왜 있지 않습니까. 송임 나리께서도 몇 번 그런 조화
에 걸려서 갇힌 적이 있지 않으셨습니까."

유준은 주변을 둘러보다 바닥의 흙을 집어 들더니 그 냄
새를 맡았다.

"그런 것 같군."

"어찌 아십니까?"

"흙냄새가 나지 않아."

"무슨 상관인 겁니까?"

"흙냄새부터 사라지니까."

"어떻게 깨어나죠?"

유준이 활을 들었다.

"뭐하시는 겁니까?"

유준은 문오를 겨냥했다.

"일단 너부터 깨어나라."

그리고 활시위를 놓았다.

『조선비록 혈기담』 2권에 계속……